岐黄有道

抗疫第一线的广东中医人

广东省中医院◎编著

南方日报出版社
NANFANG DAILY PRESS
中国·广州

图书在版编目（CIP）数据

岐黄有道 ：抗疫第一线的广东中医人 / 广东省中医院编著. — 广州 ：南方日报出版社, 2020.11
ISBN 978-7-5491-2216-5

Ⅰ. ①岐… Ⅱ. ①广… Ⅲ. ①报告文学—中国—当代Ⅳ. ①I25

中国版本图书馆 CIP 数据核字(2020)第 195276 号

QIHUANG YOUDAO KANGYI DIYIXIAN DE GUANGDONG ZHONGYI REN
岐黄有道 ：抗疫第一线的广东中医人

编　　著：广东省中医院
出版发行：南方日报出版社
地　　址：广州市广州大道中 289 号
出 版 人：周山丹
出版统筹：阮清钰
责任编辑：巫殷昕　李　哲　李　沁
装帧设计：邓晓童
责任技编：王　兰
责任校对：裴晓倩
经　　销：全国新华书店
印　　刷：广东信源彩色印务有限公司
开　　本：787mm×1092mm　1/16
印　　张：16.75
字　　数：250 千字
版　　次：2020 年 11 月第 1 版
印　　次：2020 年 11 月第 1 次印刷
定　　价：50.00 元

投稿热线：（020）87360640　　读者热线：（020）87363865

前言

中医药人的初心和使命

回溯中医药浩瀚的历史长河，不论于哪一段取一瓢饮之，我们皆可品味其源头活水之甘醇。

岐黄上古辩问，初生研真求实之态度。
神农尝尽百草，彰显舍身为民之精神。
扁鹊望闻问切，奠定系统诊治之纲领。
仲景洞明伤寒，广扬朴素勤恳之学风。

从这些神话传说和医者传奇中，我们可以真切地感受到，自古以来中医药人所怀耿耿初心的温热。

时代潮流滚滚向前，国运之舸行至当代，又难免遭遇暗礁与逆流。每当神州遭遇疫病侵袭，率先奋起击水的皆是我中华医者！一代医者或许有着一代医者的不同使命，然而始终不改的是初心的本色。

在广阔的南粤大地上，就有着这样一群中医药人，数十年来，在历次抗击疫毒病魔，保卫人民群众生命安全和身体健康的斗争中担当着举足轻重的角色，一次又一次完成了国家和人民交予他们的重任。他们有着同一个英雄的名字——广东省中医院人。

2003年，在那场骤然降临的“非典”灾难面前，在医院党委的领导下，广东省中医院人用实际行动谱写了新时代大医精诚的篇章。在那场没有硝烟的战争中，他们“一切以病人为中心”，面对患者的病痛，面对形势的危急，以大局为重，肩负社会责任，毅然披挂上阵、迎难而上，建立了卓越的战“疫”功勋。

回顾那段激情燃烧的岁月，那场艰苦卓绝的战斗，无数动人场景，永远令人铭记。

2003年1月7日，大德路总院急诊科收治了一名持续高热、呼吸衰竭的患者，这是广州地区最早报告的本地居民“非典”患者。就此广东省中医院拉开了与疫魔搏斗的帷幕，一场生与死的抉择，骤然摆在医务人员面前。

疫情发展出人意料，防控形势日益紧张。救治这名患者的一些医生、护士相继染病倒下，成为广州地区最早因为“非典”倒下的医务人员。面对突如其来的灾难，医院党委迅速做出决定：抗击“非典”的大堤绝不能在省中医院打开缺口！领导干部和党员必须在最危险、最困难的地方出现，靠前指挥！

全院上下迅速行动起来，一夜之间腾空了呼吸科、重症医学科，12小时新开了内九区，全院的呼吸机被紧急集中在一起，在最短的时间内最优秀的技术骨干被调拨到最前线。急诊科、呼吸科、重症医学科骤然打响前哨战、阵地战、攻坚战。

追加到36层纱布的口罩，越套越多的隔离衣、防护帽，提升正气的参汤，这些节节升级的防护措施仍然挡不住暗箭难防的“病毒流弹”，76人相继倒下。为了降低医务人员感染的几率，医院党委果断决定实施4小时工作制。

我们看到，广东省中医院二沙岛医院急诊科的护士长叶欣，在战斗一开始就默默地把最危险、最困难的工作留给了自己。面对危重“非典”患者的抢救，她总是冲锋在前，把其他的护士挡在身后，她总说：“这里危险，让我来！”

同一科室的科主任、共产党员张忠德，他勇挑大梁，宁可独自检查病患，也不让其他同事去冒被感染的风险。后来，张忠德和叶欣在抢救完一例急诊的“非典”患者后，双双不幸染病。

呼吸科主任林琳、护士长林毓霞连夜建成感染区。林琳主任为了找到治疗“非典”最好的办法，她离开老人孩子，把家搬进医院，日夜观察病情，零距离记录每一位患者的症状变化。林毓霞护士长战斗一开始就把小孩送回农村，坚持战斗到最后。

重症医学科主任张敏州连夜腾出科室，专门收治重症“非典”患者，17人染病倒下，没有一人退缩。火线入党的韩云，是呼吸科专家，最危险的支纤镜检查、气管插管，他总是抢着上。

任凭疫情肆虐，面对飞溅的血痰、垂危的患者，广东省中医院人前赴后继，毫不退缩。在叶欣护士长去世后，感染区所有医务人员一直坚持战斗在一线救治患者，没有一个人以任何理由提出离开感染区。另外，其他科室还有100多人主动报名进入感染区。共产党员在关键时刻挺身而出、忘我奉献的精神深深地感动和鼓舞着身边的医务人员。在这场战斗中，广东省中医院先后共有214人向组织递交了入党申请书，其中还包括一些民主党派的同志，137人火线加入了中国共产党。

在战火中，广东省中医院人用生命筑起了大医精诚的丰碑，锤炼了一支有灵魂的医务人员队伍，积累了一笔巨大的精神财富，锻造了一个英雄的集体。

他们还探索出一条中西医结合治疗“非典”患者之路，推出了全国第一套中医药治疗方案，为抗击“非典”提供了宝贵的经验。

在与“非典”抗争的100多天里，广东省中医院共收治患者112例，其中105例患者恢复健康。世界卫生组织专家到医院考察后对此给予了高度评价，称此为其所了解的最短的退热时间和住院天数记录。

在时任中共中央总书记胡锦涛来广州考察期间，趁着总书记接见医务人员的时刻，当时的广东省中医院党委书记、院长吕玉波向总书记建议“中西医结合疗效好”，得到了总书记的当面肯定。这为广东省中医院人注入了一针振奋人心的强心剂，鞭策着广东省中医院人始终朝着“将中西医结合优势发挥到最优”的目标不懈努力！

在广州战场方罢的5月，林琳、杨志敏两位专家受邀到香港协助治疗“非典”患者，奋战三个月，开启了中医药第一次进入香港公立医院的历史。随后，香港在历史上第一次在公立医院开设中医专科门诊，由广东省中医院派出的医生坐诊。

战胜“非典”，挽救生命，成了当时广东省中医院的最强音。那是他们彼时肩负的重大使命，而支撑他们的，除了耿耿初心，还有振兴中医的历史使命！

时光飞逝，转眼间，17年过去了。

这17年间，广东省中医院围绕“始终坚持医院的公益性质，在医院的发展过程中，坚持追求社会效益与经济效益的统一，当二者出现矛盾时，首先追求社会效益”

的办院宗旨，始终坚持传承发展中医药的办院方向，在发展中坚持中医药特色优势，依靠中医药特色优势促进医院发展，发扬“仁爱、敬业、务实、进取”的医院精神，秉承“病人至上，员工为本，真诚关爱”的核心价值观，在岭南大地，用中医大道守护人们的健康。

2019年年末，武汉华南海鲜市场出现不明原因肺炎的新闻在网络上传播。经历2003年“非典”疫情考验的广东省中医院“嗅”到似曾相识的气息。

2020年元旦，广东省中医院在大学城院区发热门诊率先启动医院传染病应急防控工作，在发热门诊腾出足够的空间，准备好防护用品，并立即开始对重点科室医护人员进行院感培训，适时演练。

“现在可以说，肯定的，有人传人现象。”20天后，在国家卫生健康委组织的一场高级别专家组记者会上，钟南山院士代表专家组发出警示通报。这印证了广东省中医院人早做准备的重要性。

集结号马上吹响了！1月21日，在上级的统一部署下，广东省中医院开始全面启动新冠肺炎疫情防控工作。成立新冠肺炎应急防控工作领导小组及专家小组，院长陈达灿、党委书记翟理祥担任“双组长”；副院长张忠德、李俊担任专家小组组长，急诊科、呼吸病科、重症医学科、儿科、检验科、影像科等专科的专家一夜之间被召集起来。

医院党委扩大会议迅速做出三个决定：全院进入战时状态，立即启动隔离病区、核酸检测实验室的改造；全力采购N95口罩、防护服等物资；全力以赴接诊疑似病例。

与时间拼速度，与病魔抢生命。5个院区5个阵地，同步打响这场疫情防控阻击战。临床、辅助科室、行政、后勤部门等各条线迅速行动起来。

24小时开辟出隔离病区，“抗非”老将奚小土率领42名精干力量组成的应急医疗队应声到位。

检验科学术带头人庄俊华、检验医学部主任黄宪章、大德路总院检验科主任柯培锋、大学城医院检验科主任陈茶等一众“检验人”争分夺秒，仅用60小时建成了符合标准的核酸检测实验室，为患者赢得诊断先机。

5个院区全部开设发热门诊，开辟了专门的留观区，急诊科满员在岗，相关科室调岗保障，其他员工随时增援。火速推出“院外自助办入院”“智慧药房”，全力切断院内感染源。

病毒肆虐蔓延。就在广东战场准备就绪之时，武汉宣布“封城”，摁下“暂停键”。

除夕夜，“抗非”英雄张忠德被“点将”为国家中医药管理局应对新冠肺炎疫情防控工作专家组副组长，连夜启程奔赴湖北。

大年初一晚上，一纸组建援鄂医疗队的通知下达到广东省中医院。医院党委闻令而动，即刻发出志愿报名的“集结令”！消息一发出，全院各大微信工作群“炸开了锅”，一条条请战信息，如同雪花纷飞而来。

“我是党员”“我还单身”“我有抗击‘非典’的经验”“我的孩子都有父母照顾”……短短8小时内，535名医务人员争先报名，甚至有人在通知还没发出时，便从2000里之外的老家打“飞的”回来等待“调兵”。

26名精干力量组成的援鄂医疗队火速集结完毕，这一支英雄的队伍整装待发。在行前动员大会上，医院党委宣布成立援助湖北医疗队临时党支部，委托“抗非”老将黄东晖担任临时党支部书记、医疗队队长。医院党委号召，一个支部一座战斗堡垒，一个党员一面旗帜，必须把党旗稳稳插在战斗堡垒最高处！

兵马未动，工会粮草先行。面对前方战事，各条战线用闻令即动的速度全情投入战斗，设备管理处等部门广泛发动海内外力量筹集防疫紧缺物资，药学部以最快速度备齐“弹药”，医院办公室火速打通物资运送绿色通道，物资随队开拔前线。

随着湖北告急、“战事”升级，广东省中医院人始终牢记习近平总书记的殷切嘱托，始终把人民群众的生命安全和身体健康放在第一位。他们义无反顾地奔向这个看不到硝烟、听不到炮声的战场，同病毒进行着殊死的战斗，展现出医者尊重生命、敬畏生命、爱护生命、不惜一切挽救生命的“仁心”“仁道”。

自1月24日至3月4日，广东省中医院先后共派出9批医疗队88名医务人员支援湖北，分别在湖北省中西医结合医院、武汉雷神山医院、武汉市汉口医院、武汉东西湖方舱医院、荆州市中心医院、荆州市监利县中医院等医疗机构开展救治工作。

副院长张忠德率领的国家援助湖北第二支中医医疗队广东团队在到达武汉后立即接管收满患者的新改造病区，并主动要求接管危重患者最多、患者病情最重的两个病区。改造隔离病区、控制院感、完善诊疗规范……这支队伍迅速克服了种种困难，很快适应了作战环境。

广东省中医院援助雷神山医院医疗队在抵达武汉第二天，即刻成立临时党支部。重症医学科大科主任邹旭担任国家援助湖北第四支中医医疗队广东团队领队、临时党支部书记，率队“开荒”武汉雷神山医院，用了不到3天的时间就把刚刚施工完毕的病区打造成为能收治患者的标准病区，开科不到3小时便将病区48张床位全部收满。

党旗所向，白衣为袍。“第一个进入隔离病区的医务人员必须是党员”，广大党员充分发挥了先锋模范作用，涌现出一个个先进典型，张忠德、黄东晖获评“全国卫生健康系统新冠肺炎疫情防控工作先进个人”。在他们的示范带动下，19名队员提交入党申请书，18名队员火线入党，党旗高高飘扬在抗疫第一线。

广东省中医院医疗队探索中西协同救治方案，灵活运用好数量有限的现代医疗设备，将中医药广泛且深入地介入诊疗全过程，以“扶正祛邪”为治则，针药并用，结合一系列中医特色疗法，把1+1>2的功效发挥到最大化，大大提高了重症病例救治率，缩短了平均住院天数，降低了重症病例向危重症恶化及病死率，救治成效得到国家以及广东、湖北省委省政府有关部门和广大患者的高度肯定与赞赏，为国家方案的制定提供了中医及广东救治经验。中药香在武汉这座英雄的城市愈来愈浓郁！

在战“疫”最吃劲的关键阶段，医院党委开展慰问医疗队队员家属活动，表达感恩，鼓舞士气。党群组织、职能部门和临床科室默契联动，关心队员衣食住行，关爱队员家属，用贴心关爱筑牢抗疫后盾。院领导关爱队员，队员便把爱的砝码全部加之于医者职责。

88名医疗队队员坚持医病先医心。张忠德、邹旭、黄东晖、田碧文、颜芳、李际强、潘丽丽等都是上过“抗非”战场的“老将”。他们用心照料、用情呵护患者。

“我们几个医生都得过‘非典’的，发病的表现比新冠肺炎更重。你看我们现在不是恢复得很好吗？一定要树立信心。”广东省中医院接管的病区里，医生与患者交流“治病心得”，成为支撑许多患者扛过难关、与死神搏斗的有力“武器”。

两个阵地的广东省中医院人联动作战，他们把守方位不同，但热血红心一样。广东一线与湖北火线启动协同远程会诊，“抗非”女将杨志敏率领专家组连线湖北，群策群力为湖北危重症患者提供最佳的中医药治疗方案。广东省中医药局委托“抗非”

女将林琳担任广东省中医药防治呼吸道传染病专家组副组长，牵头制定了具有广东地缘特点的《广东省新型冠状病毒感染的肺炎中医药治疗方案》。林琳、郭力恒、唐光华三位主任于4月11日与广东省人民医院、南方医院、中山大学附属第五医院、广州医科大学第一附属医院的4名西医专家进驻广州市第八人民医院，参与新冠肺炎确诊境外输入及关联病例和无症状感染者的治疗工作，吃住在医院，中西医联手，连续与病魔战斗了34天，为稳定广州防控疫情持续向好大局发挥了积极作用。

挺过了最艰难的时期，疫情阻击战取得了阶段性的胜利，广东省中医院副院长李俊被委以中国赴马来西亚抗疫医疗专家组组长之责，4月18日携手广东省西医同行飞赴马来西亚开展国际支援，充分展示了中国方案、中医经验、广东做法，中医药在疫情防控中的独特作用在马来西亚引起强烈反响。

17年前战“非典”，17年后战“新冠”，广东省中医院成为全国中医医院的一个样板，中医人每每在关键时刻“利剑出鞘”，发挥中医药的重要作用，离不开该院坚持靠中医药特色优势的办院方向。而中医药特色优势的最核心点就是提高临床疗效。在广东省中医院看来，高水平的中医药人才是提高临床疗效的关键。

2000年，面对全国中医系统高水平人才匮乏的局面，广东省中医院在邓铁涛、路志正、任继学、朱良春等中医大家的支持下，启动“师带徒”工程，邀请全国中医专家或有一技之长的名医来院带徒，开创了“集体带，带集体”“一代带二代”等师承模式，张忠德、邹旭等人都是跟师名家的受益者。通过这样的方式，广东省中医院培养出一批中青年骨干力量，如今他们已成为该院的中流砥柱。

医院还鼓励护理人员跟师学习，并不断为他们创造平台。刮痧、火龙罐、耳穴压豆、八段锦等中医特色疗法成为每个护理人员的基本功，纳入护理人员考核评价体系。在武汉、荆州，中医特色疗法成为隔离病区患者点赞的中医“宝贝”。

在广东省中医院看来，把中医药临床疗效发挥到淋漓尽致，就要深入挖掘、整理、继承中医历代文献中的精华，继承名老中医的学术经验，还有来自民间的各种安全、有效的治疗方法，也要深入挖掘。

2009年起，广东省中医院启动了“杏林寻宝”活动，通过挖掘和整理中医特色疗法和适宜技术，传承、创新、发展中医药宝库中的精华。11年来，累计梳理全国中医药特色技术382余项，实地走访199项，共有118项上台展示。现在广东省中医院继续朝着建设成为中医特色疗法“活的博物馆”和中医适宜技术的集散地而不断努力。

培养中医药人才，挖掘中医药学术精华，广东省中医院把中医药渗透在每一项具体的管理措施中，构成了广东省中医院高质量发展的良性循环。

大疫如大考。从抗击“非典”到再战“新冠”，广东省中医院人始终秉承着“病人至上，员工为本，真诚关爱”的滚烫初心，勇担使命，用中医自信遏制病毒肆虐，充分彰显了中医药战“疫”独特疗效，在人类与瘟疫的频频交战中发挥了不可替代的作用，用汗水和智慧向党和人民交出了一份漂亮的中医药答卷。

在这亮眼成绩单背后，我们找到了广东省中医院作为全国中医医院抗疫“样板医院”的“魂”与“根”：

——始终坚持医院文化建设久久为功，孕育了一支有灵魂的员工队伍。

——始终坚持传承发展中医药的办院方向，致力于将中医药临床疗效发挥得淋漓尽致。

——始终坚持利用人类文明的一切成果，为患者提供最佳诊疗方案的办院模式。

初心如磐，使命在肩。广东省中医院人将始终朝着“建设全国一流、国际知名、现代化、综合性的中医院典范”的目标砥砺前行，与全国中医药同道同题共答传承创新时代大考，同心共绘中医药振兴发展美好蓝图。

目录

第一章　一场大考：新冠肺炎疫情　/　001

1　一个中医药方的千万传播　/　004

2　矢志传承：那段时代最强音　/　008

第二章　临危受命，广东速度！　/　017

1　一场自上而下的火速动员　/　018

2　将战“疫”素养内化于心　/　024

3　关键科室形成“战斗姿态”　/　027

4　仅60小时！核酸检测实验室诞生　/　032

5　物资筹备“闪电战”　/　037

第三章　抗击疫情，苁蓉当归　/　041

1　致敬“逆行者”　/　042

2　武汉，我们来了！　/　047

3　助阵“雷神”除疫魔　/　060

4　战“疫”雄师九度出征　/　069

5　党旗的引领，医道的传承　/　078

第四章 坚强后盾，千里情牵 / 089

1 杏林群英，坐镇广东 / 090
2 人们“看不见”的英雄 / 101
3 88个家庭的深情守望 / 108
4 仁心大爱全球汇聚 / 119

第五章 医线日志：病房里的春天 / 125

1 爱在疫情蔓延时 / 126
2 等待战“疫”胜利的曙光 / 131
3 一个个有爱的故事 / 136
4 感恩，让医患成为并肩战斗的战友 / 142
5 白衣天使“逆行”记 / 148
6 暖心“男团”，大爱满荆楚 / 153
7 寒冬不日将可逾越 / 159
8 春暖花开时，抗疫胜利日 / 167

第六章 中医战“疫”，防治并重 / 173

1 中医“组合拳”打出傲人战绩 / 174
2 杏林之光，扶正祛邪以救肺 / 181
3 以人为本，中医不是“慢郎中” / 189

4 医病更医心，中医特色受欢迎 / 196
5 中医药救治危重症？大有作为！ / 201
6 集思广益，隔空战“疫” / 205
7 上医治未病 / 209
8 无声的集结：科技战“疫” / 213

第七章 岐黄文化，广东中医 / 217

1 中医特色，特色中医 / 219
2 岐黄薪火代代传 / 222

尾 声 / 225

附录一 抗疫歌曲 / 230
附录二 广东省中医院派出各地援助抗击新冠肺炎疫情医务人员名录 / 234
附录三 广东省中医院抗击新冠肺炎疫情相关荣誉 / 242
附录四 向广东省中医院捐赠抗疫物资、捐款的单位及个人名单 / 244

第一章
一场大考：新冠肺炎疫情

2020年1月，岁末年初，神州大地暴发世所罕见的新冠肺炎疫情，从湖北武汉蔓延到全国各地。大疫当前，这是一场大考。传承英雄精神的广东省中医院的白衣天使们，他们坚守大医信念、大爱情怀，挺进抗疫最前方……

这是一场突如其来的疫情——2019年的12月中旬，武汉的天气一会儿晴如春天，一会儿又急剧下降10℃，下起刺骨的小雨。12月18日，一名65岁的华南海鲜市场送货员前去武汉市中心医院急诊科就诊，这名男子5天前出现发热症状，迟迟不见退热。他心急了，毕竟快过年了，这几天正忙着，也是这几天，挣钱最多。眼看一直发热，他不得不跑去医院，得拍个片检查下到底是哪里有炎症。

一般来说，由于多变天气引起的类似发热症状患者的诊治，对于我国目前的医疗水平来说并不是太大的难题。12月27日，该院急诊科主任接诊了第二例此类患者，12月30日，送检的结果出来，这位患者感染的是一种冠状病毒，化验单上红圈标注的“SARS冠状病毒”字样，让这位急诊科主任感到“很可怕”。

接着，2019年12月30日上午，央视新闻发布这样一则新闻——《武汉发现不明原因肺炎，国家卫生健康委专家组已抵达武汉》。2020年1月1日后，武汉市到医院就诊的发热患者愈发增多。当时，很多市民以为这可能是受冬季流感的影响，毕竟，关于这个“不明原因肺炎”，武汉市卫生健康委通告显示“未发现明确的人传人证据”，而入院治疗的患者还正等着住院一周，或者最多两周，然后回家团圆、过年。

同一时间，在广州，经历过2003年“非典”生死鏖战的广东省中医院敏锐地“嗅”到了“来者不善”的气息，本能地对这一新闻关注起来。

“武汉离广州上千公里，如果现在在医院启动传染病应急防控工作会不会有点‘小题大做’？”医院院长陈达灿内心进行了一番斗争。疫情发生初期，信息有限，没有人能准确预判流行性传染病的发展趋势和传播程度。

2020年元旦，广东省中医院在大学城院区发热门诊率先启动医院传染病应急防控工作。在发热门诊腾出足够的空间，准备好防护用品，并立即开始对重点科室医务人员进行院感培训，适时演练。

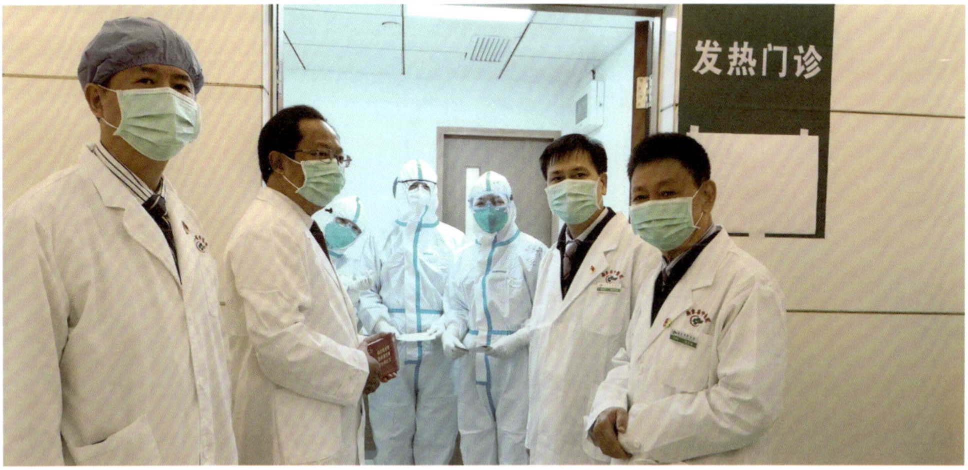

● 广东省中医院院领导深入临床一线，检查了解各院区急诊科、发热门诊、隔离病区等一线岗位的防护、诊疗工作流程及需求，及时帮助临床解决问题

“新闻字越少，事情越大”。1月9日，广东省疾病预防控制中心专家研判认为，本次疫情检出的“新型冠状病毒”感染的流行病学特征、临床症状、病毒传播力和致病力等特征尚未清楚。在接受媒体采访时，专家还表示，广东省需要对疫情流行病学和病原学调查研究进展保持高度关注，并针对冬春季呼吸道传染病高发时期，提醒广大市民做好相关的预防措施。

就在这两天，广东省中医院二沙岛医院举行了纪念邓铁涛教授逝世周年暨邓铁涛精神纪念碑落成仪式。“2003年‘非典’袭来，邓老指导一线医务人员抗击‘非典’，支持援助香港，还奋笔上书，建议抗击‘非典’发挥中医药的作用。”参加这次活动的广东省中医院人缅怀邓老，不禁再次回忆起“非典”时期的往事。转眼间已经17年了，这期间，中医年轻人才不断涌现，中医人茁壮成长。

活动结束，参加的医生护士们聊起这两天的新闻，这些天广州温暖如春：这样的温度多好，花城被满城绽放的花木环绕；但这样的温度反而更需要警惕——暖冬给呼吸道疾病的传播铺开温床，一旦暴发传染病，传染的强度会更大。

想到每年冬春季节急诊科、住院部相比平常人数翻番的患者，回首看看刚落成的邓老纪念碑和邓老亲笔书写的“我以我血荐岐黄”，他们不由得加快步伐……10天后，一场硬战真的来临了。

1

一个中医药方的千万传播

1月20日，早上7时，很多市民还在睡意蒙眬中，一则新闻瞬间刷屏广东人的朋友圈——广东确诊首例输入性新型冠状病毒肺炎。“不要慌，出门戴口罩”“大家都要做好个人防护”“转发出去让更多的人看到！”网友纷纷留言。

广州市民还没缓过神，3小时后，媒体又爆出“深圳新增8例观察病例！”的新闻。

20日20时，媒体再现爆炸性新闻——“广东确诊新增13例新型冠状病毒感染肺炎”。

顿时，各种消息飞上天。“冠状病毒”“肺炎”，是不是“非典”卷土重来？可武汉官方又否认，不是“非典”！不管是不是“非典”，珍视生命健康的市民焦虑起来：当下是流感暴发季，又出现了肺炎传染病，抗生素不能治未病，这时候，赶紧去看中医、买中药预防起来才好。

1月21日一早，一则号称广东省中医院开具的中医预防新冠肺炎药方刷爆朋友圈及各个微信群。这个药方在短短几个小时内被翻倍转起，仿佛转了这个药方就“中医护体，肺炎走开”了。

这个药方也传到了广东省中医院人的微信上。医院党委书记翟理祥、院长陈达灿马上指示宣传处查明该方的来源，与此同时，副院长张忠德也在收到朋友转来的方子后给宣传处打去电话，询问该方的出处。医务处、宣传处即刻和相关的科室负责人沟通，经确认，该方并非出自广东省中医院。

药方在漫天地转发，谁也不知道这个药方被传阅了多少次。考虑到事态的严重性，确定不是本院开具后，党委书记翟理祥、院长陈达灿马上指示由医院官方微信公众号发布声明，由副院长张忠德、李俊具体跟进后续事宜。医院在午时立刻发表声明：“此方非广东省中医院制定。”

近日，我院关注到网络流传的所谓“广东省中医院预防武汉肺炎方”，此方非广东省中医院制定。特此声明！

广东省中医院预防武汉肺炎方 此方非广东省中医院制定

桑　叶15g	苏　叶15g	杷　叶15g	鱼腥草10g
千层纸10g	桔　梗10g	玄　参15g	神　曲15g
葛　根30g	藿　香10g	青　蒿10g	甘　草6g

目前，医院专家已经按照上级部门安排，正在讨论中医药防治「2019新型冠状病毒（2019-nCoV）」感染的方案。

● 广东省中医院官方微信公众号推文

这个声明很快在朋友圈转发起来，短短3分钟，阅读量就已破万，“在看”数量达到1000余次。当日阅读量就破百万，“在看”超1万。“等待真正的省中医预防病毒性肺炎处方。”“加油，快点讨论出来。口罩都卖光了，一公布出来，药方估计也买空了。”网友们纷纷留言。

这个药方的漫天传播，一方面反映出广大群众对新冠肺炎的担忧和对中医药在防治疫情中发挥作用的期待，另一方面也能看出新冠肺炎的影响范围之广。

1月21日上午8:30，广东省中医院院长陈达灿组织召开院长办公会议，调度指挥各类战力集中投入“战场”，宣布进入“战时”状态。紧接着，党委书记翟理祥组织召开党委会议，传达学习习近平总书记对新冠肺炎疫情防控工作的重要指示精神，宣布成立防控新冠肺炎应急工作领导小组及专家小组。时隔17年，集结号再次吹响了！

21日下午，医院护理部闻令而动，发出信息：“请有意愿加入一线应急护士队伍的同事，于今日下午18点前填写以下表格，期待大家的加入。”

1月22日上午，医院紧急发布了《新型冠状病毒感染的肺炎诊治与管理》《新型冠状病毒感染的肺炎诊治流程图》《广东省中医院新型冠状病毒医院感染预防与控制技术指南（试行）》《广东省中医院医务人员分级防护要求》，宣布成立疫情直报工作组、病例讨论和会诊工作组微信群等，便于各部门工作开展与协调。一系列流程、制度的制定，明确各层职责，为抗疫工作开展，夯实组织基础。

与此同时，一个重任落到副院长张忠德的身上——组织讨论中医药防治“2019新型冠状病毒（2019-nCoV）”方案。长期从事呼吸与危重症临床诊疗、参加过“非典”“甲流”等多次流行性传染病防治工作的张忠德对这次的疫情有着超强的敏锐度，职业的本能让他早早开始关注官方报道，收集了大量资料。他凭借着数十年积累的丰富的临床经验，结合该阶段临床就诊人群的症状特点，开出了官方预防流感处方。

22日下午，广东省中医院官方微信公众号刊登预防流感处方：

广东省名中医、广东省中医院副院长张忠德提醒，今年广州冬天偏温暖，雨水少，气候干燥，以“风”为主，短期的几次气温小幅下降仍没有缓解这种现象，反而带来风夹寒，或夹湿，或风寒化热之象；另外空气干燥对人体的呼吸道黏膜也是极大的挑战，削弱了人体呼吸道黏膜的防御机能，此消彼长，加大了流感流行的可能。同时，目前正值春节前夕，人们加班加点工作、熬夜，很容易出现因疲劳而引起的人体卫外功能下降，易于感受外邪。若饮食方面嗜食肥甘厚味，则可能会有胃肠道积滞，从而打乱了内在平衡，造成体内多有内热，一旦感受风、寒、湿邪，则易出现内热外寒证。

张忠德根据临床患者症状辨证开出预防流感处方：

平素体质偏寒者，易感风寒而夹湿，推荐预防流感I号方：

苏叶10 g、藿香10 g、苍术5 g、

玄参10 g、桔梗10 g、淡豆豉10 g

用法：将上述药方加500 ml水，水开后小火煲煎半小时至200 ml（约一小碗），日一剂，温服，服用3—5天。

平素体质偏热者，易感风寒而化热夹湿，推荐预防流感II号方：

生薏仁20 g、玄参10 g、桔梗10 g、桑叶5 g、连翘10 g

用法：将上述药方加500 ml水，水开后小火煲煎半小时至200 ml（约一小碗），日一剂，温服，服用3—5天。

同时，推荐流感日常防护小贴士——

勤通风：在家或办公室要注意多通风。尽量避免去人群密集、通风不良的场所。

勤洗手：打喷嚏或咳嗽时尽量用纸巾或手肘部掩盖口鼻，防止飞沫喷溅；有病及时就医。

戴口罩：尽量减少到封闭、空气不流通的公共场所和人口聚集的地方，必要时外出佩戴口罩。

勤锻炼：建议大家加强体育锻炼，增强身体素质，提高机体对病原体的抵抗力。

按揉迎香穴：首先将双手搓热后，用食指指腹按揉迎香穴约3—5分钟，以酸胀感为度。按摩迎香穴可以缓解鼻塞、流鼻涕的症状。

迎香穴示意图

张忠德提醒，若出现明显的流感样症状，建议及时到医院就医。

官方处方一发布，顿时，这则消息又开始爆发式传播。不管是新闻媒体还是广东省中医院的微信公众号，只要转发、发布这条新闻，篇篇阅读量都是10万以上。

这时，张忠德更加确定了，这是一场大考，这场大考已经开始了，而广东省中医院人也准备好了。

晚上，医院宣传处标红了次日微信推送文章的最后一句话：“我们在！请放心！”

2

矢志传承：那段时代最强音

1月24日除夕，作为第二批国家援助湖北中医医疗队队长，广东省中医院副院长张忠德踏上奔赴武汉的列车。

17年前，39岁的张忠德曾在抗击“非典”一线忙碌，感染后住院19天才迎来转机。然而当疫情再起，他仍义无反顾第一时间奔赴武汉。

“想起烈士纪念日那天，德叔（大家对张忠德的昵称）在广州中医药大学做报告时的哽咽失声，又泪目了……”

“德叔，好样的，向你致敬！”

“德叔，平安归来！”

“17年前的‘抗非’英雄，17年后再战武汉，为德叔点赞！”

看到张忠德除夕深夜奔赴战场，年夜饭就是在高铁上的盒饭时，千万网友的心揪着！泪目，我们等英雄归来！

那是一段艰辛的日子！

那是一次悲壮的出征！

那是一种人性的考验！

那是一份重生的幸运！

那是一腔大爱的情怀！

那是一贯信念的坚守！

时光回溯到2003年的春天。

那是一场无路可退、凶险难守的战争。那无疑是一场相当艰苦的相持战争。健康还是染病，生还是死，这样的抉择突然之间摆在了每一个人的面前。不知道有多少医务人员在出门的时候，忍不住眷恋地再多看一眼自己温馨的小家，多看一眼自己海誓山盟、终身相许的爱人，多看一眼牙牙学语、天真烂漫的孩子，多看一眼已经苍苍白发、日渐衰老的父母，他们忍不住想：不知道晚上下班的时候是否还能踏进这个家门，是否还能再和家人欢聚在一起。

在抗击“非典”的过程中，广东省中医院是广州最早与“非典”病魔交锋的医院之一，也是与“非典”病魔战斗得最久的医院之一。他们克服了重重困难，付出了巨大代价，涌现出了以南丁格尔奖章获得者、全国优秀共产党员、“最美奋斗者”、“抗非”烈士叶欣为代表的英雄群体。

还记得17年前那位说“这里危险，让我来！”的护士长吗？

在玉兰花开的时节，广东省中医院护士长叶欣永远离开了人世，她牺牲在抗击“非典”的战场上。生前，她留下了一句令人刻骨铭心的话：这里危险，让我来！

面对“非典”患者，她跟随自己的心默默做出了一个让人叹服的选择——包揽急危重“非典”患者的护理工作。心思细腻的她为了帮助同事们增强抵抗力，不管多忙都要坚持每天下班后煲汤，第二天带回医院给他们喝。忙的时候，她甚至“狠心”拒绝接听家人的来电。在同事和患者们眼中，她似乎从不知疲倦。在她和同事们的努力下，一个又一个患者被从死神手中夺了回来，可谁能想到，此刻的叶欣是强忍着自身病痛的折磨，完成着一次次的抢救和护理。病魔最终没有放过她，经确诊，叶欣染上了“非典”。任凭多少人的努力和呼唤，都没能挽留住叶欣匆匆离去的脚步！在万物复苏的阳春三月，年仅47岁的叶欣穿着她生前最钟爱的护士服，告别了人生美好的季节永远地走了，留给人们的是她永恒的微笑。同时，她也把“叶欣精神”留给了世人：红十字国际委员会追授叶欣为南丁格尔奖章获得者。她鼓舞着中国人民取得了抗击“非典”的最后胜利，入选“100位新中国成立以来感动中国人物”。

广东省中医院二沙岛医院急诊科里有个不成文的规矩，每年春节后上班的第一天，或有新的医生护士调到科里，大家都要去叶欣护士长的雕像前鞠一躬，告诉这位可敬可爱的护士长一声。有的同事结婚、生孩子，也会去跟叶欣护士长念叨一下。不

●护士们在二沙岛医院的叶欣雕像前献花

仅叶欣精神在她生前工作过的广东省中医院传递，叶欣更成了国人心目中白衣天使的杰出代表。“非典”的背影渐行渐远，但叶欣精神却永远与我们同在，她的音容笑貌将永远定格在我们的心中，她的精神将永远铭刻在历史的丰碑上，激励所有的医务工作者勇敢前行。

那时，张忠德是与叶欣同一科室的科主任。每天早上他第一件事，就是发药给科室的每一个医务人员，看着他们吃下去，才放心地走开。每逢科里收治疑似患者，只要他在，他都尽量不让更多的人接触，甚至独自去检查。后来他和叶欣在抢救一例因急腹症前来急诊的“非典”患者后，不幸染病倒下了。在病床上他们还对闻讯而来的院领导说：“对不起，我没有完成任务，病倒了！”那时那刻，他们放不下的仍然还是工作。尽管在病榻上，他们仍经常打电话询问科室的情况，后来病情加重了，上了呼吸机，说话不方便，他们就改为发短信。电话或信息那头的同事们既感动又心疼。

张忠德形容当时感染“非典”的感受是如同头被压在一盆水中，但是当时任医院党委书记、院长吕玉波等去看望时，张忠德等人却又佯装没有事的样子，不愿他人为自己担心，他强撑着给吕玉波发去信息："吕院长，您放心，没事，我挺得住。"

大学城医院皮肤科、风湿病科护士长潘丽丽回忆起2003年，当作为护士的她，主动报名支援重症医学科（ICU）的时候，她的妈妈正好来广州看望她。她怕妈妈担心，也怕影响工作，坚持要妈妈回去，妈妈不同意，非让她说出真正原因。妈妈知道实情后，知道没有办法阻止女儿，只好退一步要求女儿让她留下来，可怜的母亲盘算着，万一有什么事也好照顾她的女儿呀！迫不得已，潘丽丽泪流满面，跪下来求妈妈："你在这里，我没有办法安心工作。"最终，妈妈带着不舍和担心回家了，不能陪伴在旁照顾女儿的她却摸索着学会了给女儿发短信加油打气。

口罩一戴戴几个，医务人员间调侃说就像河马嘴巴；隔离衣穿几件，防护帽戴两顶、三顶，套上鞋套，戴上防护镜……医院想到医务人员整天戴着几个口罩，还要跑上跑下，一定呼吸很不顺畅，甚至会缺氧，于是在医生办公室放上供氧装置，让他们稍事休息时能吸吸氧；医院还想到医务人员疲劳容易染病，于是实行2小时轮换制、4小时工作制。院领导们心疼医务人员，在没有更好的防护用品的情况下，给大家准备了防毒面具，让他们戴着去治疗患者。可是医务人员却"嫌"戴了看不清，怕影响一些精细的操作，为了更好地抢救患者，果断放弃了这一防护装备，只在特殊场合不得不戴上。

"非典"主要症状为高热及呼吸困难。在收治"非典"患者上，呼吸内科当仁不让，成为抗击"非典"的主战场，打的是阵地战。广东省中医院呼吸科大科主任、青年女科学家林琳仍然记得，2003年1月9日，时任大德路总院呼吸内科主任的她遇到了一位40多岁的黄姓患者，该患者由大德路总院急诊科转入呼吸内科，紧接着急诊科又送来一批患者，他们全部都表现为高热不退、头痛、呼吸困难，胸片显示有肺炎的征象，血象升高却不明显。经过详细了解病史，她发现他们都曾在发病前一周接触过这位黄姓患者。她与"非典"面对面搏斗的300多个日日夜夜由此拉开了序幕。她离开老人孩子，把家扎在医院，日夜观察病情，近距离记录每一位患者的症状变化，只为找到治疗"非典"更好的办法。

在"非典"肆虐之时，急诊科作为"排雷连"，战斗在"抗非"的最前线。李际强当时便是奋战在最前线的一名急诊医生。为了及时救治一例高度疑似的"非典"患者，他与时任广东省中医院大德路总院急诊科副主任刘涛亲自搀扶体重超过80公斤的患者拍一张立位X光片，双双感染上“非典”倒下了。面对着铺天盖地的赞扬医生的言辞，他轻描淡写地说：“我觉得我们只不过是尽自己的职责而已，其实没什么好赞扬的。” 医者仁心，淳朴如此。

在那场没有硝烟的战争中，广东省中医院重症医学科作为救治“非典”重症患者的攻坚阵地，经受了严峻的考验。在医院党委的统一部署下，在时任科主任张敏州的带领下，重症医学科全体医务人员面对“非典”病魔的肆虐，面对死亡的威胁，团结一致，始终坚守自己的工作岗位，英勇战斗，谱写了可歌可泣、催人泪下的感人篇章。颜芳作为当时重症医学科的一名年轻战士，目睹和参与了整个战斗过程，并为此一再推迟婚礼，直到取得胜利。

几乎所有最严重的“非典”患者都在ICU（重症加强护理病房）抢救。为了争取主动权，ICU一夜间转移走了原来科里的所有患者，专门收治“非典”患者；集中了全院的呼吸机到ICU，发现仍然不够，又抓紧采购；为了减少病房内污浊空气和病毒的含量，关掉了中央空调层流系统，打开窗户，用大功率的风扇、排气扇，以保证通风；

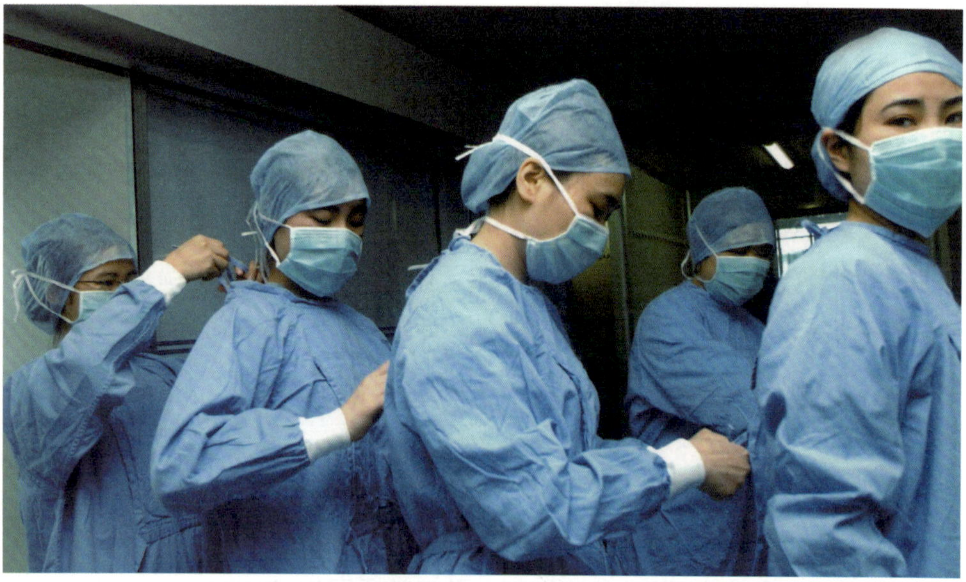

ICU医务人员帮助彼此穿防护服（羊城晚报记者侯恕望2003年拍摄）

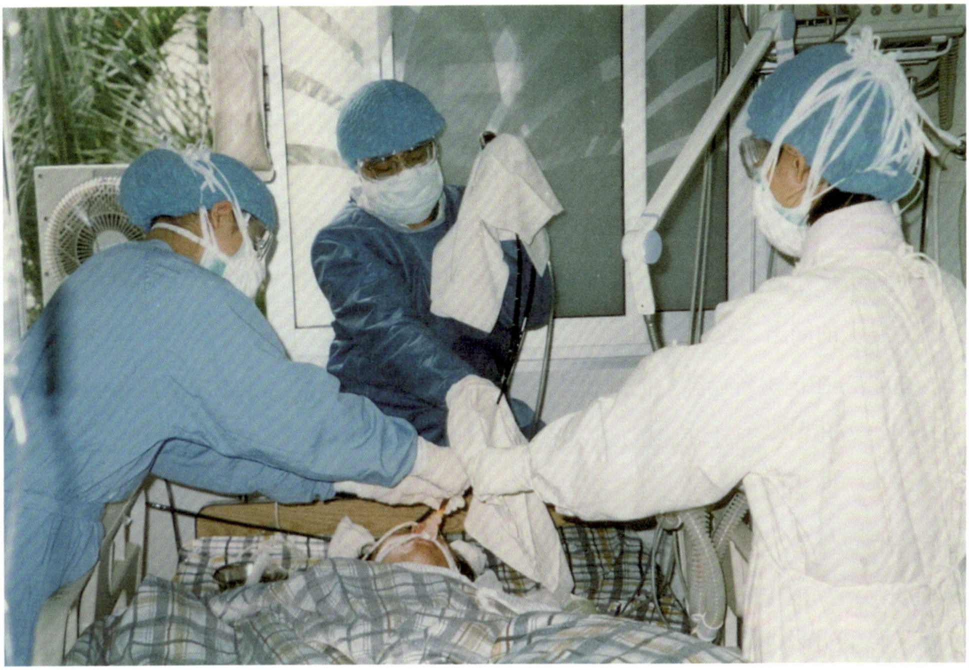

● 韩云（中）为“非典”患者进行气管插管

空气消毒机24小时运转，病房内不停地蒸煮着白醋……尽管想尽一切办法进行防控，然而为了抢救“非典”患者，仍然接连有医务人员病倒，可是他们前仆后继，丝毫不退却。

“非典”是呼吸道传染疾病，插管成了最危险的工作，负责插管的韩云被称为“离危险最近的人”。为了减少感染，医务人员除了戴六七层的口罩之外，韩云创新性改进了工作方法，用2块手术巾剪孔套在支纤镜上，以遮挡插管一瞬间飞溅的血痰，有效降低感染风险。当时，不论是防护物资还是病房设施设备都远无法与现在相比，尽管处处小心，但仅ICU就先后有17名医务人员感染“非典”。

时任广东省中医院党委书记、院长吕玉波至今回忆2003年鏖战“非典”那段激情燃烧的岁月仍感慨万分。在那场看不见硝烟、听不到炮声的战争中，不断有医务人员在抢救患者过程中染病倒下，一批医务人员在死亡的边缘徘徊，如刘涛、曾影红、张忠德、张海兰、吴万垠、刘泽银、江俊珊、黄东晖、李健、汪蓉等，这些战友的病情消息牵动着吕玉波的心弦，使他彻夜难眠。在叶欣护士长不幸病逝之后，他曾经担心，面对这样“凶悍”的病毒，感染区的医务人员会裹足不前，甚至临阵退缩。令他没想到的是，当支部和科室一发动号召共产党员、共青团员带头报名支援感染区时，不仅感染区没有一人退出，其他各科室还有100多人报名要求进入感染区。得知这个消息，吕玉波这位“铁人”忍不住流下泪水，他为他的同事们感到自豪！经统计，“非典”期间，广东省中医院前后共有214人向党组织递交了入党申请书，其中甚至包括一些民主党派的同志。经考察，共有137人火线加入了中国共产党。

如今，在抗击新冠肺炎的战役中，“抗非”精神鼓舞了广东省中医院年轻的医生和护士白衣执甲，奔赴湖北抗疫战场。这次驰援武汉的黄东晖在广东省中医院呼吸科一线工作。“当时患者越来越多，我们医务人员人手越来越紧张，全员超负荷工作。当知道自己感染‘非典’时，脑子嗡的一下一片空白。”回忆起当年，乐观的黄东晖轻描淡写：“被传染后，就一直高热不退，呼吸困难，危重时持续使用呼吸机治疗，前后住院了20多天，后来病情逐渐好转。其实，我当时已经做了最坏打算，但可能老天还是希望我留在这个世界上多帮一些人，多救一些人吧，让我死里逃生了。”

“当时出院回家，我根本没有力气爬楼梯，是别人把我给抬上去的。我这条命是同事们帮我捡回来的。”黄东晖说，正是经历过病毒的无情肆虐，才更加了解患者对健康的渴望，也才更懂得生命的可贵和医者的责任。

在那不平凡的日日夜夜中，全院医务人员坚持科学防治，努力探索中西医结合治疗“非典”的方法。经过不懈努力，广东省中医院探索形成了全国第一套抗击“非典”的中西医结合的方案。他们提出把“非典”按照发病过程，分为早、中、极、后4个时期，中医辨证9个证型，提出10个中医基本处方，此外还形成了大量的随症加减的经验。在与“非典”抗争的100多天里，广东省中医院共收治112例患者，其中105例患者恢复健康。世界卫生组织专家到医院考察后对此给予了高度评价，并表示广东省中医院创下了其所了解的最短的退热时间和住院天数记录。广东省中医院用自己的实践有力地证明了中医药学在防治传染性非典型肺炎中的重要作用。

广东省中医院人结合中西医两方面，特别是中医方面的优势，全方位、全程参与了救治，用他们非凡的勇气、严谨客观的科学态度，甚至是以健康乃至生命为代价，

● 林琳（左）、杨志敏（右）荣获香港特别行政区颁发的“抗炎勇士”金质奖章

为战胜“非典”交出了一份沉甸甸的答卷，赢得了同行的尊敬和认可，来自祖国乃至世界各地的医疗同行纷纷向他们询问经验，请他们会诊。

在广州疫情得到控制之后，应香港医管局邀请，广东省中医院又派出杨志敏、林琳两位中医专家赴港协助抗击“非典”，直到防治工作取得阶段性重大胜利。2003年，杨志敏与林琳在中国香港工作了5个月，共医治10家医院的危重“非典”患者近50名、康复期患者100余名。两位巾帼战士不仅赢得了香港同行的尊重，也赢得一大批香港“粉丝”，获得了香港特别行政区颁发的“抗炎勇士”金质奖章。

奋战了半年，他们终于胜利了！

他们欣慰地笑了，患者都治愈了！

他们欣慰地笑了，白衣战士们战胜了病毒，控制了疫情！

时间流转，17年过去，当年鏖战“非典”的年轻专家鬓间已添白发，他们中的许多人也已成长为科室的骨干。

当抗击疫情的号角再次吹响，张忠德、林琳、邹旭、黄东晖、田碧文、颜芳、李际强、潘丽丽，这些抗击“非典”的战士，又一次义无反顾地冲进了新冠肺炎疫情的“震中”。

致敬！广东省中医院的英雄们！

致敬！广东省中医院守护人民生命安全和身体健康的白衣战士们！你们再一次背上行囊，“逆行”踏上北征的列车！

人们不会忘记你们所付出的一切，你们的精神将被永远铭刻在历史的丰碑上，激励后继者前行。

第二章 临危受命，广东速度！

己亥年关，喜迎庚子新春的中国人民不曾料想，一场残酷的疫情风暴正起于青蘋之末！1月20日晚，钟南山通过媒体向全国首度通报新型冠状病毒存在人传人的消息，在举国为之哗然的同时，病毒正悄无声息地蔓延全国。亲历过“非典”之殇的广东省中医院人对此尤为警觉，医院党委火速做出反应，领导干部主动取消休假，医务人员积极请缨加入战斗……一时间，5个院区数个部门千百名医务人员火速进入战斗节奏，决心与病魔抗争到底！

1

一场自上而下的火速动员

2019年12月底，新闻报道武汉出现不明原因肺炎病例。12月31日，广东省中医院收到第一份关于加强不明原因肺炎病例监测和救治工作的紧急通知。彼时，这一情况并未在全社会和舆论场掀起多少波澜，却引起了医院副院长张忠德的高度警觉。

2003年“非典”疫情期间，时任二沙岛医院急诊科主任的张忠德立下赫赫战功。全力投身战“疫”的他一度被感染，生命危在旦夕。历此大难，17年后再遇疫情苗头，他率先站了出来！

2020年1月初，张忠德凭借高度的职业敏感和丰富的医疗管理经验，科学预判，迅速行动，立即召集医务处、护理部、门诊办公室、急诊科等部门召开不明原因肺炎紧急防控会议，率先布置各部门按应对不明原因肺炎的标准做好防控准备。

1月上旬，在疫情尚未明朗之际，分管医疗工作的副院长李俊已经带领医务处、医院感染管理办公室开始忙碌起来。他们通过总结既往应对和抗击新发传染病的经验，先后组织了急诊科、重症医学科、呼吸病科、儿科、医院感染管理办公室等相关科室的专家，对全院员工进行了分层次、全覆盖、有针对性的培训。

步入月中，不明原因肺炎的身份逐步得到明确——“新型冠状病毒感染的肺炎”一词进入更多人的视野。随着新冠肺炎疫情愈发明晰，院长陈达灿、党委书记翟理祥提出要求，医务处要提早制定各种应急预案。此时，基于对疫情的高度敏感和主动预判，广东省中医院各院区从医多年的领导、中层干部纷纷主动取消即将到来的春节休假，决心身先士卒，为医院接下来的疫情防控工作建立起坚强的主心骨。

1月20日，接到《广东省卫生健康委办公室关于印发广东省卫生健康委新型冠状病毒感染的肺炎医疗救治工作应急预案（试行）的通知》后，广东省中医院第一时间组织召开新型冠状病毒感染肺炎应急防控工作会议。21日，新型冠状病毒感染肺炎应急防控工作领导小组及专家小组火速成立，院长陈达灿、党委书记翟理祥担任领导小组组长，副院长张忠德、李俊担任专家组组长，医院感染管理办公室、急诊科、呼吸病科、重症医学科、儿科、检验科、影像科等专家全面进组。拥有丰富抗击“非典”统筹指挥作战经验的名誉院长吕玉波应邀参加会议，对医院疫情防控工作提出指导意见，让大家少走弯路，更有效地布局。

两个核心小组的成立，宣告着全面迎战的序幕正式拉开！

●医院成立新型冠状病毒感染肺炎应急防控工作领导小组并多次召开会议

医院同步成立院感、发热门诊、物资、后勤、安全保障工作小组，确保疫情防控工作有力有序有效；同时根据上级指示，不断完善应急预案，使之更加科学缜密；多次开展全院医务人员相关知识培训、演练，强化诊疗流程，实行每日零报告；并开辟专门的留观区，加紧准备充足的应急物资及相关药品。

此后，医院多次召开应急防控工作领导小组会议。“开会+不落实=0；布置工作+不督促检查=0。”这是广东省中医院每个办公室墙上挂着的标语。医院上下崇尚务实的工作作风，院领导率先垂范，在疫情最吃紧的两周多时间里，院长陈达灿坚持每天带领分管医疗的副院长李俊、各分院院长、医务处处长到一线巡查，检查各院区的疫情防控工作是否落实到位，常常是上午各分院巡查一遍，下午集中开会，晚上再根据当天巡查情况和开会讨论结果，进一步完善诊疗流程及后勤保障等工作。

在疫情蔓延的风头初现之时，广东省中医院党委及医院领导迅速反应，从高位进行全面部署。与此同时，各个院区一线的医务人员内心也颇不平静！他们渴望着，发挥自己的职能，为抗击疫情献出一分力量；他们期待着，听到战“疫”号角的吹响，义无反顾地踏上这片没有硝烟的战场。

2020年1月21日下午，广东省中医院临床护士群里发出了一条来自医院护理部的信息：

亲爱的同事们，大家下午好，近日以来，新型冠状病毒肺炎受到社会各界的广泛关注。春节期间，人口流动性大，新型肺炎恐有肆虐之象，为了做好隔离病区护理人员储备工作，以备不时之需，请各位护理同事志愿报名加入一线应急护士队伍，留在广州，随时待命，为疾病防控储备后备力量。春节期间如有需求，立即启动排班，届时将实行4小时轮班制。请有意愿加入一线应急护士队伍的同事，于今日下午18点前填写以下表格，期待大家的加入。

“没有后顾之忧，我报名！”

“我跟我先生商量过了，他支持我的决定！”

“医院是我家，需要我的时候肯定义无反顾！”

当天晚上，医院护理部就收到了近200名护士的报名，一支一线应急护士队伍便在极短的时间内组建完成。此外，还有众多护士申请加入后备队伍，表示愿意按照组织安排，随叫随到！

“微信群里，大家报名请战的信息像雪花一样频密地发过来。护士们都是主动请缨，放弃假日，特别感人，体现了省中医的精神。”这支可爱的护理队伍，让广东省中医院护理部林美珍主任感到骄傲不已，她拭去眼角感动的泪花，在群里回复道：“17年前面对‘非典’，我们万众一心，众志成城；今日，迎战新冠肺炎，我们也一样不会认输！”

22日下午，广东省中医院这支近200人的应急医疗队集结，接受了一次防控新冠肺炎疫情的紧急培训。

不只是护理部，在其他科室，在广东省中医院的每一个分院，在许多科室，在这片17年前“抗非”英雄叶欣曾经战斗过的地方，与此相似的主动请缨与火速集结的感人事例频频涌现，许多已经安排休假探亲的科室主任、医生、护士等听到医院组建应急医疗队的消息后，也主动放弃休假安排，决心留在医院共同抗击疫情。

此时，距离传统新春佳节仅两三天时间。对于绝大多数决定留院抗击疫情的医务人员来说，做出这个决定，意味着要临时改变春节休假归家的行程。

春节期间仍然坚守一线的广东省中医院人

每逢佳节倍思亲，在万家团聚的时刻，忍受与家人相隔的思念之苦，舍“小家”为“大家”，又谈何容易！

他们也是父母的孩子，他们也可能是孩子的父母，他们也想回家过年，他们中的有些人，也许一年中就只有春节假期能与家人团聚。但是，为了千万个其他家庭的父母和孩子，他们选择了留下，随时待命！

选择了这一身制服，他们就已经毅然选择了与归家不一样的方向。

他们当中，有的预产期在即仍然请缨返回岗位；有的主动推迟婚礼支援一线；也有的临时退掉车票，违背了与家人相聚的约定……他们通过一条条短信向领导申请留守一线，通过一条条微信将自己的决定告知家人，通过一条条朋友圈抒发着自己的心情，表明自己的信念。在社交通信网络上，医务人员以“活着的叶欣”之名誓师，随时准备投入战斗，令人动容。

“纠结了几天，面对日益严峻的疫情，终于在最后期限之前，把带儿子回家探亲往返的高铁票退了。”广东省中医院二沙岛医院急诊科主任李芳自从入职广东省中医院以来，一直在重症医学科、急诊科等危急重症疾病相关科室工作。每年春节期间是多种流行疾病的多发时期，也正是她工作强度最大的时候，很难长时间脱岗。

李芳参加工作已近30年，过年回家的次数却屈指可数，这一次好不容易腾出假期准备回山西老家的她，面对使命的召唤，还是毅然决然地做出了留院的决定。李芳的微信朋友圈，道出了她的心绪：

亲爱的爸爸妈妈，真的非常抱歉！……你们年纪大了，都有慢性肾脏病，妈妈想我帮她好好调理身体，总盼着我能够回家；爸爸昨天早上被门严重夹伤了脚趾，他有糖尿病，足部损伤特别容易继发感染，迁延难愈，女儿真的很心疼、很担心。但身为医生的我，却不能为父母侍疾，何以为孝！

但我又不得不留下，2003年，我在“非典”救治的第一线，17年后的今天，作为科室的管理者、叶欣护士长曾经的战友，也必须和身边的同事们在一起。在医院领导和各部门的大力支持下，在疫病到来之前，未雨绸缪，严控布防，把困难想得多一些，把措施落实得更到位一些，希望疫情很快得以遏制，希望每一个人都平平安安。

“妈妈，对不起，我又要逆您的意了！请相信我，我一定能再次平安回到您的身边!!!”广东省中医院大学城医院皮肤科、风湿病科护士长潘丽丽在经历2003年的“非典”后再次主动请战。

经历过严峻疫情的她，在17年后的新冠肺炎疫情防控阻击战中，更能深刻体会此时此刻坚守的意义。因此，她主动放弃了春节外出的安排，再度志愿加入一线。“妈妈不同意，但我想去，因为那里更需要我！随心走，望平安，祝胜利！”潘丽丽明白天下没有父母是愿意让自己的儿女承受风险的，但她无法不坦诚地面对自己内心的呼唤。

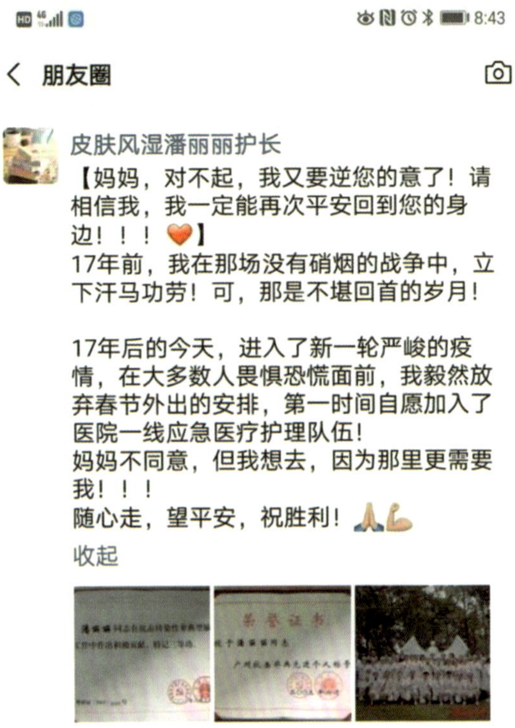

医务人员通过微信朋友圈表明自愿坚守一线的决心

“我的父母都是党员，我和妹妹都从医。危难当头，我们没有理由不站出来。”胡萌是广东省中医院珠海医院发热门诊的值班医生，他的妹妹在广东省疾病预防控制中心工作，从事病原微生物检测。疫情突袭，兄妹俩不约而同地选择了坚守岗位。

“妈妈此生最大的成就就是哺养了两个优秀的儿女，我的宝贝都是好样的，妈妈为你们自豪、点赞！”得知儿女双双决定征战抗疫前线，胡萌的母亲在给孩子们的电话中表达了最由衷的肯定。他们的父母在家纵使有千万个担心，但始终没有一句阻拦，老两口说：“你们放心地去忙工作吧，家里我们会照顾好的。”

“鉴于当前疫情不明朗，我自己是感染方向的，留下来可能更有利于科室或医院的工作安排。”广东省中医院大德路总院急诊科副主任奚小土，在2003年“非典”期间曾战斗在“抗非”一线，甚至一度因抢救“非典”患者而染病。但当他知道医院此次要组建临时隔离病区后，便与家人商量，放弃了春节回老家祭拜去年过世父母的计划，积极向医院领导报名请战：“为了有效应对疫情，医院需要我去哪个岗位，我坚决服从医院的安排！”

…………

这些语言和文字，包含的情绪很复杂，其中有着值守一线的坚定不移，也有着对家乡的思念不已；有着阻击疫情的踌躇满志，也有着对亲人些许愧疚。毕竟这些医者也都是寻常人，他们有着寻常人的情感需求，然而疫情当前，那些人之常情也只能被抛在身后，此刻更多充溢在他们内心的，是狭路相逢勇者胜、誓与疫魔战到底的坚定信念！

2

将战“疫”素养内化于心

战士要踏入战场，必备的战术素养必不可少。对于参加战“疫”的医务人员而言，院感防护知识技能就是不可或缺的“战术素养”。

2020年1月上旬，在疫情尚不明朗时，广东省中医院医务处、医院感染管理办公室已经开始组织来自急诊科、重症医学科、呼吸科、儿科、院感等相关科室的专家，结合既往应对和抗击新发传染病的经验，分院区对医院员工进行培训。

当不明原因肺炎的身份显露，为了针对新冠肺炎的特殊性进行防控，保证医院全体人员和患者的双向安全，医院副院长李俊与医务处一起按照有关规定制定了严格的院感防控措施。

李俊总体负责院感培训工作。他深知病毒来去无踪，全院任何一个人都有可能直接和病毒“面对面”，因此他决定面向全院全体人员普及新冠肺炎防治知识，组织全

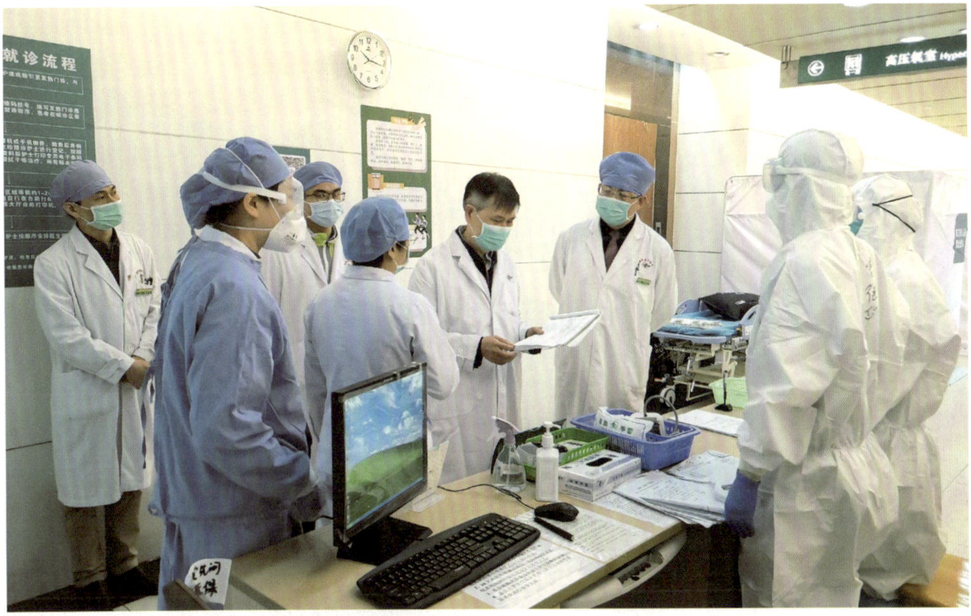

● 广东省中医院院领导深入临床一线，检查、指导各岗位的诊疗工作并调研防护需求

院医务人员学习和掌握消毒、隔离、个人防护知识和措施，使其熟悉新冠肺炎临床特征、诊断标准和治疗原则。

而对于急诊科、发热门诊、呼吸科、重症医学科以及隔离病房等重点科室人员，李俊则要求进行强化培训，他们必须熟悉个人防护用品穿脱流程、洗手与手消毒、发热门诊消毒隔离制度和进入隔离病区的注意事项，以及近距离接触患者时的防护方法等知识与技能。

在培训结束后，李俊还和医务处组织抽查和考核，对临床、医技、药学人员采用线上答题形式，对后勤人员则采用线下答题形式。针对不及格的人员，还进行了二次培训，再次考核直至全部考核通过，保证全员参与，人人过关。

此外，医院医务处、医院感染管理办公室还制定了新冠肺炎防治模拟演习方案，组织医务人员进行了实操演练，确保其更好地掌握处理突发事件的方法。

李俊对此提出明确要求："对于演练存在的问题，各科室个人要进行限期整改。相关的工作制度和流程也要根据演练情况进行修订、补充和完善。"

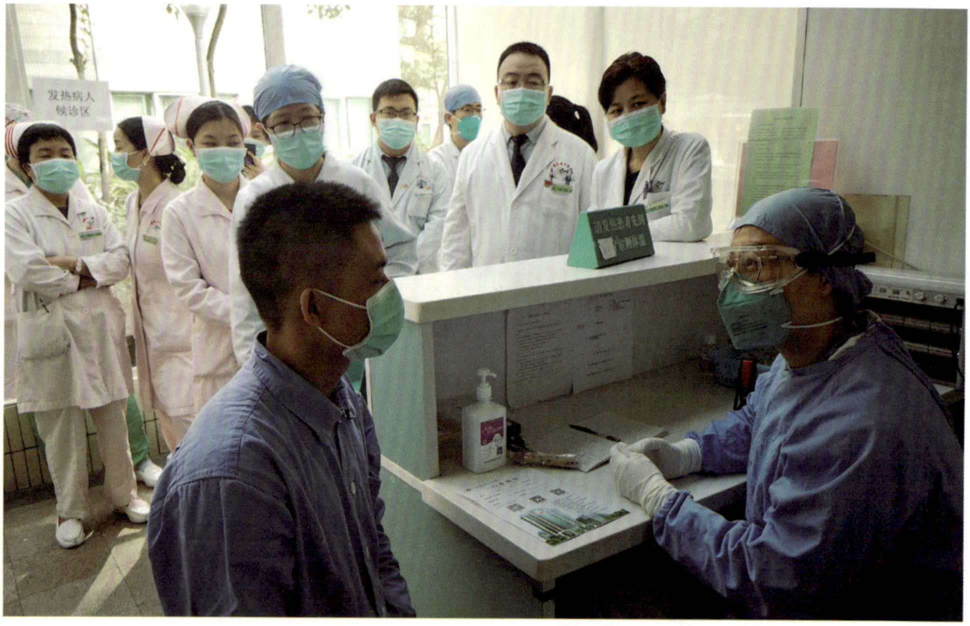

●二沙岛医院针对新冠肺炎疫情开展应急演练

“在培训与考核之外，最好还是要安排专人，对重点医务人员的防护工作进行实时监察！”李俊和医务处往深处多思考了一层，“隔离病区、发热门诊属于高风险区域，这些科室的医务人员的防护尤为关键！”于是两人决定安排专人，在此类医务人员进入高风险区域前，对其防护情况进行检查，并进行明确记录。

此时，广东省相关部门发出通知要求医院开展感控辅导员工作。这一要求刚好与医院的做法不谋而合。医院立即响应，当日即在原防护检查专人的基础上，成立感控督导员队伍，明确工作职责，分阶段加强相关培训。各感控督导员每日开展医院巡查，发现风险点，及时纠正，确保了医务人员的防护安全和院感各项规章制度的落实。

在院感工作上，广东省中医院还注重充分发挥中医药在预防和治疗传染性疾病方面的优势。在疫情前期，医院应用中药汤剂、中草药香囊进行预防，采用艾叶熏蒸对空气进行消毒。就诊者行走在医院的各个区域，都能嗅到令人安心宁神的中药香。

在医院操忙着院感培训工作的同时，各级政府部门也已经行动起来，各种新冠肺炎预防和控制工作会议、文件、指引铺天盖地而来，而把这些结合医院感染管理制度、流程，落实成可以执行的规范使用防护用品指引、工作人员防护级别要求、员工自我防护指引等文件，就成了医务处最重要的工作。

为了让医生第一眼看清晰，第二眼看明白，医务处在编写工作指引时花了很多心思。“大家要认真研读文件，把临床上可能遇到的情况进行分类，确保流程节点清晰，指向明确，分类全面，对于不是一句话可以说清楚的，就在节点处用最精练的语言写出来，然后以附注的形式做更进一步的说明。”医务处对于工作指引编写团队提出了很高的要求。

指引的编写工作永远是现在进行时，因为疫情形势在变，相关部门的文件也随之调整，医院的工作指引也必须及时更新。为了尽量将指引做到明确、完善，他们经常会不知不觉工作到凌晨两三点。很快，医生们手头就拿到了“10.0版本”的工作指引。

与院感培训相同，各项工作指引的落实也必须通过培训去强化，通过考核去落实。为此，医务处采取了线上考核、分层培训、强化培训等多种方式来强化医务人员的防护意识，帮助他们熟悉新冠肺炎临床特征、诊断标准和治疗原则。

李俊心里明白，只有实现院感防护知识和工作指引在医院全员心中的内化，大家才有将这场战“疫”坚决打下去的勇气与底气。

3

关键科室形成“战斗姿态”

各类培训和工作指引在全院的落实，是一种“战术素养”的具备；而抗疫“战场”的开辟和调整，则是摆在广东省中医院领导们案头的另一个难题。

要诊断并暂时收治新冠肺炎疑似病例和确诊患者，发热门诊和隔离病区是两个最为关键的科室，在往后的战“疫”过程中，它们也将是最主要的两大“战场”。

发热是新冠肺炎患者的重要症状之一。疫情期间，只要医院正常开放，就可能有体温异常者到达医院。此时，发热门诊，包括其前端的入口门卫、预检分诊环节，便共同组成了医院做好疫情防控工作的第一道防线。

疫情紧迫，广东省中医院人只有比病毒更快一步，才能在后续的博弈中占据主动。在正式接收患者之前，医院便预先组织了全面的防控演练，对预检分诊、诊区报到、患者分流、发热门诊等环节进行一站式设置，严格执行消杀管理，实现关口前移、全程防控。

战“疫”正式打响，严格的把关从人们踏入医院大门的那一刻起便已启动。

“全院各个出入探温点一定要做到逢进必测，不漏一人！”院长陈达灿高度重视，部署落实“第一道岗”任务。

接到任务后，保卫处处长黄健带领医院安保人员以最快的速度积极响应，培训人员上岗，合理封控出入口，全天对进入医院人员测量体温，落实24小时排班制，牢牢地守住了医院疫情防控第一扇“门”。

接下来，挡在第二扇“门”前的是负责预检分诊的门诊文员。

为了不漏掉任何一个“可疑”患者，杜绝院内感染，门诊办公室主任张文青带领

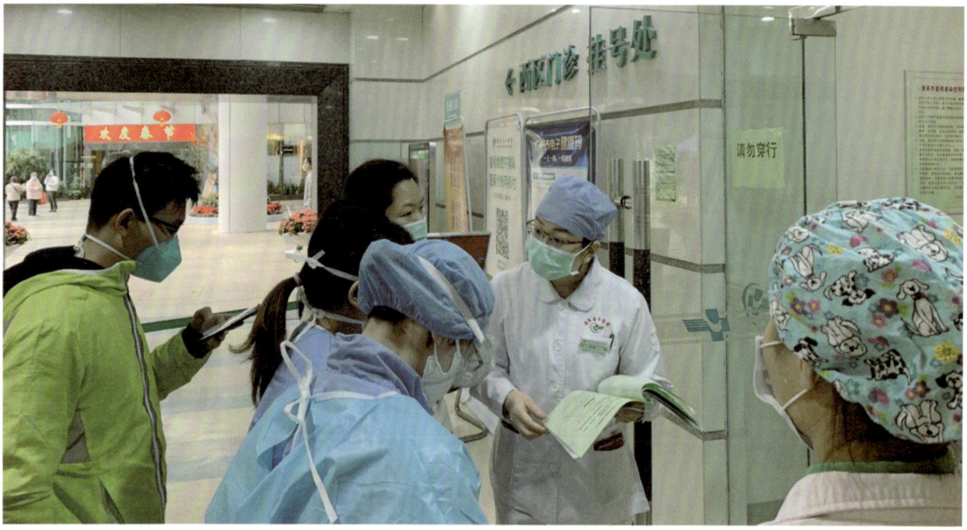

● 大德路总院急诊科护士长郭艳枫为发热门诊医务人员进行岗前培训

门诊文员团队实行三级预检分诊：挂号处文员负责一级分诊，在医院入口处派发、指导患者填写流行病学问卷；门诊科室的文员负责二级分诊，对候诊患者复测体温，确保体温的准确性，同时核对患者问卷填写情况，落实其流行病学史初筛，细心指引患者候诊；接诊医生进行三级分诊后接诊，科室文员需要再次核对医生接诊人数与问卷数是否一致，保证科室追溯到每一位患者。

预检分诊文员们身后便是发热门诊，这是第一道防线上的中坚力量。

在医院领导小组的统一调度指挥下，广东省中医院5个院区均在第一时间对发热门诊进行了全面升级改造，使其符合新冠肺炎患者接诊要求，并扩充了发热门诊的人员队伍。

大德路总院可以称得上是广东省中医院大本营，门诊压力也最大，由院长陈达灿、副院长李俊亲自指挥作战。总院急诊科仅用半天时间，就将留观病房改建为发热门诊隔离区，在发热门诊设置了患者和医务人员的专用通道，严格按照防护标准将医务人员生活区和患者诊疗区分开。总院在各科室火线召集了8名医生、12名护士扩充到发热门诊救治队伍，保证每天每班有2名医生和3名护士同时在岗。医院还组建了24小时一值、二值、三值的医疗梯队在科室待命，为疑似患者做好排查工作。

大学城医院先后在副院长张忠德、刘军的有力指导下，有序开展疫情防控工作。第一时间从方案规则制定、人员培训、物资储备、预检分诊、发热门诊的重新设置等方面展开行动。当“发热门诊缺人，请求支援”的信息一发出，就迅速得到全院医务人员的积极响应，保证了发热门诊24小时人员在位。值得一提的是，面对这场严峻的疫情，面对潜在的危险，有一群平均年龄只有26岁的护士，迅速在发热门诊集结。他们主动放弃休息，决心坚守在前线。

副院长杨志敏带领芳村医院一众职能干部科学布局，在发热门诊内设预检分诊区台、疫区发热诊室、非疫区发热诊室、发热门诊缴费处、发热门诊治疗室等。发热患者的就诊、缴费、咽拭子留取等均可在发热门诊内完成，让发热患者“一站式”完成就诊；独立的发热门诊通道设置，真正做到将发热门诊与普通门诊完全隔离开来，让患者得以放心就医。

二沙岛医院在副院长陈海的带领下，医务处、护理部、门诊办公室等职能部门干部深入临床一线，每日巡查发热门诊、临时隔离区、急诊、普通门诊、医技科室、住院病区的工作流程，指导医院的抗疫工作，充实人员、协调防控物资和设备，严密做好预检分诊与发热门诊诊疗服务，对疫情做到“早发现、早报告、早隔离、早诊断”，严格检查医护人员的防护措施是否到位，做到每天精准排查及时上报，做到全覆盖、零差漏。

珠海医院在发热门诊、隔离病区、关口执勤、核酸检测等四大“主阵地”上科学防治，精准施策。建立闭环式发热门诊及综合隔离观察病区，在医院各入口设立预检分诊台，核酸检测当天出结果，加强医务人员院感培训，行政后勤部门做好统筹协调和防控供给……整个疫情期间，珠海医院牢牢构筑5道防线，有效保障了疫情期间的医疗安全，医院防控工作自始至终在超前、有序、高效的状态下运行。“无论是疫情防控还是复工复产，医院肩负引领全市中医药事业发展的使命，必须积极发挥中医药特色优势，为珠海贡献中医力量，守护一方百姓的健康。”广东省中医院副院长、珠海医院院长杨荣源表示。

1月23日截至24时，广东省累计报告新冠肺炎确诊病例由前一日的32例陡增至53例，疑似病例和密切接触者人数更是增长迅猛；同日，广东省启动重大突发公共卫生事件一级响应。这些数据和举措无不预示着疫情防控形势的严峻。

在如此情况下，对于广东省中医院来说，开辟集中收治疑似病例的隔离病区就成为眼下颇为急切的工作。23日当天，医院经多方考虑，决定火速将符合隔离病区建设标准的大学城医院住院部二号楼肝病科改设为隔离病区。一场急迫的病房改造工作就此展开。

23日下午，在物业管理处主任余强解和保安队杨佐雄的带领下，10名事先待命的应急保障队队员火速上岗！转移各类物资家具，将物品统一分类放置，并对病房进行清洁消毒……各项工作有序地进行着。

转眼已到深夜，负责腾空房间给隔离病区医务人员住宿的应急保障队队员古卓铮稍微松了会儿神，连续上班36小时的她顿时感到腰酸背痛、倦意沉沉。然而她不敢休憩太久，一份使命感压在她的心头。“我一定要尽快完成任务！”这位党员在心里默默给自己打气。

此刻，应急保障队并不是孤身奋战。医院工程部黄海峰接到医院建立隔离病区的任务后，立即率领工程部17人的团队，投入到隔离病区的紧急筹建中，为应急保障队的同事助上一臂之力。

病房改造工作异常紧张，工程部不少队员为了助力病区筹建，把个人生活的安排都暂时抛在了一旁。23日当天正是工程部师傅刘平50岁的生日，原本轮休的他放弃休息，和同事们共同完成紧急改造任务。这位资历深厚的老师傅在自己50岁生日当天毅然投入战斗，这种精神令他的战友们感动不已。“生日年年都有，在疫情防控的大事面前，少过一个生日不算什么！”面对工程部兄弟们的称赞，刘师傅露出质朴的笑容。

硬件设施改造完成后，清洁消毒工作不可或缺。大学城医院清洁部湖北籍员工钟石香率先挑起重担，她不顾身患胆囊炎带来的不适，主动要求进入隔离病区进行消毒。“我是湖北人，让我进隔离病区为抗击疫情贡献自己的一分力量吧！一起为湖北、为全国加油！叶欣烈士在旁边守护着我们，我们一定会平安渡过！”她深情地对主管说。

1月24日，除夕当天下午，经过多个部门24小时的联合奋战，在名誉院长吕玉波、院长陈达灿、党委书记翟理祥等院领导的多次督战下，以及肝病科主任池晓玲和全科室医务人员的大力配合下，大学城医院肝病科改造成隔离病区的筹建工作火速完成，正式投入使用！

疫情来时，召之能来，来之能战！在万家团圆的除夕夜前后，一场大义凛然的主动请缨、火线集结彰显着广东省中医院人高尚的济世情怀，也为隔离院区救治队伍的组建提供了坚实基础。“本来担心很多员工会害怕，不敢到这么危险的地方去，结果医院组建应急医疗队的通知一出，大家都非常踊跃报名参加，最终报名人数共300多，我当时非常感动。”分管医疗的副院长李俊说起当时的情形仍有些动容。

经过筛选，一支由来自各个院区不同科室的9名医生、31名护士组成的隔离病区救治队伍，在大学城医院正式组建起来。这支队伍集结了医院最优质的医疗力量。

至此，发热门诊和隔离病区这两大关键科室，正式形成枕戈待旦的“战斗姿态”。

与此同时，作为广州中医药大学第二临床医学院，广东省中医院分管学生和教学工作的党委副书记蒋四川、副院长黄燕也按照广州中医药大学和医院党委的统一部署，做好教职工、学生群体的疫情防控。1月28日医院印发的新冠肺炎疫情防控工作方案当中，除了医院的防控工作，学院的疫情防控工作也包括在其中。同日，广东省中医院新型冠状病毒肺炎免费网络在线咨询门诊开通，为广大人民群众提供了极大便利，而这，只是医院党委坚持以人民为中心发展思想的一个缩影。

4

仅60小时！核酸检测实验室诞生

在武汉前线，一座可收治千人的火神山医院在亿万网友的“云监工”下，于10天内平底崛起，这是了不起的“中国速度”。而远在千里之外的广州，另一场医疗设施建设的速度奇迹也在上演。60小时！广东省中医院人不眠不休、争分夺秒，心手相牵、众志成城，火速建立了与疫魔“打交道”的牢固堡垒——新型冠状病毒核酸检测实验室！

“熟悉检验工作的人都知道，核酸检测结果是新冠肺炎患者确诊的重要依据。为了加快对疑似患者的诊断和治疗，检验人更要与‘时间’赛跑！”大德路总院检验科主任柯培锋一语道破这项工作的艰巨性和紧迫性：“核酸检测被视为诊断新冠病毒肺炎的‘金标准’。”

为了提高病例的筛查效率，为疑似病例赢得诊断先机，建设新型冠状病毒核酸检测实验室势在必行。与病毒较量，与时间赛跑！在各个分院多个部门的协调联动下，一场核酸检测工作的生死竞速赛就此展开……

1月30日，检验医学部主任黄宪章接到医院通知，要求检验科尽快开展核酸检测。一声令下！当天晚上，新型冠状病毒核酸检测筹建小组成立了，检验科学术带头人庄俊华、检验医学部主任黄宪章等专家立即启动原先预案，核酸检测准备工作正式启动。

分子组大组长熊玉娟博士坐不住了，此时她刚从湖北老家返回广州，正在家中隔离。“心里着急啊，我的专业就是做核酸检测，有着多年的相关工作经验，这时候最需要我出力，但偏偏人不能到场！”熊玉娟只能通过手机跟其他技术骨干联系，参与实验室筹建工作。

生物防护是新型冠状病毒检测最大的难点，该病毒传染性极强，检测人员和整个实验室都面临着极大的生物安全风险。

为了降低转运风险，医院决定借用大学城医院病理科PCR（聚合酶链式反应）室，作为临时的新冠病毒核酸检测实验室，由大德路总院检验科分子组暂时使用，专门用于检测新冠病毒。

面对一个陌生的实验室和全新的检测流程，大家不断研究着工作方案。仪器、设备、试剂、防护用品、人员培训……任何一个环节都不能疏忽。

整个晚上，庄俊华和黄宪章脚步匆匆，一刻也没有停歇；熊玉娟虽在隔离，但手机从未离手，生怕错过任何信息。

1月31日上午，院长陈达灿主持召开核酸检测实验室建设工作紧急协调会，名誉院长吕玉波，副院长史俏蓉、李俊等参加了会议。“我们早一分钟建成核酸检测实验室，早一分钟出检测结果，患者就可以早一分钟获得救治，疾病防控工作就可以早一分钟开展，其他健康人群就少一分被传染的危险。”吕玉波反复强调了这项工作的重要性：“力争在第一时间快速准确检测出疑似患者是否感染新型冠状病毒，这就是我们义不容辞的使命！”

会后，广东省中院领导带领大德路总院检验科主任柯培锋、大学城医院检验科主任陈茶，以及医务处、设备管理处、后勤管理处、基建管理办公室、保卫处等职能部门实地考察临时实验室布局、生物安全防护以及设备情况，现场分析了开展核酸检测的可行性和安全性。

筹建实验室，设施设备是硬件基础，可是马上就过年了，许多设备的采购变得困难，而且任务时间紧，从哪里搞来设施设备？设备管理处立即组织全院联动，快速盘点全部院区实验室现有仪器设备，紧急启动全院物资调配工作，火速支援“战场”：

为核酸检测实验室的筹建进行实地考察、评估分析

缺高压灭菌器，公共实验室有，马上赶往现场拆装；需空气消毒机，大德路总院麻醉二区有，立即从总院调配来安装；缺自取核酸提取仪，需要新购买设备，设备管理处克服困难、多方联系后终于在规定的时间内购买回来。

1月31日下午，基建管理办公室、大学城医院工程部率先进场，工程部朱志强交代师傅们开始进行硬件装配：封闭病理科PCR室门和通道；加装紫外线消毒灯、高压灭菌器；增加照明、电脑台以及更衣区屏风；紧急安装电热水器；反复测试空调系统，调节负压压差，调节空调风量；开展监控系统和设备设施的电源安装……一切紧张而又有序。直到2月1日晚上，所有设施设备经反复测试，最终达到验收要求。

“硬件部分的准备，总算是一切就绪了！”当天23时，在忙完所有工作以后，朱志强长嘘了一口气。舒展了一下身体后，他感觉有点发晕，这时他才想起因为太忙还没顾得上吃晚饭……

在仪器、设备等硬件问题之外，还有关键的人员及其培训的问题。时间紧急，这项工作必须和实验室硬件装配工作同步进行。1月31日下午，4位持有PCR上岗证（核酸检测人员资质）的检验人员，便开始进行防护用品训练，一直持续到当天深夜。

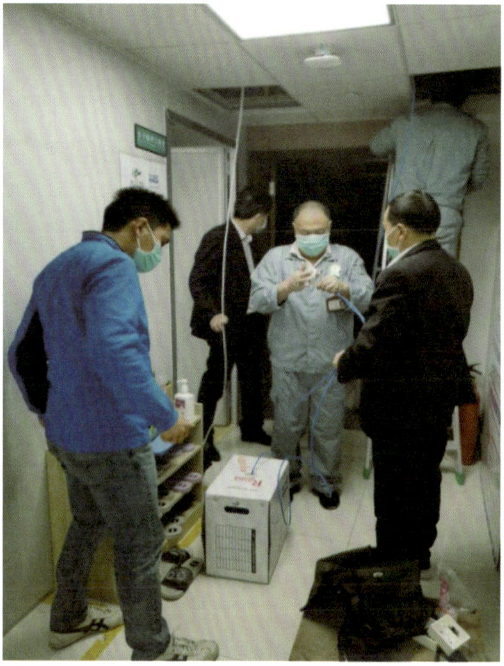

●工程部员工加班进行实验室硬件装配

2月1日一早，陈达灿、翟理祥主持召开了核酸检测实验室建设工作沟通会，院领导们了解了筹备工作的现状，并给大家加油鼓劲，这让所有人信心倍增，内心充满温暖。

会后，前一天确定的4位检验人员以及后续增补的实验室候选人员正式拉开一场实操大演练。物资准备、仪器调试、试剂评价、生物安全培训和检测流程演练同步进行，从早到晚，大家马不停蹄，把流程走了一遍又一遍，发现缺少什么或者哪些可能存在生物安全隐患，立即想办法改正。吕玉波时不时会出现在实验室门口，跟着实验室人员走流程，并反复叮嘱大家做好安全防范。

最终，医院敲定了9名进驻新冠病毒核酸检测实验室的检测人员，他们分别是来自大德路总院检验科的王意、曹顺旺、刘宏灿、秦笙，来自二沙岛医院检验科的刘冬冬、梁荣良，来自芳村医院检验科的李少鹏，以及来自大学城医院检验科的郑德想、文博。等待他们的，是数十个日夜的连轴作战。

标本有可能是病毒含量极高的污染源，因此在进入实验室前，每名核酸检验员都要在外面先穿上厚厚的隔离服——用“里三层外三层”形容毫不为过。检验人员光“武装”自己，就得花费半个小时左右的时间。

整个检验过程涵盖化验、观察、等待结果等几个步骤，每份标本需要检验员连续工作4—6小时才能出结果。加上检验前、检验后处理，他们待在实验室里就要8小时，如果标本量多的话，甚至要超过10小时。

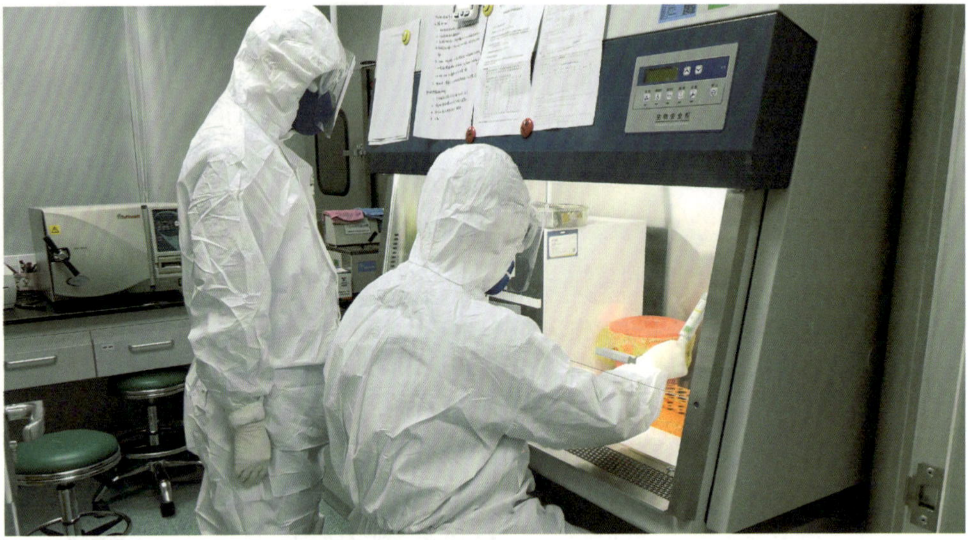

●检测人员王意和曹顺旺正在演练

这样的实操演练持续到了2月2日凌晨，一直到所有流程都已经滚瓜烂熟、无可挑剔，大家才肯脱下防护服。

这时大家的衣服已经被汗水打湿，紧紧贴着皮肤，面部被护目镜和N95口罩压出了深深的凹痕，头发黏糊糊地耷拉在头皮上，每个人都顶着大大的“熊猫眼”。大家看着彼此的样子，禁不住相互开起玩笑：“你努力的样子，真美！”即将迎来实验室验收，检验员们虽然都早已疲惫不堪，但内心却充实、自信而满足。

“在检测的同时，还要保证实验操作的每一步严格遵守生物安全规定，绝不允许实验人员自身被感染的情况出现，在‘排毒’的时候也要保护好自己，一定要注意做好防护！”陈达灿带队到实验室验收，像个家长般再三叮嘱大家注意防护。陪同验收的陈茶一一记下，并做好各项检测准备。

至此，医院经过三天两夜60小时的准备工作，终于把新冠病毒核酸检测工作正式开展起来了！

有一种速度，叫省中医速度——从接到通知到新型冠状病毒核酸检测实验室投入使用，仅仅耗时60小时！这是核酸检测实验室里上演的英雄故事，更是广东省中医院全体医务人员联笔书写的医学奇迹！

5

物资筹备“闪电战”

兵马未动之际，粮草辎重先行。在大军枕戈待旦之时，防护设备和药品等物资的筹备供给同样不容怠慢。在战“疫”大幕的另一面，一场抗疫物资供应的“闪电战”也在悄然进行。

2003年“非典”疫情过后，广东省中医院设备管理处充分汲取了经验，常规在全院ICU、急诊科及医院仓库储备了一定数量的移动空气消毒机、呼吸机、N95口罩、防护服等防疫物资，并保证在有效期内，随时可用。

2020年1月初，当不明原因的肺炎病例在武汉地区出现时，设备管理处也已经采购储备了一定数量的医用外科口罩、医用防护口罩、医用防护服等各类防控物资，为抗击疫情奠定了良好的物资基础。

“这样可能还是不够！”设备管理处敏锐地嗅到了疫情浓烈的“硝烟味”，1月14日立即向副院长史俏蓉汇报了心中的忧虑。“他们提出这个意见，跟我心中的想法不谋而合。那个时候才1月中旬，广州还没有病例。”史俏蓉说。医院党委审时度势，新一轮的防控物资补充计划就此开展。

1月20日，国家卫生健康委将新冠肺炎纳入法定传染病乙类管理，各大医院纷纷紧急采购防控物资，防控物资日益紧缺。而在两天前的18日，医院设备管理处已先行开启了防控物资采购拉锯战，为医院物资的新一轮储备抢得了先机。

在防控物资紧缺的情况下，不能仅停留在采购已准入的产品上，必须多方开源，寻求更多合规的物资供应商，才能切实保障医疗防控物资的需求。

设备管理处采购组立刻行动起来。1月中下旬，便开始密切关注着国内外媒体、微信群等医疗物资供应相关动态，及时与各供应商取得联系；采购员通过国家药监局官网等政府网站，梳理各供应商清单，了解相关产品信息。

追求物资采购速度，是要建立在保证物资符合标准的前提下的。设备管理处反复要求大家严格执行物资准入审核标准，如此便快速有效地过滤了不符合要求的产品，直接采购到了有效的防护用品。

此时正值春节假期，防控物资生产企业任务繁重而人员紧缺。物资采购到了却不能及时运抵医院怎么办？设备管理处决定亲自率领科室干事到厂家提货。这样一方面确保了物资的迅速周转，另一方面也减少了供应企业配送物资的压力与成本。

“好钢用在刀刃上”，在积极拓宽供应渠道、寻求货源“开源”的同时，也须对防控物资的使用进行“节流”，力求做到物尽其用。设备管理处根据医务处制定的分级分类防护指引，按照医院各科室实际上班人数、工作时间、岗位性质等情况，制定防控物资申领审批流程，明确申领要求及各类物资适用范围，并通过院内在线办公系统发布。

即便是如此，物资采购供给也难免吃紧！医院决定发出接收社会捐赠的通知，接受社会各界爱心捐赠。工会负责接收社会爱心企业及爱心人士捐资捐物，通过电话、微信等24小时对接全球、全国的爱心捐赠。设备管理处成立捐赠物资工作小组，克服时差，与海内外爱国热心人士多方协调，想方设法打通捐赠物资的运输、通关、接收渠道，迎接多批来自不同国家和地区的抗疫物资，有效补足了医院的防疫物资供应的缺口。

在这场紧张复杂的“战时”物资供应博弈战中，设备管理处在副院长史俏蓉的领导下处乱不惊，有条不紊地开展着物资储备与监控工作，争分夺秒开拓货源；认真收集与制定防控物资标准，确保产品质量；细心分析统控数据，上传下达；严格管控库存，有序发放；动手自制简易防护用品发放给保安等一般性岗位，以求缓解物资供应压力……众人如此协同合作，环环相扣，一件件“战‘疫’铠甲”才得以快速送到前线战士手中。

●设备管理处连夜准备援助湖北医疗队所需物资

弹药是作战中不可缺失的要素，对于持久战而言更是意义重大。征战新冠肺炎疫魔，自然少不了击垮疫情的“弹药”——药品的充分保障。

重要药物储备得不足，会使得医院在后续的战“疫”中失去主动性。医院迅速反应，早早地召开了药品储备专题讨论会。“现有的治疗病毒的药物，如奥司他韦、达菲等常备2000人用量；有效中成药不限量采购，能买尽买，确保药品供应。”副院长李俊向药学部传达了明确指示。药学部主任林华不负所望，带领全体药学人员主动履职，积极参与到药学防线的构筑工作中。“我们要发扬好当年应对‘非典’的精神，打好这场战‘疫’，让一线战士无后顾之忧。”

在疫情初起时，药学部的药师们凭着专业的敏感性，未雨绸缪，主动放弃春节休假，迅速展开对防御病毒相关药品等物资的采购，从药品采购、药品仓库、药房、计价收费处到临床药学，全线建立了抗击新冠肺炎疫情的药学壁垒。

在林华的指引下，药学部采购组率先查阅相关资料，初步拟出了此次疫情防控中可能用到的药物。药品仓库采购组开出重点关注药品目录后，有针对性地对库存药品进行了大清查，查明了当前存在缺口的药品种类。

对于部分暂时缺货的药品，药学部立即联系供货公司紧急调货送货。然而值此特殊时期，各大医院对药品的需求量大大超出供应商的存量和产能。“这样不行，我们要扩大采购来源！”为了以最快的速度备齐所有药品，药师们亲自跑遍附近所有药店。由于情况紧急，有的药师甚至主动垫钱购买。

● 药学部紧急备货，保障药品供应

1月27日，广东省中医院援助湖北第二批医疗队就将出征，采购到的药品需要同步发往战“疫”前线。眼看出发的日子近在眼前，药学部人员在心中默默立下了军令状。为医疗队准备的物资共43大箱，为了方便运输、储存和一线的战士使用，减少物资占用的空间，药学部人员火速组织拆分所有药品的包装盒，分类打包成适合战斗的“子弹盒”。

经过与司机班、保安员的通力合作，物资顺利于27日一早运达广州南站，得以随医疗队一同发往战“疫”前线。

“坚决不能让上阵的白衣战士缺枪少弹！”药学部每一个人的内心抱着同一个坚定的信念。

第三章

抗击疫情，苁蓉当归

物资告急，人力紧缺！新冠肺炎疫情在湖北肆虐之狂，令举国上下为之扼腕。“医之为道大矣，医之为任重矣。”此刻的广东省中医院人岂能旁观同胞蒙难？一颗颗火热的心澎湃涌动，一条条请战豪言纷飞而来。一夜之间，全体动员。英雄集结，目标武汉！一场大义凛然的千里驰援就此展开。多少个披星戴月的日子，广东省中医院驰援队伍的经历，铭记着攻关与坚守，诉说着豪迈与柔情，孕育着重生与希望，真实而全面地书写着一首当代的英雄长诗。

1

致敬“逆行者”

1月23日凌晨2时，湖北武汉发布“封城”令。同日，针对当前新冠肺炎疫情防控形势，广东省启动重大突发公共卫生事件一级响应。相隔千里的两地同时做出如此紧急的反应，表明疫情已然告急，更加强有力的疫情防控措施、保卫人民生命安全的行动已刻不容缓！

在千家万户即将迎来团圆喜庆、阖家欢乐的时刻，广东省中医院人紧张地奋战在医疗一线。在这些毅然转身、奋勇“逆行”的身影中，挺在最前面的，是一位战“疫”老兵。

1月24日，除夕之夜。此刻的广州南站熙熙攘攘，人们归心似箭，风尘仆仆地奔往家的方向。而人们也许不知道，其中有一个例外——他将朝着与家相反的方向进发，去往一个更多家庭需要他的地方。

国家中医药管理局应对新冠肺炎疫情防控工作专家组副组长、“抗非”英雄、广东省中医院副院长张忠德将要在此踏上前往武汉疫区的列车。作为国家中医药管理局派往武汉的第二批高级别中医专家组成员之一，此行，他将践行医者“大医精诚”的

● 1月24日下午，张忠德在广州南站准备登上驶往武汉的高铁

信条，履行一名共产党员的光荣使命！

“回去吧，别送了。”张忠德向送行的人们挥一挥手，“希望通过中医人集体的力量，充分发挥中医药的作用，早日共同打赢这场战役！”没有什么豪言壮语，话语虽然朴实，却也是他坚定的承诺！

列车上的一套盒饭，成了张忠德的年夜饭。这顿年夜饭也许会让他终生难忘，这不仅因为它的从简从速，更是因为它背后的这趟行程所承载的意义。

此行，张忠德将与另外3位高级别中医专家组成专家组，优化国家中医诊疗方案，通过中西医结合治疗危重症患者。

很快，广东省中医药局接到国家中医药管理局关于组派医疗队援助湖北应对新冠肺炎疫情的有关要求，省中医药局经过慎重考虑后马上向广东省中医院等3家中医医院发出组派医疗队驰援湖北的号召。

一骑当先，百夫后继。在张忠德率先深入武汉抗疫战场后，他身后的广东省中医院人也已吹响号角，提前整军！

1月26日，大年初二，早上7时，广东省中医院启动援助湖北医疗队的报名工作。

至当天中午12时，短短半天之内，广东省中医院大德路总院、二沙岛医院、芳村医院、大学城医院、珠海医院等几大院区就共有535名医务人员报名参战！

此外，之前在22日集结待命的200名应急医疗队员们，也纷纷主动请缨，愿奔赴湖北。

那天上午，院长陈达灿和党委书记翟理祥的手机上，相继收到了许多请战短信，一条条读来令人泪目。“大家心系同胞，渴望救济苍生的心愿都是至诚至切的，可总要有所筛选啊！”院领导经过慎重商讨，在全院数百名请愿的医务人员中，遴选了26名男队员驰援武汉，其他人暂时待命。

这是一种怎样的情怀！大德路总院呼吸病科（PCCM）胸外科女护士宋梦西得知自己没有入选援助湖北医疗队时，当场难过得放声大哭：“我是省中医人，也是一个湖北人，我没有理由不去，我请求上前线！”此情此景，令在场者无不为之动容。

由于包括广东省中医院在内的不少医院已提前筹备，所以短时间内，一支由60人组成的广东省援助湖北中医医疗队就迅速集结完毕。这支医疗队除了广东省中医院派出的26人，还包括广州中医药大学第一附属医院遴选的18人，以及广东省第二中医院的16人。

根据国家中医药管理局的安排，医疗队按照重症治疗的要求以1∶3的医护比成建制组建。这60名医疗队员来自上述3家医院的呼吸科、重症医学科、急诊科等专科。医生中副高以上职称占80%。护理人员中重症医学科和急诊科护士23人，男性护士16人，都有传染病防治工作经验。

广东的60名队员将与北京方面的40名队员会合组成第二批国家援助湖北中医医疗队，队长由先期已前往武汉的张忠德担任。医疗队队员纳入国家卫生健康委联防联控援助医疗队，主要援助湖北省中西医结合医院开展医疗救治工作。

一声令下，火速开拔。

在紧急的疫情面前，广东省中医院人没有丝毫犹豫与畏惧，一支承载着同胞亲情、肩负着中医使命的抗疫突击队临阵成军，即将出征。这便是“广东速度”，这便是“大医精诚”！

●广东省中医院援助湖北医疗队出征前与送行人员在广州南站合影

1月27日6：30，广州南站。天色尚蒙蒙亮，南国冬日的浅浅凉意，让人头脑清醒、心神镇静。志愿驰援武汉的第二批26名来自广东省中医院的医务人员在进站口列队，与为他们壮行的人们惜别。一个多小时后，队员们将乘坐G2056次列车从广州南站出发，驶向湖北武汉。

临行时，道不尽的是声声珍重，诉不完的是句句平安。广东省中医药局局长徐庆锋，广州中医药大学党委书记张建华，广东省中医院名誉院长吕玉波、院长陈达灿、党委书记翟理祥，以及副院长史俏蓉、李俊等院领导及相关职能部门的负责人来到车站为队员们送行。他们鼓励队员发挥广东医生的仁心仁术，通过中西医结合，充分发挥中医药特色优势，救死扶伤；同时也反复叮嘱他们务必要保护好自身安全，做好个人防护。医院根据防护疫情需要，为医疗队准备了随身携带的防护用品、药品等物资。

最是牵挂的，莫过于最为亲近的家人。亲临者执手相望，遥送者短信传情，一遍又一遍地叮咛嘱咐，一次又一次地防护检查，只盼亲人至爱能早日平安归来！

广东省中医院援助湖北医疗队队长、医疗队临时党支部书记、珠海医院呼吸科主任黄东晖，在赶往广州与总院的其他医疗队员会合前，才发微信告知太太自己出征武

● 广东省中医院护理部主任林美珍（左二）含泪与医疗队员依依惜别

汉的消息。“我的直觉是，她一定会支持我的，因为她了解我的性格。”黄东晖说。

作为你的爱人，自然是了解你的情怀与担当，然而在这难以预知长短的分离期，个中思绪又怎能轻易平复？

“阖家团圆之际，得知你要去武汉重灾区，你作为‘非典’的亲历者、受害者，深知其中的危险，你一如既往地服从医院的安排。我也可以理解你危难之际舍小家为大家，但作为家属，我希望你平安归来！致敬我爱的人！”黄东晖妻子阿春的回复催人泪下。

“拜拜！”没空跟妻子多说一句感性的话，广东省中医院大德路总院重症医学科副主任医师周袁申推着两箱行李入安检。周袁申觉得，身为医生出征武汉是职责所在：“这场没有硝烟的战争，国家需要我们，责无旁贷！”

他的妻子是广东省中医院心理睡眠科医生麦润汝，一早来到广州南站为丈夫送行。对于丈夫的远行，她说：“习惯了，他平时在ICU也是很忙的。”

夫妻俩有2个孩子，大的8岁，小的2岁，对于爸爸的出征，懂事的孩子也十分支持，并为拥有这样一个英雄的爸爸而骄傲。“家里有老人帮忙，有困难医院也会帮忙解决，让他放心去。”麦医生说。

代表着全广东省90多万医务工作者乃至11 000多万广东人民对湖北同胞的支持和关爱，这些让医院为之骄傲的员工将身负使命，在与新冠肺炎战斗的战场上勇往直前。

“人命至重，有贵千金，一方济之，德逾于此。”数十个医生的济世仁心，数十个家庭的付出与牵挂，是为了挽救众多被新冠病毒感染的生命，更是为了亿万祖国人民的平安幸福。

“勿担心，我们会做好防护，打赢这场硬仗，待我们凯旋归来！”

这是黄东晖庄重的承诺，也是所有出征的白衣战士的共同承诺。

2

武汉，我们来了！

1月27日早上8：05，广东省中医院援助湖北医疗队26名队员乘坐的G2056次从广州南站出发，驶向湖北武汉。与他们同行的，还有同属于第二批国家援助湖北中医医疗队的来自广州中医药大学第一附属医院和广东省第二中医院的34位同仁。

“你们放弃了休假的时间，去到武汉抗击疫情，我向你们致敬！”在广东省中医院援助湖北医疗队乘坐的列车上，执勤乘警向队员们敬礼，并主动提出与队员合影，“希望你们不久就能胜利返程，希望有缘还能送你们回家。”这一趟行程，队员们不仅承载着广州后方大本营的期望，更受到无数陌生人的共同祝愿！此时，他们内心只有一个想法：必须打赢这一仗。

1月27日中午12：04，广东省中医院援助湖北医疗队乘坐高铁到达武汉站。国家中医药管理局医政司巡视员孟庆彬和先行抵达武汉的张忠德前往车站迎接。至此，广东省中医院前两批共27名援助湖北的医务人员在武汉会合。

●广东省中医院援助湖北医疗队乘坐高铁到达武汉站

“欢迎你们到来！”孟庆彬和张忠德这两位最美“逆行者”尽管已连续奋战多日，但步伐依然轻快矫健，目光炯炯有神，他们多天奋战积累的抗击新冠肺炎的经验，将为医疗队员们顺利进入工作状态提供珍贵的指导。

按照国家联防联控机制的部署，根据湖北省和武汉市的需求，广东省中医院派出的这批医疗队的主要任务是对接湖北省中西医结合医院，协助医院开展病例的收治任务。

医疗队到达湖北省中西医结合医院后，国家中医药管理局副局长闫树江及医院领导亲自在正门前迎接。

“非常时期，咱们就不握手了！”湖北省中西医结合医院领导与医疗队员们只是用抱拳的方式互相问候，但这种特殊而又传统的迎接仪式却让队员们心中异常温暖。

作为新型冠状病毒感染的肺炎定点医院，湖北省中西医结合医院早已全院动员，医院康复科甚至将外科医生全部投入防疫一线，但人手依然紧缺，急需支援。湖北省中西医结合医院副院长凌瑞杰对医疗队队员们说：“前天接到通知，将我们医院作为定点医院，第一天晚上就收治了30人，开通了一个病区。我们现在正在陆续改造6个

● 湖北省中西医结合医院领导用抱拳礼欢迎广东省中医院援助湖北医疗队

病区，今天第二、第三个病区已经开始收治患者。现在我们不分科也不分专业，都在一线。”

“我们收到国家组建应急医疗队对口支援的消息后，心里就有些底了！没想到今天就迎来了强援。”凌瑞杰和奋战在防疫一线的战友们信心更足了，“这能极大地缓解我们临床医生紧缺、长时间加班的紧张局面。现在我们医务人员的斗志很高昂，兄弟省市的队伍来了，不远千里来支持我们，我们非常有信心打好这场战役！”

此刻，这群心有大爱的中医人，成了亲密无间、并肩战斗的战友。

疫情严峻，将一切支援力量投入战场刻不容缓！

1月28日一早，广东省中医院援助湖北医疗队便在湖北省中西医结合医院进行了感染防控强化培训。

培训项目繁多、操作步骤复杂，为了提高培训学习的效率，医疗队将队员们进行了分组安排，由资历较深厚、有相关工作经验的队员担任队长，严格监督队员们进行学习训练。

身为第二批国家援助湖北中医医疗队的队长，张忠德深知培训对于保护医疗队队

● 广东省中医院援助湖北医疗队开展感染防控强化培训

员们生命健康的意义，除了在培训会上一再强调各类操作细节，会后他还对培训中每一位队长应有的态度与应尽的责任做了反复提醒：“你们就是各组队员的‘家长’，请务必严格规范，不折不扣地执行防护措施。今天的严厉就是对你的手足生命的尊重与爱护，就是对完成我们任务的保障！拜托各位‘家长’了！”

会上，广东省中医院援助湖北医疗队队长黄东晖就进入病区前的协调和情况做了详细介绍。广东省中医院援助湖北医疗队队员、医院感染管理办公室主任田碧文就院感防控情况进行了介绍。

在国家中医药管理局副局长闫树江、医政司二级巡视员孟庆彬和张忠德的统筹指导下，感染防控培训结束后，医疗队队员集体到援助医院——湖北省中西医结合医院新改建病区实地了解工作环境，熟悉相关情况，并和受援院方一起就优化完善医疗流程进行讨论，共同完善工作设施，构筑起疫情防控的“最强工事”。

结束上述工作后，医疗队队员回到住宿的酒店，拿出新的防护服，分组进行穿脱训练。“护目镜、口罩和帽子之间不能留缝隙。”“手套与防护衣袖口的交接处要用胶布粘紧。”在练习中，队员们相互提醒着防护服穿脱过程中的细节，他们深知，大家都是要直接接触、治疗患者的，每一个细节都得绝对小心、不容有失。

“我们相互监督，相互考核，只有防护好自己，才能展示本领救治患者。我们也订了一个规矩：穿脱防护服考核通过，才能进入隔离病区去战斗！”队员们脑海里始终谨记田碧文主任反复叮嘱的要求。

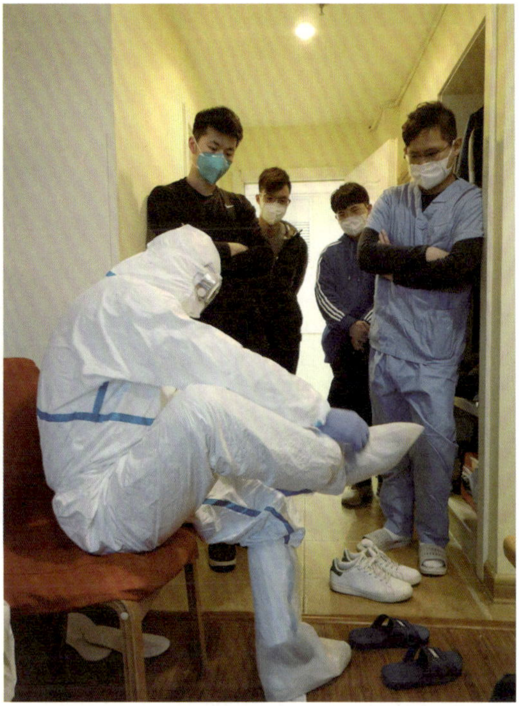

医疗队队员在住处互相监督考核防护服的穿脱

广东省中医院援助湖北医疗队里有2位医学检验人员，他们是蔡壬辛和李国华。检验人员被称作“离病毒最近的人”，他们需要冒着与病毒直接接触被感染的风险，协助临床做医学检验工作。因此，对他们两人的防护培训就尤为重要。

蔡壬辛和李国华日常工作的实验室是二级生物安全实验室，几乎不需要做三级防护，因此，他们从来没有穿过防护服。与长期工作在呼吸科、重症监护室的医务人员相比，这次“升级版”的防护培训对于他们是不小的挑战。

他们不甘落后，在住宿的房间不厌其烦地反复练习防护用品的穿脱，直到大拇指因为重复动作变得僵硬、酸痛，还舍不得把练习用的防护服收纳起来。旁边房间的小伙伴打趣地说：“我觉得这两天就你俩练得最勤了。”终于，他们顺利通过了考核，如期进入实验室支援，负责流式细胞检测的相关工作。

细节决定成败，医疗队员在练习防护服穿脱过程中，发现发际线附近的头发经常会从防护服边缘漏出，很有可能成为感染的缺口。为了尽可能减少感染风险，医疗队的姑娘小伙们在穿脱防护服培训考核结束后，准备集体理发。

医疗队员为减少感染风险研究出来的新发型

队员们用剃须刀和备皮刀互相比画来比画去，终于摸索出一种合适的发型。为了方便清理落发，队员们也找到了一个小窍门。他们用塑料购物袋两角的提手分别挂住左右耳，用袋口兜住下巴，这样理掉的头发自然就掉进了袋子里，便于打扫。

这样理发对于短发的小伙子们来说，尚容易接受，但对于很多原本留着一头秀发的姑娘们而言，下定剪发的决心又谈何容易？广东省中医院芳村医院呼吸病科护士窦明鑫负责给大家理发，事后，他小声地和身边的男同事说道："给女孩子们理发时实在很心疼，有点下不去手，哪个女孩子不爱美？能接受这样的发型，我真心地为她们点赞！"

然而，懂事的姑娘们还是保持着非常乐观的态度，其中一位开着玩笑说："本来说想去换个发型的，没想到这下还真如愿了，只是与预期有点不同……不过没关系，头发还可以再长嘛！"

"晚上看到小伙子们发出的剪头发的视频，看得我又心酸又觉得很搞笑，以至笑到我泪崩，他们明天就要进病房正式与病毒作战了，为了减少感染风险，要把防护帽遮盖不到的头发剃掉……这一定能成为2020最帅最潮的发型！"林美珍在日记里写道。

1月29日16时，国家援助湖北中医医疗队广东团队正式接管湖北省中西医结合医院两层隔离病区。这个病区在1月28日改造完成，设置有35张床位。在隔离病区，医生实行每天4班制，每班6小时；护士实行每天6班制，每班4小时。

没有太多缓冲时间，广东省中医院医疗队立刻开始安排第一批进入隔离病区的队员。“第一批值班，党员跟我先上！”在广东省中医院援助湖北医疗队临时党支部书记、队长黄东晖的带领下，田碧文、谢东平、陈二辉、彭苏池、王军飞等第一批医务人员穿戴好防护服，互相检查，经过三道门进入隔离病区，开始他们第一个班次的工作。

队员们在查房时发现，病区大部分患者都表现出高热、舌苔厚腻、脉弦滑、大便不通等症状，而且他们神情淡漠，眼神里充满着紧张与疑惑，尤其是一些老年患者，特别容易出现急躁焦虑、睡眠不佳、饮食不振等情况。为缓解隔离病区内患者的焦虑情绪，帮助他们更快地恢复健康，1月31日，接管病区第三天，陈海振和队友在湖北省中西医结合医院隔离病区内率先施展中医护理技术，带领患者打中医八段锦。陈海振所在的广东省中医院大德路总院重症医学科，在国医大师邓铁涛养生法的基础上改编了八段锦序贯疗法，分为立式、坐式和卧式，可以滋阴助阳、培元补气、疏通经络、活血生津。一套动作下来，患者说：“出了一身汗，整个人感觉舒畅服多了！”八段

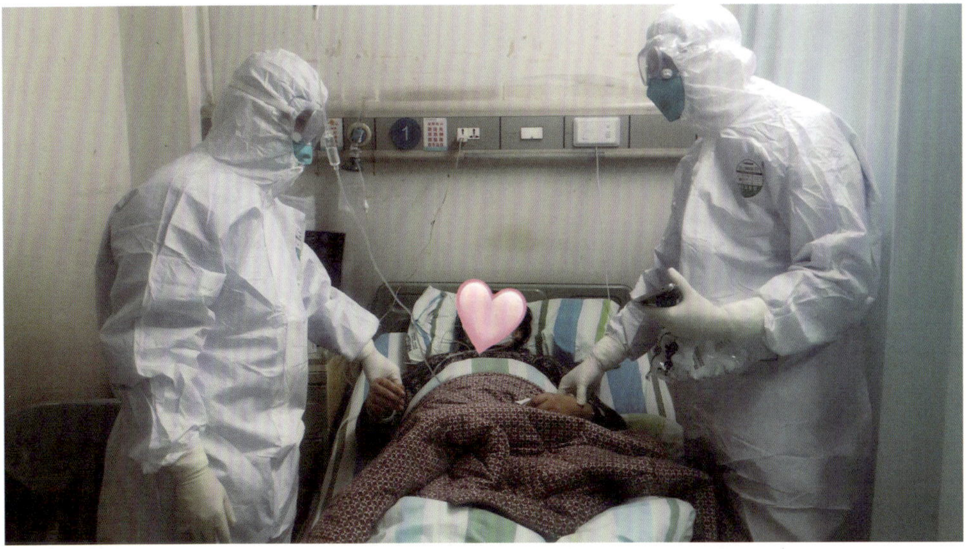

●医疗队员在隔离病区了解患者情况

锦疗法的开展，同时也开启了中医特色技术在湖北疫线的应用。

由于交接班时间难以与三餐时间重合，队员们往往会错过医院食堂正常的饭点；此外，由于一个班次需要连续工作4—6小时甚至更久，其间不能脱下防护服，不少队员身体上多少会有些吃不消。

刚刚投入战斗，不论是患者的身心状态，还是队员们的工作状态，都并不能说很理想。医务人员与患者之间的感情与默契，也还须进一步培养。这些情况，黄东晖都看在眼里、念在心里，他把队员们召集到一起，给大家加油打气："兄弟们，情况比较严峻，我们一定要做好打持久战、攻坚战的准备，尽我们全力去救治患者。国难当头，我和大家一起拼了！"

看到队长坚毅的眼神，听着他铿锵的语调，队员们深受感染，纷纷打起了精神。渐渐地，队员们逐渐适应了紧张异常的工作节奏，与患者之间的沟通也越来越顺畅。

面对心态不佳的患者，队员们想尽办法为他们舒缓焦虑的心情。"我们有空就陪他们聊天，并向家属了解患者过往的一些勇敢、积极向上的事迹来鼓励他们。"值班护士陈维生清楚地知道，患者良好的心态对于病症治疗的意义所在。

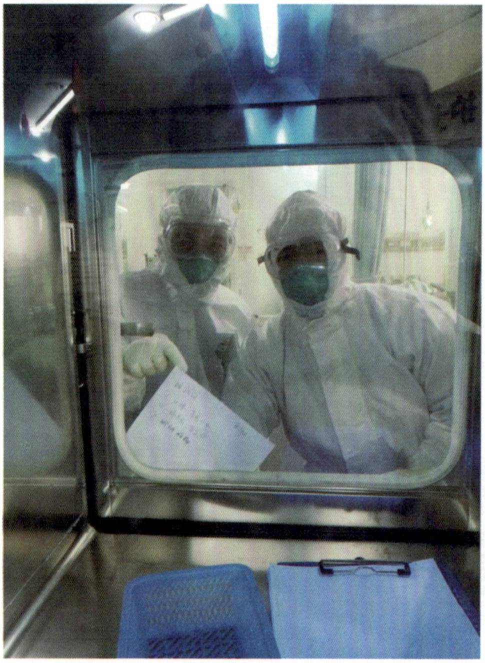
● 病区内外通过纸条传递患者病情

在诊疗期间，医生们会通过中医四诊及影像检验等，进一步了解了患者病情，以及目前的诊疗流程等情况，同时也根据一些患者的病情提出了专科治疗意见。

隔离病区里有很多家人相互感染的病例，比如夫妻、父子、兄弟。医疗队员作为护理人员，除了为患者进行换补液、测血压、测血糖、吸氧等基础护理外，还负责患者的饮食起居等生活护理，比如为患者倒开水、协助患者用餐等。

为了节省时间，很多队员都选择三餐从简，甚至都不怎么喝水，避免穿着防护服在工作时间去卫生间。“交班后，错过了午饭。简单吃了碗泡面，稍微补充点水分，足矣！”护士黄超明内心谨记“时间就是生命”的训诫。

当一个班次的值班队员下班后，他们便会立即同其他同事分享自己的上班心得。“防护眼镜用他们医院的洗手液涂后擦干净，可以防起雾，注意不要用水冲。上一班已经有人试过，可靠！”陈二辉的这条建议就被大家纷纷采纳。队员们时常会针对一些护理上的细节问题，积极地讨论到深夜。

轮值的队员在病房对患者进行着诊疗和护理，而轮值结束或未轮到班的队员也几乎是一刻不得休息，他们自发要求帮助科室整理办公室及进行清洁区域表面消毒，用有效浓度的含氯消毒剂将办公室桌椅、鼠标、键盘以及值班房等所有能触碰到的地方进行表面消毒。“我们对病区进行清洁消毒，这样可以减少医务人员的感染概率，也能很好地预防患者之间的交叉感染。”

医疗队会不定期召开组织生活会，分医生会议和护士会议两个层面。大家全面地介绍、分析患者病情及诊治护理情况，供后续队员借鉴；另一方面，院感专家田碧文则继续为医疗队提供培训。

遵循着严格的分批轮班制度，每个人每分每秒都在密切地合作联动，这便是隔离病房里每天的工作常态。

2月5日，夜以继日的诊治终于有了成果。那天中午，武汉前线传出一条振奋人心的好消息：在湖北省中西医结合医院，由广东省中医院医疗队负责的病区里，第一例新冠肺炎患者痊愈出院！

能够早日健康出院，让这位姓张的年轻患者喜极而泣。她再三为医疗队给予她的专业救治和精心照护向队员表达了感谢。当得知当天是广东省中医院援助湖北医疗队队员谢东平的生日时，她激动地说：“今天是谢主任的生日，今天也是我的生日，是我‘重生’的日子！”

张女士现年37岁，是广东省中医院医疗队1月29日接管隔离病区后首批入住的患者。“医生，我过去差不多一周的时间都感觉有些胸口闷、咳嗽、呼吸不通畅，这个症状应该不算太严重吧？请你们一定要救救我，我怕我的孩子担心我……”当时值班

●广东省中医院医疗队负责的病区第一例新冠肺炎患者痊愈出院

的医生谢东平能很明显地感觉到这位患者紧张不安的情绪："她刚来时说话和动作都有些怯生生的，我们询问她有关情况时，她虽然有很配合地在描述自己的身体状态，但语气却很低沉，甚至有些抖。"

见患者的心理状态相对消极，大家都努力地安慰她："我们很多医生也都为人父为人母了，很能理解您的心情！请相信我们、配合我们，我们一定会尽全力诊治，还您一个健康的身体，让您和家人早日团聚！"在护士们的精心安抚、照料下，患者的心理状态趋于平静。

张女士从1月30日开始接受医疗队的中西医结合治疗。医疗队充分发挥中医药特色，运用中医四诊，为患者开具中药处方，同时还特别注重配合中医八段锦、穴位按压等中医特色方法进行诊治。

随着对环境和诊治节奏的逐渐适应，张女士的身心状态都有了明显的好转，在诊疗之余，她还会主动和医疗队员们谈起自己的孩子："我这孩子真的蛮调皮的，也不知道这几天有没有乖乖听爸爸的话……"每当谈起自己的家人，队员们就能分明地看到她眼里闪烁的光芒和脸上洋溢的微微笑意。此时，大家就对治愈患者更加自信了，因为这种眼神和笑意，就代表着她努力活下去的动力和希望！

经过几天的精心治疗，2月5日，张女士接受复查，结果显示肺部感染相较之前已明显吸收，两次核酸检测结果为阴性，符合出院标准，由此得以正式出院！

所在病区的第一例痊愈出院病例，让黄东晖和他的战友们十分欢欣鼓舞。看到患者脸上绽放出的会心笑容，他不禁鼻子一酸："有了这样的工作成果，我们心里真的有难以言说的开心！大家没日没夜的辛苦付出都值得了，患者的出院就是对我们工作最好的回报！"对于此后的诊治工作，队员们也由此更加坚定了信心。"有了第一位患者痊愈出院，就会有第二位、第三位……我们相信能早日打赢这场抗疫攻坚战，让武汉恢复往日的热闹繁华！"黄东晖难掩内心的激动。

恰如黄东晖所言，此后，捷报就接二连三地传出。

2月6日上午，湖北省中西医结合医院的另外18位新冠肺炎患者经过中西医结合治疗，符合标准正式出院，其中就有一位广东省中医院援助湖北医疗队接管病区中的重症患者！医院为他们举行了简单而温馨的出院仪式，"经过大家的努力，你们现在可

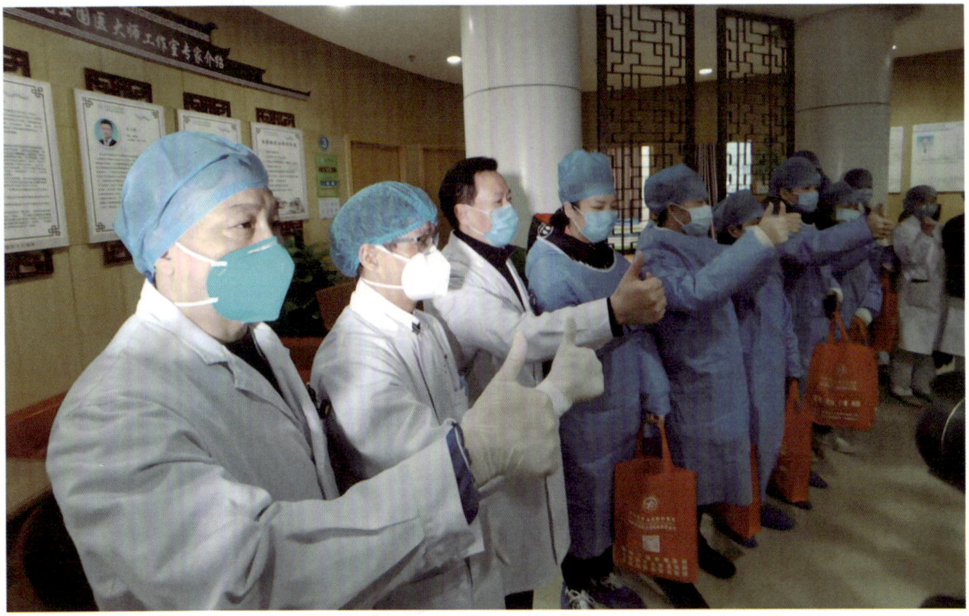

●简单而温馨的痊愈患者出院仪式

以顺利出院了！”。

这些出院的患者中，年龄最大者67岁，年龄最小者23岁，其中重型患者1人，普通型患者17人，住院天数最长的18天，最短的6天。

仪式上，张忠德的激动之情溢于言表：“这一成绩的取得是集结全国中医人集体智慧的成果，接下来我们还要继续努力，为患者制定中医、中西医结合的最佳治疗方案，争取早日打赢这场抗击新冠肺炎的阻击战！”

“出院后还有些注意事项，我再和大家说一遍。”临行前，医务人员悉心叮嘱道，“第一条，要坚持吃药，因为有些症状的恢复期还需要一段时间；第二条，要继续在家隔离两周，这段时间也是恢复时间，隔离时万一还有问题，随时跟我们联系。”

几天之后的元宵佳节，在武汉一线的医疗队员们收到了一条令他们暖心的消息：2月5日第一例从病区痊愈出院的张女士回到了社区隔离点，吃上了热乎的汤圆！她再度向前线的医务人员表达了谢意：“对我来说，已经和广东医生结下了不解的缘分，希望以后我的每一个生日都能和你们这些可爱的医生一起度过！”

月上梢头，万家灯火之时，远在武汉的广东中医人也许不能陪伴家人左右，然而此时此刻，自己亲手治愈的患者所感受到的团圆的幸福，却能给他们带来最为深刻的共情！

“我最亲爱的人啊！请莫要担忧、莫要心急，我们此刻的分离只是暂时的，终有一天我们会迎来更加美好的团聚！”

经受过巨大的挫折与考验后的绝处逢生，将赋予生命更多的厚重，使得生命得到升华。这是在这次抗击疫情的过程中，每一位痊愈的患者所体会到的，也是每一位挽救生命的医者所感悟到的。

昼夜交替，弹指之间，一天天的光阴在队员们忙碌的工作中偷偷溜走，一转眼，时间来到了3月11日，进驻湖北省中西医结合医院的广东省中医院医疗队已经持续奋战了45天。当天20时，随着国家援助湖北中医医疗队广东团队负责病区外门门锁“咔嚓”一声，胜利的旗帜牢牢插在了这块战“疫”的高地上。

过去一个多月时间里，医疗队接管床位70张，累计收治新冠肺炎患者130例，中医药治疗覆盖率100%，症状改善（包括发热、乏力、咳嗽、气促、纳差等改善和影像学改善等）比例达91.5%。

一段时间的相处，如今站在病区的人已不是单纯的医患关系，他们更像是朋友、亲人，队员们帮助患者收拾行李，给他们拿到楼下，这个过程中患者一边擦泪一边鞠躬对医务人员说着感谢，弥漫在空气中泪水的咸味让人动容。

随后，队员们像刚来时把这个病区整装起来一样：把当初套上去的被套重新拆下来叠整齐，把当初放下来的床架撑起来用含氯消毒液喷洒后接着用紫外线灯消毒，把当初用过的监护仪等机器用酒精一遍遍擦拭消毒后摆放整齐，把当初还没有那么多的废弃物品套上垃圾袋集中到一起……

最后离开的时候，这群可爱的医务人员竟不自觉转过身看了眼这个战斗了45天的地方，不同于患者出院时转过身眼睛饱含热泪看着他们，他们眼神坚定且没有不舍，随即关掉了那盏病区常亮的灯，后会无期。

一起来，一起走，就像张忠德在武汉高铁站接到队员们时说的一样："我们都要平平安安地来，健健康康地回去，一个都不能少。"张忠德第一个带领队员们走进病房，也带领大家站好最后一班岗，他做到了，队员们也做到了。

3

助阵“雷神”除疫魔

按照国家中医药管理局部署，2月17日，广东省中医院派出由35人组成的第六批驰援湖北医疗队，奔赴于2月6日紧急竣工的武汉雷神山医院。他们将在雷神山医院通过中西医结合，重点发挥中医药特色优势，支援新冠肺炎患者救治工作。

这支队伍中，有医生7人、护士27人、管理人员1人。他们与另外26名来自深圳市中医院和福田区、罗湖区、宝安区、龙岗区中医院呼吸科、重症医学科、急诊科等专科的医务人员，一起组成61人的国家援助湖北第四支中医医疗队广东团队，分别在广州、深圳集结，出征湖北武汉。

广东省中医院援助湖北第六批医疗队集结出征

当天上午9时，广州南站，在寒风凛冽的站台上，广东省中医院35位医务人员集结于15号车厢前，准备出发。同样一往无前的出征，同样感人至深的临别。

“疫情发生以来，我已经申请出征3次，今天终于成行了，不灭‘新冠’誓不还！”在广州南站月台上，广东省中医院大学城医院综合三科主治医师蔡书宾与妻子告别。“国家需要你，我们小家就支持你上战场，家里有我，放心！”蔡书宾的妻子同为医务工作者，她眼眶湿润：“我告诉孩子，爸爸是英雄，战胜了病魔就胜利回家！”

还记得那位因为第一批没有被选中驰援武汉，抱着护士长哭鼻子的姑娘宋西梦吗？这次，她终于也要去武汉了！剪去长发、铲平发脚的她就像个清秀的小男孩。临行前，她调皮地和前来送行的广州中医药大学党委书记张建华互敬了一个抱拳礼，她笑道：“既然发型像个男孩子，那我也会像一个真正的男子汉一样，在前线无所畏惧！”

在现场，广东省卫生健康委副主任、省中医药局局长徐庆锋为广东中医医疗队队员送行：“你们‘见彼苦恼，若己有之，深心凄怆。勿避险巇、昼夜、寒暑、饥渴、疲劳，一心赴救’，响应国家号召远赴湖北支援，展现了广东医生的仁心仁术和大医精诚，祝你们平安凯旋！”

队员中不少是广州中医药大学的毕业生，该校党委书记张建华哽咽地说：“你们在工作岗位上是好医生、好护士，在母校你们永远是好学生、好榜样，祝你们健康平安，早日回家！”

高铁要开了，坐在车上的护士洪妙君再也忍不住眼泪，朝着窗外的亲友、同事用力挥手告别。“我们一定完成任务，等我们回来！”

2月17日上午，分别从广州、深圳出发的广东团队队员们在武汉高铁站会师。次日，他们便火速赶赴雷神山。

从驻地酒店到武汉雷神山医院坐大巴车需要30分钟的车程，但邹旭却无暇坐下休息，他要抓紧时间与医疗队队员交流中西医诊疗方案。在雷神山医院，国家援助湖北第四支中医医疗队广东团队负责分管感染三科六病区（C6病区），这是雷神山医院为数不多的中医病区。病区科室主任和护士长分别由邹旭和陈二辉担任，他们深深地明白自己肩负的责任。

“武汉加油！中国必胜！”

“同心战‘疫’，众志成城。”

医疗队刚到雷神山医院，眼前随处可见一条条正能量标语，它们振奋着每一位队员的心。然而队员们面对的困难也很棘手——此时C6病区仍在施工中，但两天后就要收治较为危重的新冠肺炎患者。

一下车，队员们便投入到紧张的学习与工作之中。在邹旭的带领下，队员们快速熟悉雷神山医院相关的信息管理系统，并向软件商提出增加中医诊断项的建议，确保系统具备中西医结合施治的管理功能。

此时，仪器、设备等随队物资已运送到医院门口。由于医院部分路段施工导致物资无法用车运输，作为领队的邹旭带领大家当起了人力搬运工：“任何困难在我们广东省中医人面前都不是困难！时间不等人，我们赶紧搬。”

时间就是生命！18日下午，尽管病区封顶工作仍在持续，但邹旭教授仍争分夺秒地带领队友对病区进行验收。从医生办、护士站、配药室、更衣室等功能室，到热水

广东省中医院援助湖北医疗队队员搬运随队物资

器、紫外线灯、遥控器、门锁等设备，再到呼叫系统、信息系统、报警系统、负压系统等，分人到位，逐项排查，做到有问题立即改，改完可以立即使用！

为了保障队员们的安全，广东省中医院医疗队在院感工作上可谓是“软硬兼施”。硬件方面，病房配备了负压抽吸系统，确保病房内的空气不会直接排放出去；医护、病患、物流交通流线明确，洁污分流，互不干扰；每间病房都设置有传递窗和观察窗，以便医务人员安全地传递药品和食品、观察患者情况；一次性医用帽、外科口罩、手套、连体式医用防护服、医用级N95口罩、护目镜及面屏等医用物资一应俱全。

而在软件方面，18日晚上开始，在院感办主任田碧文的指导下，队员们进行了严格的院感防控培训与考核，“不培训，不上岗；无防护，不上岗；防护不到位，不上岗”成为一条必须死守的原则；病区还专门成立感控管理小组，制定适合本病区的相关感控制度和流程，并严格组织实施；病区各区域均安装了摄像头，以便院感护士从实时画面对准备或正在工作的人员进行监督。

“每接触一个患者都要进行手消毒，避免交叉感染。”

“脱防护服的动作一定要慢，以免将可能附带病毒的尘埃抖落到空气中悬浮。”

队员们耳边时常会听到房海辉、胡佳俊两位院感护士细心的提醒。

为了让这一系列严格、完备的防控制度变得直观、易懂，大德路总院急诊科护士胡天东将其拍摄制作成了一系列短视频vlog，在队员们的社交网络上传播，便于大家随时观看、学习。

“队友们！我们千里迢迢来到雷神山，就是为了展现我们的‘中医力量’，为患者筑起牢不可破的‘生命防线’！”在邹旭的一声高呼之下，整个广东中医团队蓄势待发，誓与病毒殊死搏斗。

经过两天紧张的病区验收、布置，以及全面细致的院感工作。2月20日，C6病区开始正式接收患者。

“虽然此前有了一定的心理预估，但雷神山医院收治病患的速度还是比我们预计的要快得多！”短短3小时，病区的48张床位便全部收满病患。

除了存在迅速增多的病患需要队员们兼顾的问题，病区关键医疗设施的状况也不甚理想，芳村医院重症医学科医生周耿标就遭遇了这样的困难。病区内有2名危重患者需要使用呼吸机，但病区的无创呼吸机只是家用的简易呼吸机，其面罩跟患者脸型不够贴合，容易漏气。眼看着患者外周血氧已掉到78%，形势已十分危急，周耿标和队友们想尽了各种办法，通过调整患者体位、加塞纱块等方法，使得呼吸机终于能正常工作，患者的情况也才慢慢稳定下来。

“呼吸机漏气的时候，患者呼出的气体往我们脸上喷。但当时情况紧急，我满脑子想的都是怎么让患者稳定下来，不要继续恶化下去，哪顾得上自己！”走出病房后，周耿标才回过神来，赶紧拿酒精喷壶对自己的面部进行消毒。

邹旭要求队员们对患者进行床边诊察，对每一位患者都必须抽血检查、测量指尖血氧，结合检查结果和患者的影像医学资料进一步判别患者的危重程度，“量身定做”诊疗方案。

邹旭带领的这支中医队伍并不仅仅是“参与”到病区的治疗工作中，而是独立“接管”病区，要承担起所有医疗工作，这意味着他们不仅中医技术要强，西医技术也要跟得上。

实际上，这支中医团队的西医水平也相当拿得出手。医院此次选派的队员以急诊、呼吸、重症医学等领域的专业人才为主，全都是中西医结合的高资历专家。在中医方面，他们每个人不仅会开汤药，还熟练掌握10种以上的中医疗法操作；而在现代西医诊疗方面，他们也熟练掌握各种急救技术和诊疗手段，呼吸机、ECMO（体外膜肺氧合）、插管……拿到手就能用。

常言道“三分治疗，七分护理”，邹旭甚至提出“一分治疗，九分护理”。在新冠肺炎患者的治疗中，护理工作尤为关键。护理团队秉持中西医结合理念，在医院大后方护理团队的紧密联系指导下，积极运用现代医学技术的同时，充分发挥中医药特色优势。从辨证论治到辨证施护，对疑似、确诊患者进行中医个体化治疗和护理，在降低病死率、危重症发生率，提高治愈率等方面起到显著效果。

为了让更多的中医同道掌握辨证护理的要点，提高中医护理效果，广东省中医院护理部牵头，联合了广东、湖北、江西、辽宁等地10余家中医医院的医疗护理专家，梳理制定了《新型冠状病毒感染肺炎中医护理方案》（以下简称《方案》），由广东及湖北多家医院的医疗队成员进行临床应用。《方案》内容包括起居调护与环境、感染防护与管理、心理调护与排解、症状辨证与措施、药物护理与观察、膳食调护与建议、导引调护与指导七大部分。

在《方案》的指导下，以解决或减轻患者的临床症状为切入点，护士们开展多项中医特色护理技术。面对大量被发热、喘促、咳嗽、腹泻、焦虑、失眠等折磨得寝食难安的新冠肺炎患者，护士们将刮痧、穴位贴敷、耳穴压豆等中医特色护理技术引进病区，收到良好疗效。

病区许多患者比较年长，不少人在身患新冠肺炎的同时，还患有其他病症，这对病区的护理队员们提出了考验。大德路总院神经重症科护士刘婉芬就照顾了这样一位患者。

这位阿姨平素就患有严重的褥疮，体重严重超标，是病房里被重点关注的患者。祸不单行，她的家人也都感染新冠住院了，年长的她也就没有了家人的照顾。患者入院时，刘婉芬就发现她的褥疮有明显恶化的倾向，每隔2小时就必须要翻身一次，通常要2—3个人通力合作才能帮助其完成翻身的动作。

“轮到我护理这位阿姨的时候，正好疫情最为严峻，病区的危重患者明显增多，大家都忙得不可开交，这时候我只能硬着头皮单独为阿姨翻身。”一天下来，刘婉芬两只胳膊几乎都没有了知觉。见到医务人员如此辛苦，一直沉默寡言的阿姨不禁泪流满面：“你虽然力气大不，但每次都护理得很到位，这几天看着你一个人受苦，我太难受了！”刘婉芬连忙安慰阿姨：“没事，我这相当于健身呢！”

每日高强度的诊疗工作，让医疗队队员们忘记了白天与黑夜的交替。医疗队队员每一次踏进缓冲区，都要严格执行一套完整的防护流程。洗手、戴圆帽、戴N95口罩、戴护目镜、穿防护服……“这样一套流程下来需要耗费大半个钟头，加上路途遥远和需要提前准备，所以每天我们都要提前两个小时出门。”队员李明铨曾经在重症医学科轮科，知道重症医学科工作的繁重，但进入雷神山医院病区后，他不禁感叹这里的任务更加艰巨：“我们需要穿上密不透风的防护服，导致汗水散发不出去，刚穿上不到半小时，就会全身湿透。”

一转眼，时间来到了2月29日，国家援助湖北第四支中医医疗队广东团队接管雷神山医院C6病区的第10天。对于队员们来说，这一天意义非凡——病区内第一批接收的新冠肺炎患者中有6位符合出院标准予以出院。更让队员们欢欣鼓舞的是，其中有5位患者采用了纯中医治疗。

陈伯是其中一位出院患者，今年70多岁，想起最初患病住进雷神山医院的经历，仍然心有余悸。“最开始不恐慌，后来听到这个死那个死我就开始害怕了，我甚至把银行卡密码都给了我儿子。”

在陈伯等几位患者入院后，邹旭带领团队积极施治，不仅用到了汤药、中药颗粒剂、中成药，还在患者中开展卧式八段锦、针灸、耳穴贴敷、刮痧等疗法。事实证明，中医药“组合拳”临床效果突出，中医特色疗法非常受患者欢迎。

“我最要感谢的，就是广东省中医团队！”陈伯高龄，且有基础病，能够这么快出院，他激动不已，同医疗队员离别之际，动情落泪。

然而这一批患者的出院并不能让队员们紧绷的神经得到多少放松。“这只是一场阶段性的胜利，接下来我们还要继续发挥中西医结合的优势，争取让更多患者更快出院……我们需要做的，还不只是药物上的治疗。”邹旭说。

正如邹旭所说，对于患者除了要在生理上进行药物治疗，对其心理上的抚慰，则是另一个难点。医疗队队员需要克服语言上的沟通困难，切切实实地为患者解决问题。

就像陈伯在刚入院时的心理反应，部分患者入院后会出现情绪低落、胃口欠佳等情况。此时，医疗队队员们就需要对患者进行精神上的关怀。针对一些老年患者，队员们会把自己放在患者儿女的位置上，利用空余时间与患者拉家常，鼓励他们树立战胜病魔的信心。

2月20日，73岁的夏阿婆和69岁的刘阿婆同一天住进雷神山医院，并被安排在了C6病区的同一间病房。经过治疗，3月1日上午，26床的刘阿婆即将和其他15名患者一起出院，拿着出院证明的她乐开了花，当天一大早就起床收拾东西。隔床的夏阿婆以为自己也可以出院了，也早早把自己的东西收拾好，却被告知了尚不能出院的消息。

得知自己不能出院，夏阿婆不停地抹眼泪。这些天来，刘阿婆日常给了她很多照顾，她很是不舍，也很担心刘阿婆出院后自己就没人照顾了。

“过几天您也可以出院了，再坚持几天好不好？”雷神山医院C6病区护士长、广东省中医院大德路总院血液科护士长陈二辉将夏阿婆搂在怀里，握着她的手，像哄小孩一样不停地哄着她、安慰着她。

陈二辉凑在耳边对夏阿婆说：“我们会多过来看看您，您要是有事，就按铃找我们护士。过几天，您出院了，我们找车来接您回去！”之所以要凑到耳边说，是因为夏阿婆在刚入院时曾经从口袋里掏出一张纸条，上面写着：“阿婆患有高血压以及类风湿性关节炎，手脚都有变形，活动不便。而且，阿婆失聪多年，旁人要很大声说话她才能听得见……她没有文化，不识字，胆小，不敢主动与人交流。”家属通过纸条说明夏阿婆的情况，拜托医务人员多费心照顾。陈二辉等医务人员一直把阿婆的情况放在心上。

连哄带劝半个小时后，夏阿婆终于心情明朗起来。暖心的陈二辉，在夏阿婆最脆弱时用医者的大爱帮助了她。

在雷神山医院的驰援行动是一场与病魔的拉锯战、持久战，广东省中医院人在这

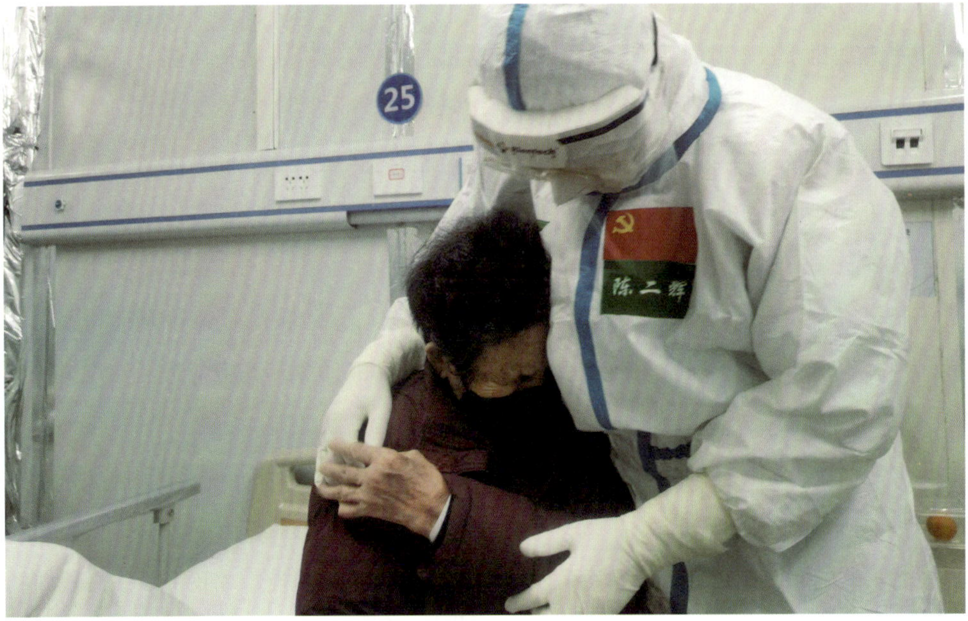

●陈二辉贴心地抚慰着夏阿婆

一过程中充分展示运用了自己的中医“秘籍”。在邹旭的带领下，他们负责的病区实现中医药治疗100%全覆盖，且有68名患者接受纯中医治疗，从现有的临床疗效来看，患者入院后的各项指标和症状均得到明显改善，再加上细致入微的关心照顾，进入3月以后，病区里的好消息一个接着一个传了出来！

81岁的孟奶奶，是武汉雷神山医院C6病区接诊的首批患者之一，也是病情最为危重的患者之一。刚到C6病区时，她非常虚弱，明显的气短、气促症状让她连一句完整的话都无法说出。

住进雷神山医院以来，邹旭每天进入负压病房为她诊脉，针对她的病情变化，针药并用予以治疗。经过几天的中西医结合治疗，孟奶奶退热了，但气促症状依旧明显。邹旭又邀请广东省中医院副院长张忠德到病区为孟奶奶会诊。

入院一周后，孟奶奶气短、气促的症状逐步好转，说话也变得流利完整。随着病情的好转，孟奶奶每次见到医务人员都会变成一个“话痨”。一次接受针刺治疗后，她激动地向医务人员说：“你们都是习主席派来的使者！我非常感谢你们！中国万岁！”孟奶奶的这句话登上了新闻头条，被各大媒体转载，大众的目光纷纷被这位雷神山八旬奶奶的“硬核”致谢所吸引。

痊愈的日子没有让孟奶奶等待太久，3月14日，孟奶奶各项指标都已达到出院标准，顺利出院。

队员们在雷神山医院战斗的日子，不知不觉间一天天过去。随着患者一批批陆续出院，C6病区终于在3月29日迎来了关舱的好消息。

从2月20日接管武汉雷神山医院C6病区起，至3月29日病区关舱，30多个披星戴月的日子里，广东省中医院医疗队共接管床位48张，累计收治患者99人，其中危重症4人，重症20人，患者平均住院11.45天，治愈率达95.9%。其中中医药治疗覆盖率100%，纯中医治疗68人，平均住院日10.79天。综合症状改善（包括发热、乏力、咳嗽、气促、纳差、眠差和影像学改善等）比例达95.9%。

“终于可以松一口气了。”病区主任邹旭和副护士长彭思萍一起为病区舱门贴上封条。最让邹旭慰藉的是，病区医务人员无一人感染新冠肺炎，“我可以安心地向队员家属做出交代了！”

4

战“疫”雄师九度出征

疫情就是命令，时间就是生命。每每前线告急，远在后方的广东省中医院人便义无反顾地挺身而出。

在除夕之夜张忠德率先“逆行”、1月27日第二批医疗队共26名队员驰援湖北省中西医结合医院、2月17日第六批医疗队共35名队员出征武汉雷神山医院之外，广东省中医院还相继派出了第三、四、五、七、八、九批医疗队共26名队员，分别在湖北省中西医结合医院、武汉雷神山医院、武汉市汉口医院、武汉东西湖方舱医院、荆州监利县中医院、荆州市中心医院等医疗单位开展援助。

在大疫来临之际，广东省中医院这支战“疫”雄师，88名白衣战士先后九度出征北上。每一批勇士从听到集结号吹响到动身出发，往往只有一天时间，这意味着他们留给家人、好友的只有匆匆道别，然后在翌日便已和他们相隔千里了。

从2月5日开始，广东省中医院援助湖北医疗队受武汉市汉口医院隔离病区专家组的邀请，前往汉口医院首度进行中西医联合查房，为50多位中、重度新冠肺炎患者开展中药治疗。疗效很快便得到汉口医院隔离病区内患者及主管医生的认可。

为让更多的新冠肺炎患者得到中西医结合治疗，经过积极协商，2月9日，广东省中医院按上级部门要求，派出第三批医疗队共6名队员赶赴武汉。次日，广东省中医院重症医学科大科主任邹旭、中医经典科主任颜芳、急诊科医生郑丹文3位中医专家旋即抵达武汉市汉口医院，与西医专家协同救治新冠肺炎患者。而同批北上的珠海医院脾胃病科医生张剑锋、呼吸科护士张俊杰、急诊科护士林汉林3位医务人员则去往武汉东

● 广东省中医院援助湖北第三批医疗队入驻武汉市汉口医院

西湖方舱医院驰援。

张俊杰是方舱医院的一名“出舱指导员”，他的职责是确保每一名出舱的工作人员正确脱防护服。“我们队友在病区内为新冠肺炎患者提供医疗服务后，出舱时，需要安全、小心地脱掉防护服，这样才能避免感染的风险。”张俊杰说，这是保护所有工作人员安全出舱最关键的一道防线。

张俊杰工作的地方是一个狭小密闭的空间，他穿着严实的防护服，在脱衣舱内忙个不停，既要保证出舱队友们的安全，也要注意自己的防护。相同的动作、同样的话，对每一位出舱队友一遍又一遍地重复：“慢一点，注意洗手，要规范、严格按照穿脱的步骤。”张俊杰知道，自己必须要严格再严格，一旦放松，队友们就有暴露的风险。

与张俊杰相比，林汉林的工作则离病毒更近一步，他主要负责给患者采集口咽标本，进行新型冠状病毒核酸检测。

一开始，林汉林每天需要采集大约120名患者的病毒标本，这巨大的工作量需要他在长时间的工作中，时刻保持绝对清醒的状态，采集样本的操作一丝错误也不允许犯。“尼采说过：‘一个人知道自己为什么而活，他就能忍受生活加诸他的一切。’

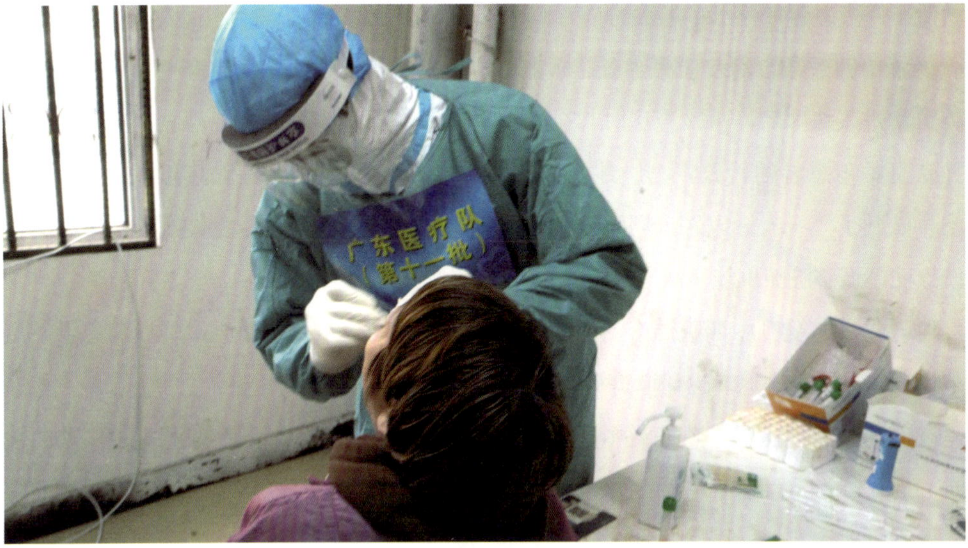

●林汉林为患者采集口咽标本

我当前工作生活的意义非常明确，因此，我必须坚持下去！”林汉林时常鼓舞自己。

3月7日，方舱医院关闭的前一天，样本采集人数降至50人，这时林汉林终于可以松一口气了。回顾近一个月的战“疫”时光，他感慨万千：“这是我的家，也是我的国，无论多辛苦，每每想到自己和队友们在做的是救国救民的事，就觉得这是愉快的、值得的。”

随着武汉以及周边如荆州、孝感等城市疑似病例和确诊病例的逐渐增多，湖北多地屡屡传出医务人员短缺的急报。在此情形下，广东省中医院这支战“疫”雄师又多次挺身而出，相继派出第四、第七和第九批医疗队挥师湖北除武汉之外的又一个重要战场——荆州。

2月11日，广东省中医院第四批医疗队队员启程。

父亲送儿子的坚定，妻子送丈夫的不舍，女儿对爸爸的留恋……在一个个催人泪下的场面中，广东省中医院珠海医院呼吸科医生谭勇文、重症医学科护士黎镇沪、重症医学科护士苏文平3人脚步坚定地踏上了前往荆州市监利县的征途。

谭勇文是支援监利县中医院重症监护室的唯一一名中医师，他用自己的中医技术救治了许多患者，付出了无数的努力和汗水，经手的每一位患者都让他感受颇深。

“中西医结合治疗让患者获益颇多，这让我感到十分欣慰，也有一种成就感。”谭勇文进入病区后，每次查房时都会详细询问患者的病情，为患者号脉、观察舌象，并认真拍下患者的舌象，与一线及广东后方专家讨论，针对每个患者的病情辨证施治，做到了“一人一方”，同时也针对患者的症状，施以耳穴压豆、八段锦等中医传统疗法，调整脏腑机能。

“患者感受到中西医结合治疗的神奇，对治疗的依从性也更强了。”与患者并肩战“疫”、共同进退，也让谭勇文与监利县患者结下了深厚的情谊。

在监利县中医院，广东省中医院的队员们同来自珠海、清远和监利本地医院的战友并肩作战。重症监护室的工作节奏异常紧张，他们必须时刻牢记工作职责，不能有一丝懈怠。

“这边ECMO要随时盯数据，那边要把每个患者的病情变化定时监测汇报医生，还有10多个患者的生活要护理。”苏文平虽然身着厚重的防护服，却恨不能跑起来工作。结果有几次因为走得太快，导致鞋套差点被踩掉了。他急中生智，马上用胶带紧紧缠了几圈。

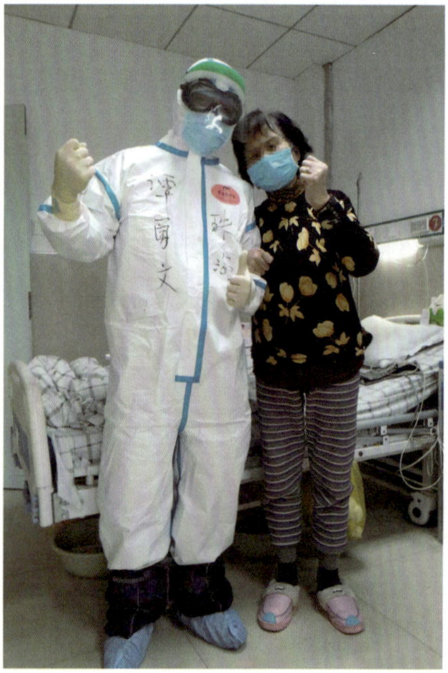

● 谭勇文与患者并肩战“疫”

每次值夜班苏文平都会感叹，自己连每一个思考的片刻，都如此紧迫，更别说去感知黑夜到黎明的变迁。时常要接近第二天上午11时，他才能结束晚班工作回到酒店。

“才下班吗？”酒店工作人员询问他。

“是。早餐中餐一起吃！”苏文平疲惫的双眼在此时终于露出笑意。

3月1日，监利县新冠肺炎确诊感染人数由最高峰时的255人，降至不足100人。也是在这天，监利县中医院重症监护室需要清空，谭勇文和战友们将转战监利县人民医院。

最后离开医院的几个患者对谭勇文他们依依不舍，动情地说：“这段时间里，你们就像亲人一样陪伴在我们身边，如今要离开了，真舍不得啊！”

“凤凰山，桃花山，风月同天。”在监利县人民医院战斗的日子如白驹过隙。

3月9日，在监利县人民医院最后一批新冠肺炎患者出院后，监利县新冠肺炎住院患者数清零。回想起近一个月的医疗援助经历，黎镇沪护士感慨万千：“《诗经》说‘投之以桃，报之以李’。在监利县工作的这些日子，最让我感到高兴的就是患者身体恢复后说的一句句感谢。”

在护理工作中，黎镇沪一直以广东省中医院“患者至上，真诚关爱”的核心价值观要求自己。正是因为对这种价值观的深刻践行，他才能消除患者内心的恐慌，逐渐让他们生出信心，一步步走向康复。

监利县住院患者虽已清零，但这场没有硝烟的战争仍未结束，黎镇沪告诉自己：我们要一直打起十二分精神，听从安排，直至战“疫”最后的胜利……

2月20日，广东省中医院第七批医疗队驰援湖北，队员分别是广东省中医院珠海医院重症医学科医生张兴展、重症医学科护士聂丽霞、门诊部护士黄春华、心血管科护士沈孝伟。

“之前已经跟家人说过了今年要回家，大家都很期待。”聂丽霞护士已经订好了1月23日飞武汉的机票，但随着疫情的日益严峻，她最终还是退掉了机票。“我也担心把病毒带回到珠海，作为医务人员，我不能任性。”

虽然没能回老家，但聂丽霞依旧非常关注家乡的情况。每一天都和家人通报防疫的信息，嘱咐家人做好防护。1月26日，广东省中医院组建援助湖北医疗队的号令发出来后，聂丽霞第一时间就报了名：“家乡需要我，支援家乡，我义不容辞。”

报名后，聂丽霞才告知了老家的亲人，父母和姐姐都很支持，但是弟弟坚决反对：“你不要回来，就在珠海好好待着！”之后弟弟又给聂丽霞发了私信，原来母亲前几天出现了咳嗽的症状，正准备去医院。这个消息让聂丽霞一下子紧张担忧起来：“回去支援我没什么怕的，但是得知母亲的情况，我开始害怕、揪心。我害怕他们出门遇到交叉感染，也害怕万一真的是感染了新冠肺炎……”

接下来的几天，聂丽霞一边尽心尽力完成护理应急小组的工作，一边还在不断跟踪母亲的状态，等待检查结果。幸运的是，聂丽霞母亲的各种检查结果都是阴性，几天后病情转好就出院了。

“经历了母亲这次生病，我更理解疫区患者的心情，所以每次召集医疗队，我就很着急，不知道什么时候才轮到我去援助家乡。”在第一次报名后，聂丽霞就已经把自己的行李准备好，随时可以出征湖北。

这次被选入援助湖北医疗队，聂丽霞说自己心里反而很平静：“早就做好了心理准备，每天都等着出发。有几位大学的室友已经在湖北一线战斗很久了，看着她们发的朋友圈，让我真的心疼不已。之前我从没想过会以这种方式回湖北，我终于可以为家乡好好出一份力了。”

聂丽霞擅长应对危重症病患的突发状况。抵达荆州后，她被安排支援荆州市中心医院。她说：“重症医学科女护士的骄傲就是能与同事们共同努力，创造并见证生命奇迹。”在医院ICU有一位病情非常严重的患者，聂丽霞和战友们对其使用了ECMO后，患者逐渐地可以在清醒状态下用笔书写“想吃多点”等简单文字了。“当看到她写下字的那一刻时，我就感到充满了希望，患者的点滴好转，是激励我不断攻克医护难关的动力。这也是我作为女护士最大的成就感。”

人之为善，百善而不足。聂丽霞就是这样一位善良的“女神”。她在ICU的支援任

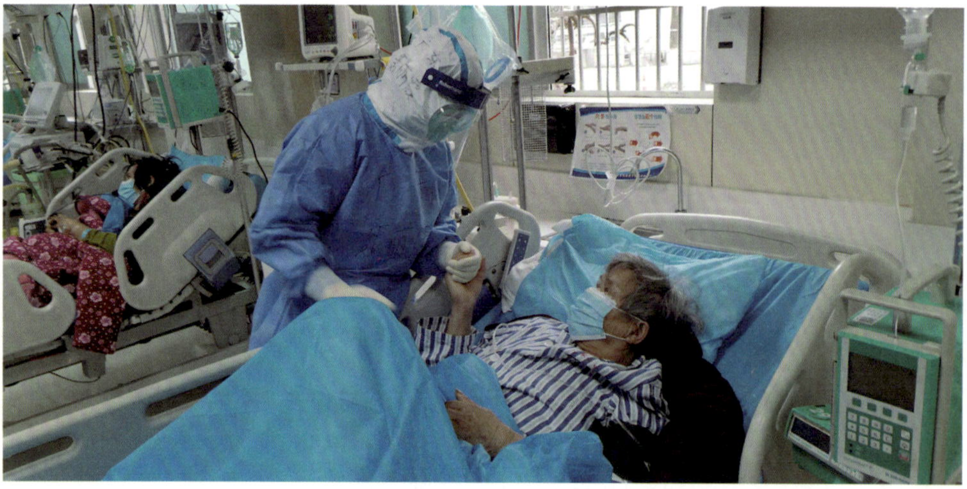

●聂丽霞在ICU照顾重症病患

务繁重，护目镜上的碘伏让她双眼红肿。但即便是在难得的休息时间，她还不忘用专业知识温暖身边人。3月4日，她发现驻地酒店一名工作人员因摔伤需要卧床，心地善良的她主动帮这名工作人员洗头。“因为大部分人没有办法掌握给卧床患者洗头护理的技能，这方面我是专业的，看到需要帮助我就帮一下，太平常不过了。能让专业所学发挥作用，我很开心很充实。”

随着阻击新冠肺炎疫情进程的推进，来自全国各地的驰援医疗队队员们开始向荆州疫情发起总攻。针对战“疫”形势的转变，按照上级部门的要求，广东省中医院决定向荆州派出援助湖北的第九批医疗队。这一次，广东省中医院大学城医院皮肤科、风湿病科护士长潘丽丽终于如愿以偿，来到了荆州前线。

3月6日上午，潘丽丽与队友刘宇、刘真真、肖英超一起踏上了开往湖北的高铁，此行她们和另外9名来自广东其他医院的医务人员共同给荆州市两大新冠肺炎重症救治中心注入新力量，助力抗疫总攻。这13名队员组成了广东省援荆中医康复攻关小组，涵盖营养、中医、康复、皮肤、心理等领域。他们在出发时被称为“特别纵队”，因为他们此行的责任比较特殊。

“我们被派往荆州前线，也是基于现阶段疫情的现实状况。一方面许多住院的病患已经进入了康复期，需要进一步的恢复性中医理疗；同时，在前线战斗了一个多月的医护同事们，也需要我们去进行一些理疗。”广东省中医院中医经典科护士长刘宇对自己肩上所扛的任务非常明确。

对于患者，他们要引导其转移注意力，进行放松训练，通过沟通，让他们树立信心，确认自己的病情正在不断好转。倾听、沟通、共情，设身处地体验患者的感受，是他们每天都要做的工作。

而一线医务人员，在每天的紧张救治中，同样会有巨大的心理压力，抑郁、焦虑、恐惧、失眠、无助感、救治失败的愧疚感，都会形成困扰。帮助他们走出来，同样也是这支队伍重要的工作内容。

抵达荆州后，刘宇和其他几位队员立刻对每天的工作安排进行了简单的计划：“每天上午我们进病区运用中医特色疗法给患者施治，下午则用特色疗法给荆州的广东医务人员进行保健。”

●广东省中医院援助湖北第九批医疗队的巾帼英雄

“荆州市中心医院一开始基本不开展中医护理。”护士刘真真刚进入病房时，发现当地的医护对她们的中医护理持有疑问。“但我们第一天到，就给重症区的一名患者做了耳穴压豆，第二天当我们再给这名患者查房时，他很开心地告诉我们，咳嗽减轻了，一个多月来第一次睡这么好的觉。自那以后，很多医务人员会建议我们中医护士通过中医特色疗法协同治疗患者。”

刘真真说：“我们通过穴位刺激和拍打，让患者调理肠胃，改善身体状况。中医说‘肺与大肠相表里’，这是患者康复的重要一环。”

而面对为长期疲劳作战的500多名广东医疗队队员进行保健康复的任务。护士长刘宇和队友们则从疫情救援的总体思路来考量，重视发挥辅助型的康复、心理、营养等学科的作用。他们和来自佛山市第一人民医院、南方医科大学皮肤病医院的同仁们携手合作，共同建立了一张针对一线医务人员的，涵盖中医理疗、营养改善、皮肤病诊治等项目的“健康网”。

为了及时地给病患提供护理服务，队员们常会忽略掉正常的上下班作息时间。3月11日，感染科的一位老奶奶因为病情拖延日久，心情烦躁。正要下班的护士肖英超发现之后，就主动与老奶奶沟通，用中医按摩“开天门”让老太太逐渐感觉身心舒畅，做完按摩后，老奶奶老泪纵横。“开天门的手法就是对头部穴位按摩，让您能够放松下来。”肖英超温和地向老奶奶说道，“我是湖北人，非常自豪能回到家乡，为这次抗击疫情贡献自己的力量。”

战“疫”期间，一旦湖北前方的队伍有急报发出，后方便立刻派出后援队伍千里相助。

2月13日，广东省中医院派出第五批医疗队共3名队员驰援武汉。芳村医院内二科医生潘宗奇抵达武汉市汉口医院，与郑丹文医生组成中西医结合施治的“黄金搭档”；大学城医院综合一科医生陈鹿鸣奔赴雷神山医院，运用中医腹针特色治疗，取得非常好的效果；二沙岛医院急诊科医生陶兰亭在雷神山医院，用中医疗法治疗患者的咳嗽症状，颇受好评。

3月2日上午，广东省中医院援助湖北第八批医疗队6名中医专家丁邦晗、李际强、郭建文、孙良生、王进忠、曾靖也接续北上，驰援武汉，加入第二批国家援助湖北中医医疗队开展救治工作，为整个队伍添注了新的能量。

…………

广东省中医院派往湖北的九批队员，虽然出征的时间相异、征战的医院不同，但在这场抗击疫情的持久战中，这88名队员却是一个有机联动的整体。

从1月24日到3月6日，广东省中医院派出9批医疗队援助湖北的故事，记录下无数个感人至深的片段。他们用自己的智慧和汗水，谱写了一部豪迈的“战‘疫’之歌”。

5

党旗的引领，医道的传承

打赢疫情防控阻击战，党组织是坚强堡垒，党员干部是先锋旗帜。为充分发挥医疗队党组织的战斗堡垒作用和共产党员的先锋模范作用，加强医疗队的组织力和战斗力，医院党委坚持把临时党支部建在最前线，把党员先锋岗设在最前沿，设立了援助湖北医疗队临时党支部、援助雷神山医院医疗队临时党支部，分别委托“抗非”老将黄东晖、邹旭担任临时党支部书记兼医疗队队长。在抗疫战场一线，广东省中医院党员干部始终走在前面、做出表率，涌现出不少生动鲜活事例。

要打出一场漂亮的胜仗，就必须拥有坚强有力的领导队伍，就必须制定出一套严明的军规军纪。1月28日，医疗队在抵达武汉的第二天，就立马开始整队明纪——国家援助湖北第二支中医医疗队广东团队临时党总支书记、广东省援助湖北应对新冠肺炎疫情医疗队临时党委副书记张忠德组织召开了广东团队各党支部及三家医院医疗队队长会议。

召之能来，来之能战，是党员干部在一支医疗队伍中应率先垂范的。张忠德在主持会议时就特别强调：“医疗队全体党员要模范发挥广东医生精神，发扬大医精诚、仁心仁术，勇于冲锋在前、救死扶伤。”

要治病救人，前提是防止自己被感染，带头督促队员们做好自身防护，也是党员的责任所在。“要落实个人防护措施，保护好队员安全，坚决打赢这场没有硝烟的战争。”“任何队员没做好防护不准上岗，我们坚定信心而来，一定要平安而回。”张忠德说。

● 张忠德（右二）组织广东团队各党支部及三家医院医疗队队长召开会议

经过综合考量，会议确定了接管隔离病区第一批进入病区的突击队。在抗击疫情的战场上，生动演译着“这里危险，让我来！”的“叶欣精神”，第一批步入隔离病区的队员全部是共产党员！

会上，作为医院援助湖北医疗队临时党支部书记，队长黄东晖为大家讲述了17年前抗击“非典”时医院137名医务人员火线入党的故事。生动催人泪下的故事让人仿若听见当时火线入党的前辈医务人员那铮铮誓言：

“我是党员，我先上！”

“这里危险，让我来！”

在此后战“疫”的日子里，张忠德坚持定期组织非值班党员医务人员过组织生活，带领同志们从参加抗疫工作以来的思想认识、工作安排、生活调整等三个方面进行交流学习。“积极开展党组织生活，是凝聚党员力量、鼓舞党员斗志的重要途径。只有党员的斗志和力量被鼓舞起来了，他们才能在日常的工作生活中，激励身边朝夕相处的战友和患者。”张忠德这样说，是出于自己过往的深刻体会，“2003年抗击‘非典’的时期，我们党员同志也是这样互相激励着挺过来的。”

张忠德、邹旭、黄东晖等一批共产党员，在17年前抗击“非典”的战场上业已书就卓著功勋。然而17年后，当新一轮病毒来袭，这些广东省中医院的共产党人依旧仁心不改、信念不衰！他们擎起“叶欣精神”的大旗，勇担社会责任，驰援武汉，带头

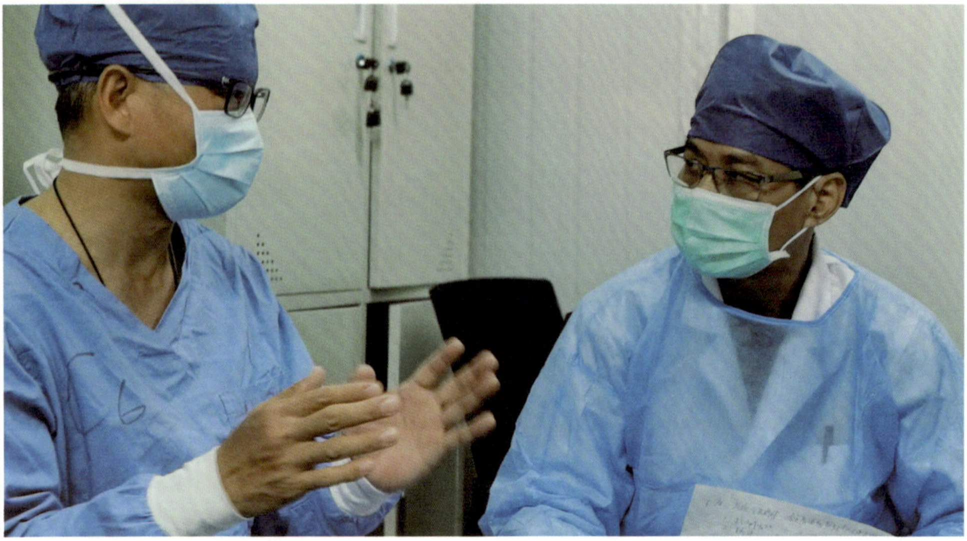

● 邹旭（左）与张忠德（右）讨论新冠肺炎患者病情

冲锋在抗击疫情的第一线。

2月17日，广东省中医院派出第六批35人组成的医疗队驰援武汉，广东省中医院重症医学科大科主任邹旭临危受命担任国家援助湖北第四支中医医疗队广东团队领队，带领广东省中医院和深圳市中医系统组建的医疗队，接管武汉雷神山医院C6病区，共同救治新冠肺炎危重症患者，邹旭担任病区负责人。17年前，邹旭曾在国医大师邓铁涛的指导下抗击“非典”，运用中医药挽救了很多“非典”患者的生命。

筹建科室期间，邹旭始终不忘自己是一名共产党员，始终佩戴着闪耀的党徽，指挥有方又亲力亲为，与医疗队队员一起搬运医疗物资等事情更不在话下。他教导队员们牢记共产党员是先锋模范，要发挥好带头作用，医疗上更是要如此。

作为广东省中医院援助武汉雷神山医院医疗队临时党支部书记，每次组织医疗队开会时邹旭总是语重心长地叮嘱队员们把患者的生命安全和身体健康放在第一位。医术上，他为医者树立了良好的榜样；医德上，更是让大家由衷敬佩！

薪火相传，精神长续。这些英雄的“老将”在忙碌中也许不曾在意，在随后多日的与新冠病毒的殊死搏斗中，有那么一群年轻的小伙子，正潜移默化地接受着前辈们的感召。他们身边这些可亲可敬的党员前辈身先士卒的姿态，已经在不知不觉中深深地触动了他们。

2月2日23时，在通往湖北省中西医结合医院的小道上，两位步伐稳重矫健的年轻小伙子逆风前行，他们要前往抗击新冠肺炎的第一线，深入隔离病区护理感染了新冠病毒的患者。

这已经是他们在一起搭的第二个夜班了。到达隔离病区后，他们像往常一样更换鞋子、衣服，相互检查防护物品的穿戴，进入隔离病房，熟练中透着严肃。

直到胸前已经写好“超明，加油”的白衣战士接过笔，在同时进来的白衣战士后背上写下“思涛，生日快乐，武汉加油！”时，曾思涛才听到几声同事们带着祝福的笑声。带着惊喜，曾思涛下班后看到微信群里的祝福视频才完全明白发生了什么。

他觉得是时候表达出自己长久以来的意愿了。这天晚上，他忍不住给黄东晖打了个电话：“队长，您好！我是思涛，您有空可以陪我过生日吗？在走廊尽头的那面党旗前。”黄东晖毫不犹豫地回答：“好，我现在过来！”

于是，一位经历过“非典”战役洗礼的老兵带着一位有些腼腆的小战士，在狭窄的走廊里对着一面在朦胧夜色中也异常耀眼的鲜红色党旗，开始了让曾思涛能铭记一生的“生日会”。

曾思涛微笑着向黄东晖递过来一张信纸，黄东晖打开一看，上面用稍显稚嫩却工工整整的字体写着：

尊敬的党组织：

我是广东省中医院援助湖北医疗队队员曾思涛，今天是个特殊的日子，是我参加此次抗击疫情的第七天，也是我的24岁生日。

当前，正是打赢这场攻坚战的关键阶段。我还记得在我们进入隔离病区的第一天，我看到黄东晖书记力排众议第一个进入隔离病区。我被他这种敢于担当、不怕牺牲的精神深深打动，我也想成为他这样的男子汉、战士，承担更多的责任。

在这几天工作当中，我不畏艰险，敢于迎难而上。今天，在我的生日这天，我递交了这封入党申请书，要跟党说说我的心里话，我也要做理想信念坚定、专业本领高强、无私奉献的共产党员，成为党最忠诚的战士！

请党考验并接纳我！

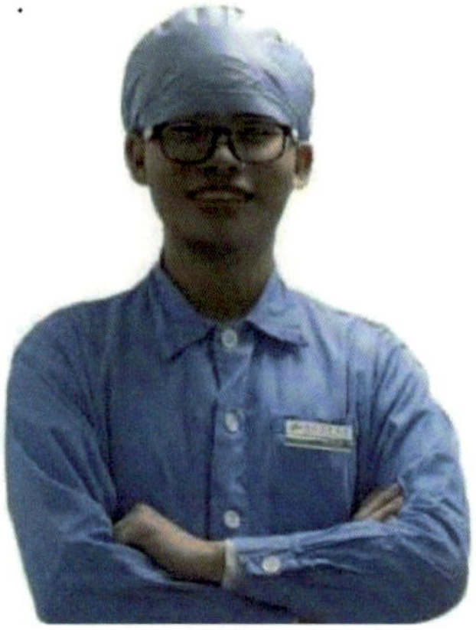

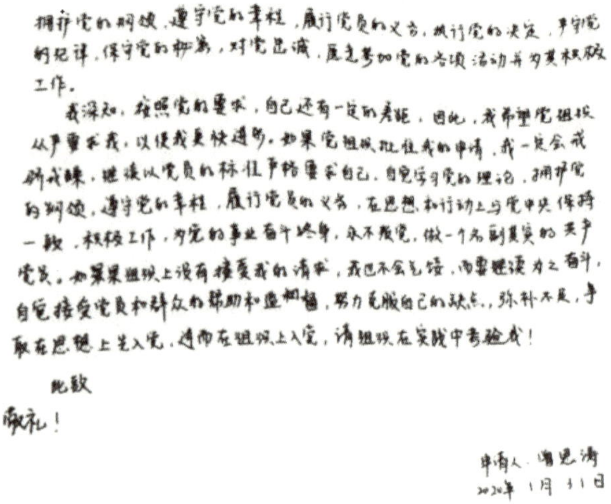

拥护党的纲领，遵守党的章程，履行党员的义务，执行党的决定，严守党的纪律，保守党的秘密，对党忠诚，主动参加党的各项活动并努力积极工作。

我深知，按照党的要求，自己还有一定的差距，因此，我希望党组织从严要求我，以使我更快进步。如果党组织批准我的申请，我一定会戒骄戒躁，继续以党员的标准严格要求自己，自觉学习党的理论，拥护党的纲领，遵守党的章程，履行党员的义务，在思想和行动上与党中央保持一致，积极工作，为党的事业奋斗终身，永不叛党，做一个名副其实的共产党员。如果组织上没有接受我的请求，我也不会气馁，而要继续为之奋斗，自觉接受党员和群众的帮助和监督，努力克服自己的缺点，弥补不足，争取在思想上先入党，进而在组织上入党，请组织在实践中考验我！

此致

敬礼！

申请人：曾思涛

2020年1月31日

●曾思涛和他的入党申请书（部分）

看到这样一段话，黄东晖感到很欣慰，他为手底下有这样出色的战士而感到开心自豪。他掷地有声地说："思涛同志，很高兴看到你积极地向党组织靠拢，希望你通过此次战'疫'的锻炼，能够快速成长为一名合格的共产党员。我们非常欢迎你这样的优秀同志！祝你生日快乐！"

不切蛋糕，不吹蜡烛，在鲜红的党旗下度过难忘的生日，该有多么幸运和特别！

受到前辈感召的后辈不止一人，在湖北前线递交入党申请书的青年也不止曾思涛一个。除曾思涛之外，在湖北抗疫一线，还有16位年轻的战士火线入党，光荣地成为中共预备党员，决心将自己的一生奉献给党和人民的事业。

陈维生是广东省中医院大德路总院急诊科护理组组长，第二批国家援助湖北中医医疗队队员。年纪轻轻的他已是两个孩子的父亲。疫情当前，即使孩子尚幼，他依然义无反顾地申请投身前线。"请领导们不用担心，我的孩子可以由妻子和父母照顾，我没有什么后顾之忧！我相信我的孩子长大后会明白，他们的爸爸暂时离开他们身边是为了什么。"在隔离病区工作的他，感染风险时刻伴随，但他不怕苦、不怕累，更不怕危险，护理工作精心细致，常急患者之所急，忧患者之所忧，视患者如亲人。

钱学先是广东省中医院大德路总院呼吸病科（PCCM）护士，第二批国家援助湖北中医医疗队队员。他用"95后"特有的乐观和自信俘获了同事的心、患者的心，在隔离病区，他用细心、耐心、爱心为每一位患者提供优质护理服务，主动教导患者练习养肺安心操、踝泵操，彰显了中医特色疗法的神奇魅力，得到患者赞誉。

还有注重患者心理疏导、积极传播乐观正能量的黄超明，病区最帅“发型师”窦明鑫，精心为病患定制个性化的护理方案的谢志佳，将小孩交托父母带回老家照看，只为全力以赴投入战“疫”一线的芳村医院急诊科王新，善于运用中医特色疗法的大德路总院重症医学科张海怡，用积极乐观融化患者心灵坚冰的“小太阳”——大德路总院急诊科张晶，用专业勤谨呵护患者健康、筑牢疫情防控安全屏障的大德路总院急诊科房海辉，对高龄和重症患者提供耐心细致照顾的大学城医院麻醉科洪妙君，还有表现同样优秀的二沙岛医院急诊科陶兰亭、大德路总院脾胃病科消化内镜中心郑万丰、芳村医院心血管科刘昶良、大学城医院骨伤科梁立传、大德路总院麻醉科李明铨。他们每个人都有着自己独特的个性，有着各自擅长的为患者服务的方式，但他们同样拥有的，是一片不顾一切捍卫病患生命健康的炽热胸怀，是一颗永远追随党组织的坚定之心。

这16位新党员的入党仪式先后分两批举行，而这两次仪式选定的日子，也颇具有纪念意义。

2月27日，恰好是广东省中医院援助湖北第二批医疗队的“满月”之日。曾思涛、陈维生、钱学先、黄超明、窦明鑫、谢志佳这6位年轻战士的入党宣誓仪式在抗疫最前线举行。张忠德、黄东晖、田碧文、颜芳、谢东平、蔡彦6位老党员为这6位新党员佩戴党徽，将红色基因传承下去。

而3月25日，则是“抗非”烈士、全国优秀共产党员、最美奋斗者——叶欣护士长牺牲整整17年的日子。在这个特殊的日子，王新等另外10位“叶欣精神”的传承者，怀着对党无比的忠诚以及对叶欣护士长深切的怀念，在雷神山医院举行了火线入党宣誓仪式。

一个党支部就是一座战斗堡垒，一个党员就是一面旗帜。在这一座座堡垒里，有着同舟共济、众志成城的战斗伙伴；在这一面面旗帜后，有着更多年轻的后继者擎起更多面旗帜。他们充分发扬不畏艰险、不辱使命、同舟共济、众志成城的广东省中医院人抗疫精神，让鲜红的党旗相互辉映，高高飘扬在战“疫”一线。

在这16位经历战“疫”考验火线入党的白衣战士中，在其他更多的投身一线的医疗队员中，有着不少“90后”的年轻人。

2003年，他们还是孩子，被全世界守护。

2020年，成为新时代年轻医生的他们，主动请战，守护人民健康。

正如大德路总院急诊科廖嘉辉所说：“我们‘90后’有活力，更应有担当，有理想，有抱负，锐意进取，向老党员、老前辈们学习借鉴，在抗疫一线绽放青春绚丽之花，为‘90后’树立榜样。”

“终于能给前线帮上忙了！”“90后”的张俊杰得知自己被选入援助湖北第三批医疗队，兴奋之情溢于言表。

张俊杰是广东省中医院珠海医院呼吸病科的一名“90后”护士，也是一名中共党员。

“我把消息告诉家里人后，他们都非常支持。”出发前，张俊杰很感激家人对自己的鼓励。

在科室里，被同事们亲切称呼为“杰哥”的张俊杰，一直是大家心目中的“积极分子”。“这段时间，医院组织报名支援湖北前线、发热门诊或隔离病区，他都第一时间报名。”护士长莫惠彬说。这次支援湖北，张俊杰也是第一位报名的护理人员。

在同事们眼中，张俊杰工作非常仔细认真，他娴熟的穿刺技术让很多人印象深刻，也受到许多患者的好评。

“曾经有实习同学跟我说，护士长，不要给我换带教老师，我就跟着俊杰老师上班，他教会我很多。”莫惠彬说。平日里，张俊杰很爱学习，空闲时间基本都在医院旁边的书城看书学习，还积极向同事分享学习的收获。

“我觉得没有什么值得担心的，反而特别激动，我一定会尽我所能参加到抗疫中去，尽自己一份微薄之力！”张俊杰说道。

和张俊杰一同前往的还有林汉林。“我单身一人，危险的地方让我去。”他说。收到护士长通知时，1993年出生的林汉林护士显得激动不已：“上一次没有被选上，感到有一些遗憾，这次被选中后，整个晚上都静不下心，我也能上一线了！”在急诊科工作的林汉林，此前便在医院发热门诊、留观病房等离病毒最近的一线奋战多时了，他向护士长高雪伟主动请缨时是这样说的：“你们家里都有人在等，我单身一人，隔离区的护理让我去。”林汉林说，自己还没有成家，没有那么多牵挂，所以更适合被安排在危险的一线。

在收到支援武汉的通知后，林汉林第一时间通知了父亲，“父亲回了一句‘哦，去吧’，平时父亲话语不多，但我知道他心里是支持我，但又担心我。我也告诉父亲，我一定会平安归来！”

在紧急时刻，林汉林和张俊杰一样，首先想到的总是别人，总是集体的利益。这是一种“90后”男子汉可贵的冲劲与担当。

出生于1994年的谢志佳，每天清晨5点便和伙伴们开始了一天的治疗护理工作。他虽然年轻，但照顾起患者来，却有着超出年龄的沉稳风范。

在湖北省中西医结合医院隔离病区，当他给38床新入院的阿姨抽血时，发现她特别紧张，手在颤抖。“隔着手套都能感受她双手冰冷。”谢志佳说，他轻轻地握住阿姨的双手，想通过厚实的手掌传递给阿姨一些温暖，“阿姨，别紧张，放松点，我会尽量快一点，让您感觉没那么疼!”为了让阿姨放松下来，谢志佳一边准备消毒工作，一边和阿姨聊起了家常：“阿姨，请您放心，相信我们！也相信您自己！您一定会康复回家的！”

平复心情后的阿姨，双手逐渐地温暖了起来。当谢志佳把血抽完时，阿姨随口问了一句：“小伙子，你有30多岁了吧？看你工作这么有经验！”

谢志佳笑着说：“阿姨，我是1994年出生的哦，今年刚刚26岁，但已经是一位‘老’医务工作者了！”

阿姨惊讶地说：“那你比我儿子年纪还小呢。你们真的很伟大！”

“我是一名护士，也是一名共产党员，当国家有需要的时候，我就应该坚守在自己的岗位。距离吃早餐还有段时间，您先休息一下吧！”待阿姨躺下来后，谢志佳安静地推着治疗车走出病房。

谢志佳这样妥帖照顾患者的片段还有很多，在他看来，不论自己与患者年龄差距有多大，将心比心的态度是万能的护理之法。

“90后”的张戈是广东省中医院援助湖北第六批医疗队中的一员，鲜为人知的是，2月17张戈出征时，他的妻子已怀有6个月身孕。但张戈还是安顿好家人，毅然前往武汉。

张戈在雷神山病区主要负责信息统计工作。“一方面是负责对接雷神山医院HIS（医院信息系统）开发团队，针对信息系统不支持中医查房和开方治疗的问题，及时对接并协助补充完善中医药模块。”简而言之，就是在信息化方面有力支持了雷神山医院中西医结合治疗。另外，他还负责国家中医医疗队管理4个病区的每日工作统计，并协助开展C6病区软硬件验收、物资配备和媒体宣传等工作。

“张戈在武汉期间，经常忙到凌晨三四点，一点都不比从事医疗工作的队友们轻松。”张戈的战友如此评价他。

“数据不能有任何差错，决策建议不能有一刻耽误。”张戈把数据统计的准确性和决策及时性作为工作要求，常常由于工作时精神高度紧张，一天下来身心俱疲。但随着一个个问题得到整改，一条条建议得到落实，他内心的成就感又会立马转化成动力，驱使他继续忘我工作。

张戈结束武汉的工作回到广州结束医学隔离后，按照医院的安排，还有一周的回家休息时间，但张戈马上又投入到了广州的工作中。“当前抗疫战争还没结束，作为强烈认同‘人类命运共同体’理念的一员，我还有很多事情可以做。”张戈除了进一步协助华人商会募捐医疗物资外，他还加入IMECC（中国非公立医疗机构协会国际合作交流工作委员会）学习全球各地研究动向。

张戈虽然年纪轻轻，但他的情怀与眼界，让人不禁称赞。

一米八几的大高个儿，黝黑健康的皮肤。这个名叫王军飞的“90后”西北小伙，年初二便乘飞机从甘肃老家飞回了广州。一心想要为湖北战“疫”贡献力量的他，又早早地向医院领导请战北上。1月27日，他如愿以偿成为医院驰援湖北第二批医疗队的一员，来到了湖北省中西医结合医院。

在武汉前线，作为护理精兵的王军飞发挥专业优势，积极为患者进行心理疏导和健康宣教，帮助病房里的患者消除焦虑、恐惧情绪，鼓励患者相互加油打气，树立并提升患者战胜病毒的信心。后来，因为工作需要，他又担任临时党支部宣传委员。“你们可别看我五大三粗的，其实我对写东西很感兴趣！”王军飞的这句笑谈却也不仅是玩笑话。他和各医院医疗队宣传员冲锋在记录抗疫工作的第一线，跟采访，下临床，王军飞的脚印几乎印在了每一个省中医人去过的离危险最近的地方。

他参与策划一线医务人员日记专栏《苁蓉当归》，以“沾泥土”“带露珠”“冒热气”式的采写报道深入讲述一线医务人员的故事，广泛传播一线医务人员的心声，通过每日日记的按时推送鼓舞士气，凝聚起省中医院人同舟共济抗击疫情的磅礴力量。

他拍的大量视频和照片画面清晰、构图合理、条理顺畅、故事性强，被央视、人民日报、新华社、中新网、中国中医药报、南方日报、广东广播电视台、羊城晚报等主流媒体大量录用，并被央视新闻及人民日报以记者身份署名。

他以笔为矛立下赫赫战功，时常得到医护前辈的夸赞，但他总会很淡定地回答：“作为一名‘90后’党员，我们年轻的肩膀也能担当重任，我们要为疫情防控工作做出应有的贡献！”

2月18日，“90后”党员钟子劭开始了他在湖北省中西医结合医院的疫情支援工作。在隔离病区，他时刻以一位共产党员的标准严格要求自己，与抗疫队员们救治了一位又一位新冠肺炎患者。

在抗疫实践中，钟子劭深切感受到中医药治疗新冠肺炎的独特优势。身为中医脾胃病科医生的他，见到不少新冠肺炎患者有腹胀、纳差、恶心、呕吐、腹泻等消化系统的症状，他考虑这与新冠病毒感染人体后阻碍脾胃运化、影响气机升降有关，于是运用导师黄穗平“健运脾胃，补土安中”的治疗经验辨证施治，患者的脾胃功能得到了明显改善，因此获得了许多患者的赞誉。

每天闭眼睡觉前，钟子劭总能回想起当天父母为他送行的情景：母亲在临行前的深夜还屡次要往他那个满得不能再满的大行李箱里塞东西，父亲语重心长地对他说：“作为父母，没人愿意让子女去冒险。但是，作为共产党员，报效祖国是责无旁贷的神圣职责。我们支持你去武汉抗疫，报效祖国不能停留在嘴巴上，共产党员的誓言必须用自己的实际行动去践行！”

钟子劭的父母和姑姑都是共产党员。父亲少年时响应祖国号召，奔赴海南岛成为生产建设兵团的一名知青，日晒风吹，辛苦劳作。姑姑年轻时从城里到农村学校任教，作为一名共产党员，在农村奉献了她灿烂的青春。钟子劭曾经问过父辈：是否后悔过？他们回答：“到党和人民最需要的地方去，在报效祖国、奉献社会的同时实现个人理想才是最快乐的事情！”

乐观、坚强、勇敢、善良的钟子劭用实际行动践行着“从群众中来，到群众中去”，展现着年轻党员吃苦耐劳、乐于奉献的精神风貌。从父母一辈到钟子劭这一代，这一家人在不同时代所展现的同一种姿态，生动地诠释了党员血脉的延续、党性精神的流传。

…………

原本欢乐祥和的春节，被一场新型冠状病毒引发的疫情打破。面对这场特殊的战役，广东省中医院全体上下一心、众志成城。

其中，经历过2003年“非典”的老党员、老医师擎起鲜红的旗帜走在前面，深厚的资历、过硬的素养，让他们主导着战“疫”的大方向。而在他们身后，年轻的医护、新晋的党员，尤其是一群“撑得起的‘90后’”，则成了战“疫”的另一股重要力量，他们朝气蓬勃、充满能量，他们不惧危险、主动担当，谱写了一支支轰轰烈烈的青春之歌。

● 撑得起的“90后”

第四章 坚强后盾，千里情牵

一方有难，八方支援。当湖北多地疫情急报不断传来，一批批广东省中医院人秉持兼济天下的医道仁心，义不容辞地出征北上。与此同时，在南粤大地乃至海外各地，还有着更多以不同方式投身战“疫”的人们，坚定地和驰援湖北的队员站在一起。他们或在广州、珠海的各个院区坚守阵地，或通过技术手段远程支援前线，或为一线战士送去最深切的思念与关怀，或从世界各地向医院送来医疗物资……他们各司其职、众志成城，身虽千里相隔，心却紧密相系。

1

杏林群英，坐镇广东

广东省中医院人明白，他们需要面对的，是湖北前线和广东一线两个战场。

面对来势汹汹的疫情，广东省中医院自上而下全体动员，打响了一场应对疫情的“闪电战”。战“疫”队伍的迅速成军、发热门诊的火速改造、隔离病区的24小时速成、核酸检测实验室的星夜建设……无不展现着广东省中医院在国家大难面前的魄力与行动力！

北有壮士远征江汉，南有英豪坐镇广东。在南粤战场，在广东省中医院的大本营，又有多少动人的英雄故事在一一上演！

猖獗的病毒不给人任何的喘息之机，广东省中医院各院区发热门诊刚刚准备妥当，它就开始考验着这“第一道防线”的每一位医务人员。

2月2日，大德路总院接收了该院区第一例新冠肺炎疑似患者，接诊的医生是急诊科的周仙仕。“虽然患者症状不典型，没有相关的接触史，但经过我的初诊和发热团队的会诊，考虑其患新冠肺炎的可能性极大。”就诊不到两小时，患者就由专业的医务人员通过负压救护车，送往大学城医院隔离病区进行隔离救治。在隔离病区排查确

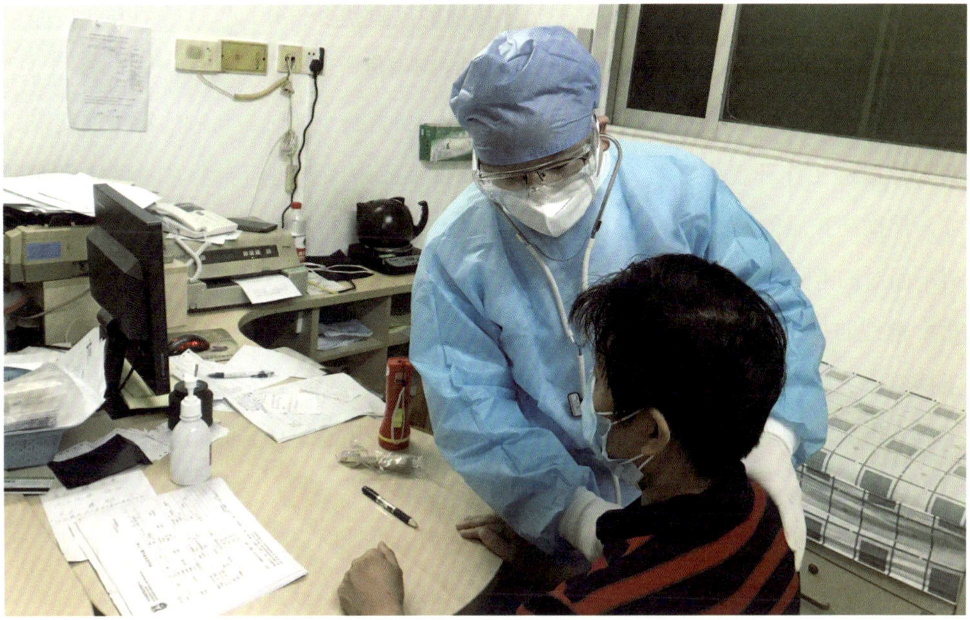

大德路总院急诊科医生周仙仕为患者听诊

诊之后，便转至新冠肺炎患者定点收治医院。在这场大德路总院面临的“头阵”中，发热门诊战士们的阵脚扎得很稳！

然而，他们面临的局面远没有如此简单。春节前后，不少民众饮食不规律，也容易伤风感冒，在这种情况下，很多时候来发热门诊就诊的就不只是新冠肺炎疑似病例，也有其他急危重症病例。“过年那几天，我接诊了一例溃疡性结肠炎的患者，症状为腹痛、腹泻，但患者拒绝完善腹部CT（电子计算断层扫描）检查。我接诊后认为其患外科急腹症可能性大，立即汇报上级主治医师。”

经过反复与患者和家属沟通病情，患者终于同意完善相关检查。检查结果提示消化道穿孔！“我立即启动绿色通道，请外科医生会诊，保证了患者在最佳的时机进行手术治疗，并最终被抢救成功！”周仕仙内心明白，作为一名发热门诊的医师，除了要做好发热患者的诊治，同时也不能漏掉每一个其他重症患者和潜在的病情危重患者！

“排查出疑似新冠肺炎患者，一例都不放过，通过自己的专业来保护他们，帮助他们尽快得到确诊和治疗，是我身为发热门诊一线医生的责任。更重要的是，早一分钟将他们确诊收治，那么新冠病毒进一步传播的风险就少一分！”过硬的专业技能、合理的团队协作机制，确保了发热门诊不误诊、不漏诊。

在这场没有硝烟的战役中，发热门诊医务人员置身于随时与新冠病毒正面交锋、密切接触的工作环境中，防护服、口罩、护目镜成为保护他们安全、隔离病毒的屏障，然而防护服的密不透风、口罩的难以透气，以及护目镜附着的水雾，成为他们不得不面对的考验。

前线防护物资极度紧缺，为了避免浪费隔离衣和防护服，许多发热门诊医务人员坚持着不上厕所、不吃饭、不喝水，一工作就是七八个小时，不少医务人员甚至穿上了成人纸尿裤。发热门诊医生胡嘉耀就在除夕当天经历了这样长时间连续战斗的严峻考验。

“除夕当天下午，我接诊了一对情侣，男患者就诊时一直咳嗽。在完善胸部CT后一个小时，影像科便报告：这位患者在影像学上高度疑患新冠肺炎！”

胡嘉耀第一时间报告上级医生刘荃乐主治医师，快速启动了收治新冠肺炎疑似病例的应急预案，将患者收入发热门诊临时隔离区，留取咽拭子送检完善新型冠状病毒核酸检测，并立即派车将患者送往大学城医院隔离病区。与此同时，他还将与患者有密切接触史的女友，暂时收治在发热门诊临时隔离区，并建议她完善相关检查，以便进行新冠肺炎排查。

安置好这两位患者，已经到了交接班的时候。不知不觉间，胡嘉耀已经连续工作了8小时，防护服里面的衣服全部湿透，可胡嘉耀却久久不想离去，只想等到患者的结果全部出来的那一刻。“那一晚我整晚睡不着，脑海里不断回想着这两位患者就诊时的画面。”

第二天，胡嘉耀一早就来到科室，迫不及待地想知道这两位患者的核酸检测结果。“当得知男女患者结果均为阳性的那一刻，我为自己没有漏诊感到很自豪。”

在寻常的日子里，8小时或许显得十分漫长，然而对于发热门诊的医生们来说，这看似漫长的8小时里，每一分一秒都是生死时速！每一分一秒都要全力以赴！或许在他们看来，与抢治病患相比，那些饥饿感、憋闷感、负重感早已不值一提。

除了最先接触疑似病例的发热门诊医生，在发热门诊、发热留观病区，负责护理

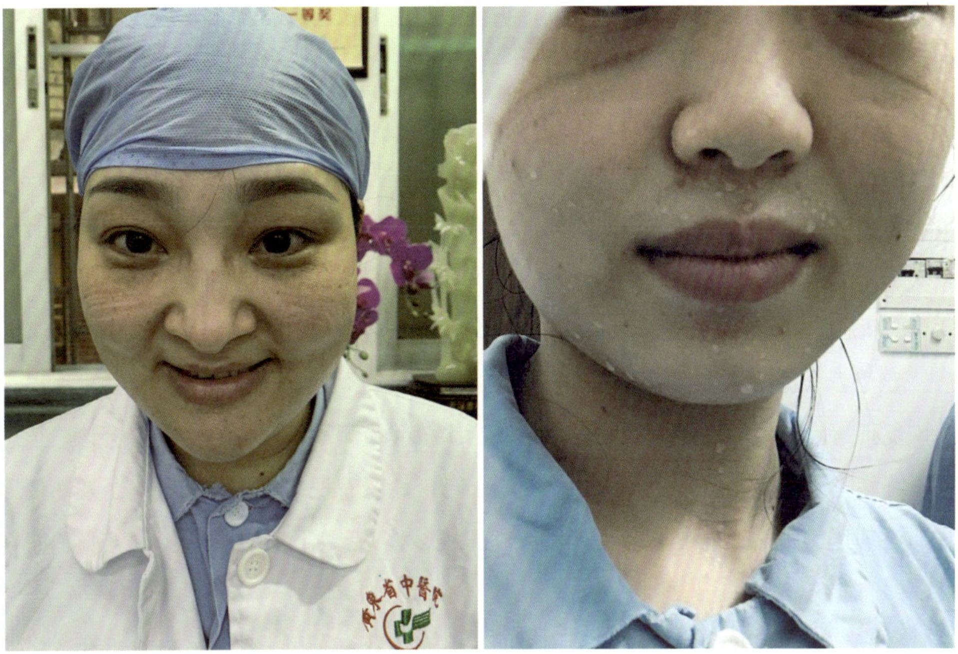

●战“疫”一线发热门诊护士们的“最美妆容”

患者的护理人员也肩挑重担。在大学城医院发热门诊，就有着这样一群值守一线的年轻护理人员。

发热门诊护理组组长林敏如不仅要做好发热门诊的护理工作，还要管理防控物资，并负责安排发热门诊医务人员休息区的生活。她一连几天在岗上班，每天都工作12小时以上。

冯美仪、雷杨等护士在发热门诊和留观病区负责预检、患者护理工作。因为穿戴上防护用品，一些平时很简单的操作，现在却需要更长的时间才能完成。身着沉重的防护服和护目镜，让人感觉就像进入了三伏天，汗水成股成股地流。一天下来，护目镜压出来的痕迹让这些爱美的姑娘几乎“面目全非”。“下班后，我们常会开玩笑，不只是互相辨认不出对方，有时我们自己也会认不清自己了。”姑娘们说着她们的不易，脸却犹如绽开了花一般。

随着就诊的人次逐渐增多，发热门诊也仿佛变成了危险的代名词，部分就诊患者容易感到紧张，易烦易怒。这个时候，护理人员需要及时安抚他们，以疏解其焦虑、烦躁的情绪。

1月24日，大学城医院预检分诊台接诊了一位外地返穗人员，该患者自述头晕、咳嗽。预检分诊人员多次为其测量体温，结果均显示为37.8℃，于是立即将该患者转移至发热门诊进行医学观察。在此期间，患者表现得非常紧张焦虑。医务人员便结合患者病情，给予中西药联合对症治疗，积极疏导患者心理状态，“您的症状不一定就是感染了新冠肺炎，也许只是一般的感冒，请您平复下心情，耐心等待我们检测结果。”

该患者在医务人员的精心治疗及悉心护理下，紧张的心情得到了平复，次日体温恢复正常，头晕、咳嗽症状明显好转，两次核酸检测均为阴性。经专家会诊，该患者被解除医学留观。当护士告诉她这一结果时，她哭着说：“当我被隔离至发热门诊时，心理压力很大，很焦虑。是你们一直安慰我，无微不至地照顾我，衷心感谢你们，你们真的辛苦了！”

大学城医院发热门诊护理人员积极的工作态度获得了患者的一致好评，在大学城医院确诊的第一例新冠肺炎患者从定点医院出院后，就专门回来感谢门诊护士们的精心照护。对这些护理人员来说，患者的好转、康复便是最大的慰藉。

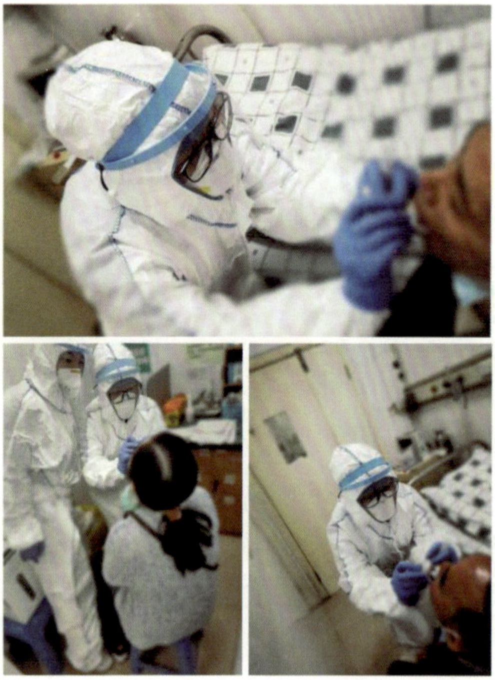

● 芳村医院护士细心采集咽拭子标本

在芳村医院一线发热门诊，还有一群堪称与病毒“零距离”接触的护理人员——咽拭子采样护士。她们负责对确诊患者进行病毒采样。

采样的过程需要直接面对患者口腔，每一个被采集人张嘴的动作，都有可能给她们造成感染。要把长长的取样棉棒探入深喉部，这个动作非常容易引起被采样人干呕、咳嗽，甚至呕吐，由此产生的飞沫、污染物会直接喷溅到她们的护目镜或者身体上。在飞沫笼罩的环境中，防护衣与身体哪怕有一丁点缝隙，就有可能面临着感染的风险。

虽然有了前期的体验和练习，但面对“战场”，她们难免有些紧张心慌。然而换上工作服后，她们想得更多的是患者。她们将具体步骤顺序和要点都一一牢记于心，随着工作的开展，她们取样的动作越来越娴熟，操作干脆利落，采样一次命中。

没有人生来勇敢，只是因为人民群众需要她们。她们以叶欣为范，传承“叶欣精神”，不惧感染风险，坚守第一道关口，迎战新冠肺炎疫情。她们用无微不至的贴心照料，滋润着无数患者的心田。一道道护目镜挤压的痕迹虽然暂时改变了护士们的面庞，但这却是抗疫一线的“最美妆容”。在高强度的工作节奏和被感染的风险面前，她们毫无畏惧，撑起发热门诊的半边天，她们是勇抗疫情的“铁娘子”，书写着“巾帼不让须眉”的担当！

除夕前一场24小时的奋战，让隔离病区在大学城医院肝病科火速建立起来。一支由来自各个院区不同科室的9名医生、31名护士组成的隔离病区救治队伍也火线成军。经医院慎重考虑，隔离病区主任的重担落到了大德路总院急诊科副主任奚小土身上。

奚小土和其他医务人员都明白，一旦进入了隔离病区，就意味着进入了没有硝烟的战场，将面临重重危机和艰难险阻，可是他们仍然义无反顾。

然而不曾想，这位隔离病区主任刚上任，就遇到了一桩棘手的医患危机——

1月24日，病区建立伊始，在奚小土的带领下，蔡彦、何健卓、王龙、陈国伟、叶振昊等医生就收治了5位疑似新冠肺炎发热患者。次日下午，病房中一位患者出现烦躁、易怒、多语、不配合治疗的异常情况。

这位53岁的男性病患反复高热，双肺感染程度重，且合并有心功能不全、心房巨大血栓、心房颤动等心血管疾患。当他出现上述异常言行状态后，经细致诊察排除了感染引发的神志异常，医生们考虑他是发生了在隔离病区并不少见的心理疾患——ICU综合征。所谓ICU综合征，就是指危重病患者在ICU或隔离病区住院期间出现精神、意识、行为等方面的异常，患者可能会表现为精神的高度紧张、伤人、淡漠等精神与行为障碍。

在医务人员细心的心理安抚下，患者的情绪得到暂时缓解。没想到，到了23时，患者的精神不适竟再次爆发。他扯掉了身上所有监护设备，拔出输液架，紧紧靠在门背后，俨然处于一种高度戒备的状态。一旦有医务人员靠近，他就怒目相视，做欲攻击之势。当发现医务人员通过病房窗户探视他时，他会不断用输液架敲打窗户以示警告。

面对此情形，在场的医务人员都非常担心和忧虑，患者病情很重，拒绝诊治无疑对他的病情极为不利。此外，患者的激动行为还会对整个病区医疗救治工作的安全有序开展造成影响。

奚小土副主任是个经验丰富的指挥员。他有条不紊地做了一系列安排，一边通知患者妻子从家中前来照看病患，一边安排一部分人员隔着窗户稳定患者情绪，另一部分人员耐心地与他聊天，为他送食物。

情况稍微好转又急转直下，患者妄想出医务人员是恐怖分子及黑社会团伙，将他拘禁了起来，这期间还通过微信朋友圈，向家人和朋友数次求助。不明真相的朋友，当真拨打了110报警，引起了一场不必要的误会。

约40分钟后，患者妻子从家中赶到，科主任、护士长与她耐心沟通，打消了患者妻子对丈夫的担心。大家帮助她穿着好整套防护装备，领着她进入患者病房探视。

有了妻子的陪伴和安慰，患者心情开始平复。看到一天都没怎么喝水、口干舌燥的患者，贴心的奚小土还多次为他倒上了水。虽然面对的是穿着厚厚隔离服的医者，患者甚至看不清楚他们的脸，但他渐渐地看到了医者的一颗炽热仁心。不知不觉间，温情击退了恐惧，信任替代了误解，患者终于彻底平静下来，并愿意接受进一步的诊治。

随着治疗时间的推移，患者们逐渐适应了病区的环境。他们真切地为医务人员的医道仁心所感动，在日常治疗中，他们与医务人员之间也逐步建立了感情。既要治病也要医心，在疾病面前，医患从来都是同舟共济，从某种意义上来说，这也是一份可贵的战友情！

隔离病区的开放，救治队伍的上岗，为医院各科室的安全上了一道牢固的保护锁。医院各科室，特别是各急诊科收治的疑似新冠肺炎患者，可以被送到隔离病区进行排查，降低了各临床科室感染新冠肺炎的风险。然而，隔离病区这些安全守护者自身的安全，也成为大家最为挂念的事情。

重症医学科大科护士长吴巧媚和肝病科护士长邓燕妹主动请缨，担任隔离病区护士长，她们和奚小土同样有着“抗非”经验。值得一提的是，吴巧媚有个未满周岁的孩子，为了全身心投入抗疫工作，她提前把孩子送回老家了。就如副院长李俊所说：“召之即来，来之能战，战之必胜！这就是省中医人！”

在她们俩的带领下，病区其他医务人员便承担起了隔离病区布局安排和防控措施执行的工作。吴巧媚护士长根据自己的“抗非”经验，同时结合病区目前具体情况，整理出了一套适合隔离病区的工作制度及流程，更好地指导临床工作，使所有工作人员的个人防护更加严密和规范。

隔离病区由三层楼的肝病科临时改建，一楼为供医务人员吃饭休息的生活区，二楼为办公区，三楼为收治患者的隔离病房。病区医务人员及后勤人员都来自不同科室，且不断还会有增援、轮换的人员进来，由于楼层布局的特殊性，不是每个人都清楚，因此做好指引至关重要。

医务人员团结一心，对分区分级防护通道指引做了全方位的改进，力求每个工作人员进来都可以做到分级防护，合理使用紧缺的防护用品，保证平安进来，安全出去；同时，设置齐全的防护用品放置架，标识清楚以方便取用，放置架一旁还设有全身镜，便于大家穿着防护用品时进行规范性自查。

早春的广州寒意不减，身在隔离病区的医务人员不能回家添置衣物，不少人在值夜班时直打哆嗦。吴巧媚了解情况后，马上和奚小土订了一批御寒保暖品分发下去，确保大家温暖上战场。“天冷了，一定要多穿点衣服。”大家时常能在交班时听到吴巧媚的嘘寒问暖。

膳食方面，奚小土和两位护士长协调后勤部门，为病区人员制定了营养均衡的餐谱，并且配置了保暖餐车，让大家每顿都能吃上热乎乎的饭菜。为提高免疫力，预防感冒，奚小土还暖心地为大家开出了预防感冒的中药凉茶方，既解渴又保健，深受大家喜爱。

为增强大家的感控防护意识，吴巧媚在病区初建时期增加了院感护士一岗，挑选了来自医院感控示范科室芳村医院重症医学科、荣获2019年医院“感控之星”称号的杨龙珍来负责感控工作。由院感护士重点把控感控细节，落实感控措施，以及培训医务人员入科教育、穿脱防护用品和留取咽拭子流程等。

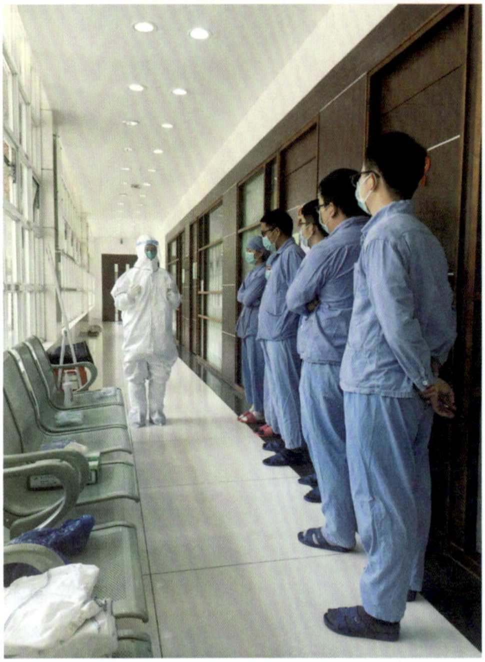

院感护士杨龙珍在进行防护用品穿脱演示

隔离病区布局安排和防控措施工作复杂而繁多，但在吴巧媚和邓燕妹两位护士长的统筹管理下，一切都井井有条。“患者的生命健康是隔离病区医务人员神圣的使命，而隔离病区医务人员的生命健康则是我们神圣的使命，我们肩上的责任如此重大，哪敢丝毫放松警惕？唯有步步小心，如履薄冰！”邓燕妹说。

医务人员相互扶持、相互鼓励，虽不是亲人却胜似亲人。患者每天与他们朝夕相处，入院时的恐慌、疑惑、焦虑、烦躁早已烟消云散，取而代之的是全身心的信任。时间一长，即使没有在防护服上写名字，患者也能认出每一位医务人员了。“虽然您穿着隔离服，但是我依然能从那坚定的眼神中认出您来。”患者说道。这种熟悉与信任，便是对医务人员最有力的支持！

60小时！广东省中医院核酸检测实验室的火速搭建，使得医务人员有了和新冠病毒近距离交锋的稳固阵地。

来自大德路总院检验科的王意、曹顺旺、刘宏灿、秦笙，来自二沙岛医院检验科的刘冬冬、梁荣良，来自芳村医院检验科的李少鹏，以及来自大学城医院检验科的郑德想、文博等9位检验人员必须每天长时间驻守核酸检测实验室，这是对他们技术与意志力的一次严苛的考验。

核酸检测实验室启用之初，每一个患者的标本检验科都需要采集两份，其中一份送疾病预防控制中心进行对照，只有两者对照后的一致性达到100%，所有人才能够放心。速度和质量，这个集体哪项都不允许缺少！

正如之前实操演练的那样，核酸检测工作对每一位检测人员来说，都是一场恶战。工作的难度不仅在于他们离病毒最近，冒着随时可能被感染的高风险性，更在于长时间高强度的工作，对于检验人员身体素质是极大的考验。但检测人员都紧咬牙关，一刻不敢懈怠，因为他们知道——每快一秒，就是从病毒的手里为患者夺回一秒；每坚持一刻，就为患者多增添一份保障！

王意是检验医学部分子诊断组的技术骨干，此次，他被任命为核酸检测组组长。无论是连续工作长达15小时以上，还是面对工作期间滴水未进、时常错过饭点的体力挑战，甚至是在高密闭性的防护装备保护下，感到呼吸不畅的时候，他都没有半句怨言。“负面情绪是会传染的。作为核酸检测组组长，如果我对这份工作表现出恐惧，或是感觉到有负担，会影响到其他人，这样工作怎么可能做得好？”

2020年是王意入职广东省中医院的第四个年头，也是他第一年邀请母亲来广州过年，原本想趁着春节假期带母亲在广州游玩，如今却没有更多的时间来陪伴她。

疫情期间，王意的母亲独自在广州生活。疫情的发展和身在抗疫一线的儿子，都让她牵肠挂肚。为了尽量不让母亲担心，无论每天工作到多晚，王意总不忘给母亲报一声平安。

为了让检验结果能快速发放给各个临床科室，加班加点是核酸实验室的工作常态。检测员刘冬冬对此深有体会。有一天，他从18点多一直持续检测到第二天凌晨4点多，直到结果核实无误后才放心地去休息。

如此昼夜颠倒、连轴运转，难免让他的身体吃不消，但刘冬冬却用坚强的意志挺了下来。他说：“我们要敬畏未知，但不要恐惧。新冠病毒核酸检测存在风险，但是我们一定要有信心。”

王意和刘冬冬的体会，只是核酸实验室里的工作缩影。还有刘宏灿、秦笙、文博等同志，他们也一直坚守在核酸检测实验室里，与病毒紧密接触，与时间赛跑，为早日打赢这场战争而竭尽全力地履行自己的岗位职责。

在这群冲锋陷阵的小伙子背后，医院和科室是他们强大的后援团，让他们没有后顾之忧。医院在实验室前期的筹建和后来的运营过程中投入了大量的人力、物力，这让他们感受到了医院“战胜疫情，没有退路”的决心。而检验医学部各位主任事无巨细的关心和支持，也让他们体会到了集体的力量和温暖。

为了统筹实验室物资和理顺各项流程、细节，检验医学部的各位主任几乎是全天候在线办公，仅仅一个取样的细节，他们就激烈讨论了一个晚上，查官方发文、查文献、向同行取经，多方讨论，最终才定下来最优化的取样方式。

标本的送检流程同样不可忽视，几位主任又马不停蹄地与各个相关部门协调，最大程度降低标本送检过程中的风险。而具体负责新冠病毒核酸检测实验室运行管理的陈茶主任，更是充当起了几位检验员的24小时“保姆”，凌晨的实验室常常能看到他的身影，他总是说：“没事，我等一下那几个小伙子做完实验出来。”此时哪有什么主任员工之分，有的只是同一条战线的战友！

陈茶心疼这帮小伙子，在当初练习穿脱防护衣时，他就在旁边充当“镜子”，一定要他们把各项防护要点记牢了，动作到位了，才能正式开展检测工作。

作为核酸检测实验室主要负责人之一，陈茶做得最多的，便是想办法解决各式各样的问题。这段时间以来，他的手机不曾离手，电话一个接着一个，不仅要解答临床新型冠状病毒核酸检测的一系列疑问，而且要对外衔接物资耗材采购等一系列流程事务，时常顾不上现在是几时几分，解决问题是第一要务，更不用说按时吃饭和保证休息时间了。

面对设备设施条件的局限性、物资耗材的紧缺、设备可能发生的故障、技术人员工作时间过长、检验流程需要不断优化、标本量增多等多个问题，陈茶直面困境，在医院各部门的支持配合下逐一解决问题。“即便只是紫外灯管不亮这样的小事，也是同志们安全的大事，只有用心做好这一系列的后勤保障，我们的技术人员才能无后顾之忧。”

2

人们“看不见”的英雄

在这场广东省中医院众人同心、全体动员的疫情防控阻击战中，我们可以感受到驰援武汉志愿队员们的豪情大义，可以看到发热门诊医务人员的匆忙身影；我们可以体会到隔离病区诊疗人员的艰辛劳累，也为核酸检测人员的敬业精神而心生敬佩……他们都是亲身战斗在抗疫一线的英雄。

然而人们也不能遗忘，在前线战士英勇冲锋的同时，有多少在他们背后默默支援的幕后战“疫”者。如果将疫情期间的整座医院比作一艘巨舰，那么在幕后默默付出的后勤部门就像是那盘扎实厚重的船锚，它不怕被海水所掩盖，当人们看不见它的时候，正是它在为整座船不被浪涌与暗礁所倾覆而服务的时候。

1月21日，医院物业经理何昱坤从分管后勤工作的副院长史俏蓉那里接到了医院清洁消毒的任务。“疫情面前，我们要以最好的状态做好基础保障工作，守住这道重要的防线。”何昱坤以这样一句斩钉截铁的话，向医院领导承诺，也默默下定决心。他迅速组织召开各院区部门负责人会议，紧锣密鼓地布置对急诊、发热门诊、呼吸科病区等特殊科室人员的清洁消毒强化培训。防护要求、防控任务被火速传往广东省中医院的5个院区。

当时上级部门还没有发布相关的消毒指引，史俏蓉就和后勤管理处处长叶建红等人把原有的一些消毒方法作为指引，一个不落地给在岗的后勤工人进行培训。很多工人文化程度不高，不懂得如何调配特定浓度的消毒液，物业的班组长就用直白的语言指引他们，告诉他们倒粉倒多少，加水加多少，给桶上量两条线，让他们操作起来更简便。小小的事情，却看得出后勤人工作的用心。

1月25日，大年初一，当抗疫任务的信息被发布到后勤工作微信群后，许多后勤保障人员纷纷回复愿意取消休假，改签车票，提前返回医院和工作岗位，投入到疫情防控工作中。他们有的几年都没能回家与父母团聚，好不容易今年能回老家；有的千里迢迢回到老家，没待上几天又提前返程；有的含泪与一年没见过的孩子道别，又一次狠心地将他们交给年迈的爷爷奶奶……“整个过程大家都非常配合。没有一个人说我不干了，相反，有一些后勤人员还主动报名去隔离病区工作，他们没什么豪言壮语，就是实实在在地、不计报酬地支持医院的抗疫工作。”史俏蓉被这些可爱的后勤人员深深感动。

1月27日，大德路总院清洁部主管刘美香从湖南老家提前返程，回到岗位。没有豪言壮举，只有朴素的语言，她说：“我是分管急诊、发热门诊、留观区的，这些都是重点区域，疫情来了，我不第一时间赶回来，我不放心啊！”她回到医院后立即组织对急诊科和发热门诊等重点科室员工开展一对一疫情防护和消毒规范操作培训。在急诊科、发热门诊的清洁人员每天一丝不苟地清洗急诊区域空调风口，不留死角地喷洒

● 后勤人员认真做好隔离病区清洁工作

着含氯消毒液。

二沙岛医院儿科门诊清洁员颜玉，原本与儿子一同回老家过年。在得知发热门诊清洁员人手紧缺时，她毅然舍弃和儿子团聚的机会，对儿子说：“妈妈不是不想回家，‘大家’有难，我们小家怎能平安？”面对超强的工作负荷，她从未抱怨、从未喊累。颜玉每天凌晨4点多钟就开始清洁工作，弓着背擦拭消毒，下班常常已是24点了。

在战“疫”初期的集结赴岗后，清洁消毒人员开始进入“持久战”阶段。清洁消毒这根弦，是每天每时每刻都要绷紧的，必须细致、到位，这无疑极大地考验着相关人员的细心与耐心。

各个院区的清洁工和护工们为了协助一线科室进行防护管理，降低院感发生率，每天不厌其烦地擦拭消毒一个个病历夹，定时对病房每个门把手进行消毒。他们用平凡低调的行动，在这场战“疫”中发光发热，支持着一线抗疫工作。

大德路总院清洁阿姨杨秀英为人十分善良。多年来，她过年很少回乡，总把回家的机会让给别人，今年也是主动申请留下，并承担了科室另一名返乡同事的工作。杨秀英基本24小时待命，还说自己住得近，有需要随时联系她。她热情、友善的性格，感染了她身边的每一个人，也包括她的丈夫。

杨秀英的丈夫谭本青也是医院清洁部的一员，他非常疼爱杨阿姨，是大家眼中的“模范老公”。夫妻二人分工不一，杨秀英负责儿科的清洁，谭本青负责医院大环境的清洁。这次疫情期间，谭本青经常利用下班时间帮助妻子做事，常常清晨五点半就过来帮忙配置消毒液拖地，中午休息时帮杨秀英清洁出院病床。他经常说：“我老婆太辛苦了，我能帮就帮她。”听着这些朴实的话语，身边的人都会为之动容。他说：“救治患者我不会，但是清洁方面有什么我可以做的，一定会全力帮忙。”为了给大家营造一个安全的环境，夫妻二人常常起早摸黑。在这个寒冷的冬春之际，医务人员时常能看到他们汗流浃背的身影。他们日复一日，从不抱怨。

消毒工作是疫情防控的重中之重。保洁员王丽君和主管周老二被安排在珠海医院隔离红区工作，负责隔离区、发热门诊的清洁消毒和医疗废物处置工作，还承担部分核酸检测标本运送和发热患者的交费取药服务。他们每天穿着不透气的隔离服，内衣湿了又干，干了又湿。因为密切接触一名高度疑似患者，王丽君还被居家隔离两周，她安慰家人说："你们放心，我们防护工作很好，我不是一个人在作战，我们医生、护士和院领导都在前线，没有人退缩。"

"国以民为本，民以食为天。"为保障一线医务人员的营养和健康，打胜这场持久战，各个院区职工食堂的工作人员也比平时多了一份辛劳。

"食堂要让前线的工作人员吃得好、有营养，保证饭热菜香。"院领导一声指令，大学城医院食堂全体人员纷纷响应，积极参与，全力保障医院餐饮供应。张向娟副主管主动缩短假期，提前返岗；黄秀群主管每天提前1小时上班，跟进早餐供应……留岗员工春节期间没有休息，只为共同打好这场阻击战。

春节期间遇到疫情，供应商大部分放假，市场物资紧缺，餐厅也纷纷停业，这给职工食堂的食材供应带来了很大的压力。为让坚守在一线的医务人员吃饱、吃好，食堂工作人员在做好防护的基础上，顶着风险外出寻找食材，每晚加班为一线医务人员提供搭配合理、营养健康的餐饮。"我们要想尽办法照顾好隔离病区一线医务人员的生活，他们下班后没法回家，我们要让他们在医院也能感受到家的温暖。"分管大学城医院后勤的林毓霞副处长动情地对食堂人员说。

● 食堂工作人员用餐车为一线医务人员运送餐饮

紧接着，一系列暖心服务陆续推出。大学城医院食堂为隔离病区工作人员采用保温餐车送餐，以保证每一份饭菜送达时的温度；食堂每天早上贴心地为一线医务人员送上暖暖的红糖红枣姜茶，以抵御寒气侵袭；为了保证有丰富的菜式品种和搭配选择，大学城医院食堂主管每天咨询医疗组工作人员的意见，及时变换菜式、更新菜谱，食堂每天提供煲仔饭、粥、粉、面、老火汤和药膳炖汤等选择，早餐提供粥、炒粉、炒面、包子、点心、鸡蛋、牛奶等，大大丰富了员工的订餐选择，更好地满足了员工的营养与口味需求。

除了丰富的一日三餐，食堂还专门安排员工为夜班人员配送夜宵。点心师傅精心制作核桃酥、曲奇饼、杏仁饼、小蛋糕，并采用小件密封包装，以方便医务人员取用。为服务有食物过敏、慢性胆囊炎等特殊体质的一线医务人员，食堂专门为他们提供个性化服务，给他们“开小灶”，提供合适的餐饮。

2月8日，元宵佳节，大学城医院食堂为每位坚守一线医务人员送去暖暖的汤圆，祈愿疫情早日过去，每个家庭都能团团圆圆。“在一天的辛苦之后，能和大家在元宵节吃上一碗热乎的汤圆，真的觉得很温暖、很感动！”细心、贴心、暖心的服务，充满了食堂人员满满的爱，让战士们在冬日里备感温暖。

疫情面前，配餐员不惧感染风险，耐心细致地为住院患者提供床前菜式介绍、点餐送餐服务，根据患者的口味进行单独配菜，保障患者吃得放心，吃得合心意。“配餐的同志总是笑呵呵地给我们点菜，每一餐不仅有饭菜，还有酸奶、水果，实在是太用心了！”配餐员们用自己的贴心服务，得到了患者们的交口称赞。

各爱心企业纷纷向医院捐赠一批批牛奶、酸奶、水果等物品。饭堂人员在原本忙碌的工作之外，加班加点为一线人员发放捐赠物资，为他们提供营养保障，助力一线战士，将“爱”传递到每一位一线人员手上。

疫情期间，在广东省中医院就诊的发热患者需要被送到定点医院救治，患者的病毒标本也需要送到核酸检测实验室进行检测。可以说，运送标本和患者的工作，离病毒很近，有着一定的危险性。这一重担交给了医院司机班的师傅们。

1月24日，除夕当天，司机班成立应急小组，白强、陈育辉、方良克、陈金山、郭振国、朱源才、陈雄、张永杰、黄伟、欧国顺等作为应急小组成员，大家一致承诺，保证接到任务后1小时内到位。

司机班班长白强自1月21日担负起120指挥中心全市转运的战备值班任务，与此同时，他还及时检修值班的负压救护车，保证每个分院的负压救护车都正常使用。春节假期，他放弃与家人团聚，一直坚守岗位，经常主动承担运送任务。

陈育辉作为司机班的一员，原计划回老家团聚过年，在接到疫情通知后毫不犹豫地留在广州，坚守岗位。就在除夕当晚，正在吃年夜饭的他接到通知，院领导需要参加广东省卫生健康委召开的紧急会议。他迅速回到医院，接送院领导开会。春节假期里，他放弃休息，随传随到。

紧随着司机班应急小组成立之后，1月28日，司机班全体司机纷纷向医院递交“请战书”，请求加入抗击新冠肺炎的战斗中，保证“召之即来，来之能战，战之必胜，坚决完成任务”。朴实无华的文字，无不展现司机班司机共同抗击疫情团结、奉献的精神，令人肃然起敬！

除了在职司机主动请缨，退休司机也纷纷加入到他们的队伍中来。“尊敬的院长，我愿意为前方一线工作的战友做好保障运输工作，做战友们的坚强后盾。”司机班退休司机“光头佬”向医院领导申请加入。

疫情当前，他们虽然不能与医务人员共赴湖北一线，并肩作战，但他们时刻待命，先后运送医院6批援助湖北医疗队及物资，保障医院援助湖北医疗队的各项工作顺利开展。

当一批批从海内外各地运来的捐赠物资陆续到达医院，司机班协助医院分批将各类爱心物资运送到各个分院。与此同时，司机班还积极协助设备管理处到防护物品厂家看货、提货，无论白天黑夜，总是随叫随到，还经常加班到深夜。一线战士的安全保障，他们也有着一份不可替代的功劳。

在抗疫过程中，医院办公室、党委办公室（统战部）（统称“两办”）的工作人员也是没日没夜地忙，他们需要协助院领导召集开会、布置工作，做好上传下达、协调沟通、监督落实。

1月下旬，上级紧急通知组建援助湖北医疗队，凌晨2点多，医院办公室主任便逐个与各分管院领导和有关职能科室负责人电话沟通。连轴转下来，她的嗓音都因此而变得沙哑。

办公室人员每天需要会同组织人事处统计全院6000多名员工填报的健康情况，第一时间向院领导汇报异常情况；每一次迎送医疗队员的大小事宜都是由“两办”统筹准备；随时待命接收处理上级来文，疫情严重时，常常是晚上还文件不断；上级要求报送的材料、抗疫英雄的事迹需要专人整理，这些任务也常常是由“两办”承担……

东区11楼医院办公室、党委办公室（统战部）的几个房间到了晚上也总是灯火通明，他们常常是除去值班人员外最晚下班的人。

在疫情期的特殊节奏里，广东省中医院没有一个人置身事外。

正在快速推进有关研究项目的科研人员，他们在副院长卢传坚的指导下，奋力为临床诊疗方案的完善提供有效支撑和参考，助力中医药在抗击疫情中发挥更大的作用。

在医院党委的统一部署下，医院宣传团队用文字传递力量，用镜头记录感动，前后方联合作战，形成合力，全面讲述医院医疗队的战“疫”故事，彰显广东省中医人在疫情面前勇于担当的社会责任感。在医院官微开设《苁蓉当归》《党旗辉映》等专栏，联合中央电视台、人民日报、新华社、中国中医药报、健康报等主流媒体及时报道医疗队的感人故事，总结医疗队通过中西医结合，充分发挥中医药特色优势救治新冠肺炎患者的经验。据不完全统计，自1月24日起，不到3个月时间推送2800多条宣传报道，宣传团队人员24小时在线为前后方两个战场鼓与呼，树立了广东中医抗疫品牌。在广东战场，宣传团队与各条战线保持密切联系，及时跟进相关信息，科学普及疫情防控知识，受到百姓高度关注与好评。

纪委办公室（监察处）认真监督检查各项疫情防控工作是否落实到位，用铁面执纪为疫情阻击战保驾护航。

还有组织人事处、工会、团委、档案室、医院管理研究所等职能科室的干部们也无不尽心尽力地配合完成工作……

吃苦耐劳、默默奉献是这些可爱的职能干部共同的特点。他们用对医院、对一线战友们的爱，不辞劳苦、不计得失地付出。

他们身居幕后，却无碍英雄本色的彰显。

3

88个家庭的深情守望

疫情肆虐的岁末年初，驰援湖北的医疗队员们匆匆告别海誓山盟、终身相许的爱人，牙牙学语、天真烂漫的孩子，苍苍白发、牵肠挂肚的父母，转身给至亲至爱留下一个北去的背影。

牵挂、思念、期盼，这是后方88个家庭在这段时期生活的主题，能够消解他们个中思绪的，唯有一通电话、一段视频连线或是一封纸短情长的家书。

面临疫情的侵袭，在几乎满负荷的工作时间里，医务人员心无旁骛，全心全意治病救人。然而他们也是血肉之躯，有惦念，有牵挂，会疲倦，也会情绪低落，需要注入源源不断的力量。每当暂时放松紧绷的神经，在他们脑海里徘徊着的，一定是父母的身影；每当闭上双眼小憩一阵时，在他们眼前浮现的，一定是妻儿的容颜。

当关切而暖心的言语或在信纸中展出，或在屏幕中显现，一字一句地细细阅读下来，再多的疲惫与压力，也似乎烟消云散。家人的牵挂、理解和支持，由此跨越了千重山万重水，抚慰了医务人员的心灵，也像催化剂，让其奉献的心熊熊燃烧，继续奋勇向前。

张忠德的儿子张曈是位“医四代”，他子承父志，如今也成为一名医生。对于父亲这次远征武汉，他觉得是情理之中的事，早有心理准备，但真正从父亲口中确认消息时仍“有点意外”。他把当时的心情记录了下来：

● 张忠德幸福的一家

“我准备去武汉，随时出发。”

“好的，我在急诊手术。”

年二十九的这一个下午，父子间的对话一如既往的精简，十秒不到的电话连接却显得格外漫长，这是个情理之中的任务。我知道你一定会履行你的责任，虽然早有心理准备，但感觉还是有点意外。非常幸运，次日早晨下夜班回到家，你还没出发。一起收拾行李，中午匆忙吃了个年饭，你抱了抱妈妈，和我对视了一眼，重重拍了下我肩膀，转身上车出发了。

抗疫于我而言，从不感到陌生。小时候，就听外公说起，广州暴发瘟疫的时候，太公带着他在诊所门口架起大锅煮凉茶给人们预防抗疫的故事，从那开始我就时常想象也有一场背靠背的战斗。

但当故事变成事故，一切都变得那么凶猛险恶。

2003年“非典”全面暴发，你在抗疫第一线倒下了。我不敢细数看过了多少次星辰朗月的转过，很幸运终于等到你熬过来了，带着倒下的同袍们的希冀站起来了。自此以后，你比以往干活更拼命，你说要带着感恩活下去，这样才对得起这份涅槃的生命。而我，也带着对白衣天使的感激，加入了医务工作的行业。

2020年初，经历过“非典”的你敏锐地嗅到了武汉传来似曾相识的味道，那是消毒水味，那是酒精味道，那是死亡的味道。那段时间你经常去北京参与抗疫会议，我知道你作为“非典”最直接的搏斗者，作为重生的回报，你早就做好奔赴武汉与瘟疫斡旋的准备了。果不其然，一通电话，你就出征了。

看着你在前线披荆斩棘，我也渐渐体会着肩膀的重量。除了守护家庭这个大后方，更要参与守护医疗防疫这个大后方，保障医疗系统的有序运行是我们每一位留守医务人员的责任。做好每一次防护，抓好每一个细节，杜绝任何一个感染的机会，让奔赴前线的英雄们，放心把背后交给我们。终于，我们也可以背靠背地战斗了。

人应该爱惜自己的生命，但在国家和民族需要的时候，一定要承担自己的责任。作为医生，患者在哪里，我们的战场就在哪里。

感谢坚守在一线的医务、公安、媒体、义工、社区人员等逆行者，感谢争分夺秒恢复医疗、生活物资等生产的工作人员，感谢居家隔离阻断疫情扩散的人们，感谢一直为大家加油呐喊的正能量传播者，感谢你们!

作为广东省中医院援助湖北第二批医疗队队员，珠海医院消化内科青年骨干医生张剑锋夜以继日奋战在武汉东西湖方舱医院。

张剑锋的妻子马艳清，是华南师范大学中文系研究生毕业的一名人民教师。夫妻俩平素爱好文学、古诗词，时常会一起读书，交流想法。

“烽火连三月，家书抵万金。”在张剑锋投身抗疫前线的日子里，妻子每日写下诗篇，以寄思念祈盼之情，他们的家书格外动人，读来让人眼眶湿润：

武汉下雪了

2020年2月15日

武汉下雪了……

眼看雪下得紧，

心中油生懊悔。

为你准备行装是否太少，

为你剃去头发是否不该。

此刻，我要怎么办，

才能让远离家的你，

不那么寒冷。

● 张剑锋和妻子

大德路总院肾内科的秦新东医生是一位敢想会干的全能型医生，尽管才30岁出头，履历却很丰富。年纪轻轻就成为医院临床工作的中坚力量，曾被遴选借调至国家中医药管理局国际合作司工作，以访问学者身份至澳大利亚墨尔本皇家理工大学开展中医药循证研究，多次在国际性会议上发表论文并做英文壁报交流。

2月17日，广东省中医院第六批35人医疗队出发驰援武汉，秦新东随队出征。临别谆谆叮嘱、殷殷关切，在广州南站，秦新东的妻子梁珏瑶强忍住泪水，但泪珠在列车开走的那一刻，还是不争气地掉了下来。

同为医务工作者，梁珏瑶曾无数次和丈夫在临床上并肩作战，完全能理解他工作中的忙碌。但这一次，丈夫即将奔赴战场，在妻子心里，他不是战士，他只是她的丈夫。丈夫此番面对病毒和危险，她充满担忧。

思念、担忧丈夫的妻子，便打开电脑敲起键盘，向丈夫发出一封“家书”：

老秦：

昨天此时刚收到去雷神山的通知，而现在你已经到武汉了。

刚收到你要去武汉的通知时，家里连一个N95口罩都没有，一时要买也买不到，没办法，我只能试着向小区邻居求助，没想到大家都很热心，连隔壁小区的邻居都过来联系我！半天就收集到十几个N95口罩和2大包成人尿布。甚至连小区的保洁阿姨，都专门跑去买了几个口罩送上门，那一双双淳朴真挚的眼睛，有力，有光，触动心弦。真诚感谢所有热心邻居！

从收到通知开始，我俩的手机都没停过。科室主任、护士长、同事们都在为你筹措物资，一时间，N95口罩、鞋子、手套、敷料、消毒剂等防护用品应有尽有，连饭盒、拖鞋、吹风机等日常用品都给你备齐了，甚至还自制了面罩。同事们帮你打针增强免疫力，医院还贴心地组织了理发师帮你们修剪头发。一箱箱一件件，如此总总，温暖入心。

今天一大早，科室同事们都提前回来给你送行，大家精心准备了鼓励你的标语，微信群里一句句“新东加油”“早日凯旋”刷屏，老师、师母也在时刻关心着你的情况，还有爸妈关切的短信……这一句句叮咛和嘱咐，真的替你感到安心和幸福！你不是一个人上前线，背后有我们一大家人，“肾斗士”的大家庭，都会一直护着你，作为你最最坚强的后盾！

这一征程，你有支援，有后盾，也有最好的兄弟钟子劭一路同行，12年好友互相照应，奇妙的缘分，我等着你们的消息。除了眼前的师长亲友们，微信上，朋友圈、

● 秦新东和妻子

小区群、新交故友、认识的不认识的人，都在为你发祝福和鼓励，刷屏的致敬。我真的替你骄傲，必然义无反顾地支持你，只是难免啰唆，要反复叮嘱你做好防护，合理作息。这一趟，是挑战，是机遇，更是大家对你的认可和信任。另外，也希望你好好发挥你的中医专业特长，我等着听你从最前线传来的喜讯和临床故事！

加油老秦，早日凯旋！

平安！盼归！

汝妻瑶

广东省中医院援助湖北第二批医疗队队员张俭是大学城医院重症医学科的医生，值完除夕夜班的他，正打算兑现自己对儿子多年的承诺——一家人回东北看雪。然而武汉疫情暴发，张俭毅然报名参加医院组建的援助湖北医疗队，大年初三驰援武汉。

那时候，他的母亲刚做完双眼晶体置换术，怕母亲担忧落泪影响术后恢复，他只是简单地说“出差几天”；他的妻子一个多月前刚做完右膝半月板修复手术，张俭去武汉的时候，妻子刚卸下拐杖等助行护具；多年未见的姐姐刚从东北过来，原以为一家人能好好团聚一番。疫情紧急，在大义面前，张俭只能暂时放下自己的小家。

8岁多的大儿子亮亮正读小学二年级，当他知道爸爸要去武汉打“大怪兽”的时候，他只是说：“我和萌仔都很想您，您一定要早点回来哦！明年寒假带我们一家去看雪！”在奶奶和妈妈行动不便的情况下，亮亮成了家里的好帮手，炒菜，做家务，和弟弟玩游戏，自觉读书、练字、画画……小小年纪的他堪称“父援武汉儿自强”。

这天，正在湖北省中西医结合医院一线进行新冠肺炎患者救治工作的张俭收到儿子的一封信，儿子亮亮在信中表达了对父亲的思念、敬仰和关心，为父亲早日战胜新冠肺炎病毒“大怪兽”加油打气。

简短的信质朴无华，张俭看完，会心一笑：“这孩子，懂事了！”于是他立马提笔，给儿子回了一封信，跟他讲起自己在前线“打怪兽”的故事：

亲爱的亮亮：

你好！

很高兴收到你的来信。首先，爸爸要跟你说声对不起，没有跟你详细说明爸爸要去武汉做什么，爸爸只是说去武汉出差，过几天就回来，这是爸爸的不对，应该跟你讲清楚，我发现我的大儿子已经长大了。还有，爸爸本来答应你这个冬天带你回东北看雪，因为爸爸来武汉了，所以只能延后一年了。不过，爸爸看到雪了，离开东北在广州的这十几年，爸爸也很长时间没看到下雪，不过这里雪太小了，跟我们东北没法比，咱还是回东北去玩雪比较好！

像你理解的那样，爸爸是去武汉打大怪兽了。这个大怪兽很凶猛，全国有很多像爸爸一样的叔叔阿姨哥哥姐姐一起来这里打怪兽。这个怪兽很凶猛，很容易让人生病，这里有好多被怪兽感染的患者，所以才需要爸爸一样的人来武汉打怪兽。我们有一个团队，大家一起练级打怪兽。团队里的德叔、黄伯伯他们17年前已经打过一次怪兽，这次又来打怪兽，他们很厉害的，基本都满级了。对了，你还记得跟爸爸一个科室的达达哥哥吗？爸爸还带你和萌仔去他家里钓过虾，等爸爸和达达哥哥回去后，再带你们去钓虾，这次咱不用钓，直接用手抓。这里还有好多爸爸的好朋友，我们一起练级打怪兽。有跟爸爸一样爱吃肉的周叔叔，年龄不大、头发快没了的蔡叔叔，长得没爸爸帅的谢叔叔，好多好多好朋友。我相信，在我们的努力下，很快就会把大怪兽打跑。

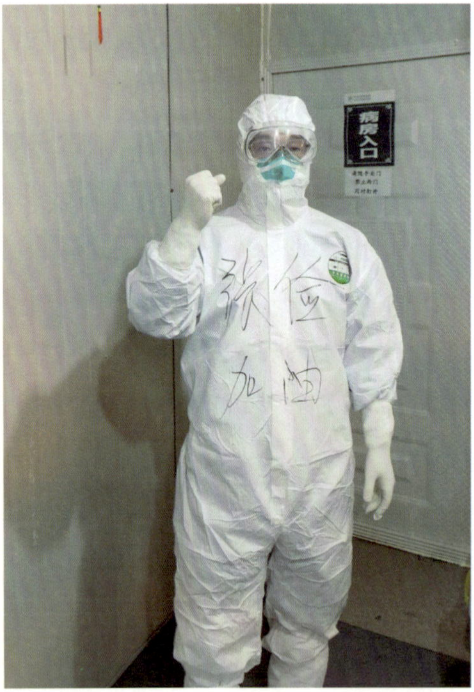

张俭医生

儿子，对于打怪兽，我们每一个人都是英雄。只要我们每一个人做好防护，出去戴口罩，勤洗手，听从国家的安排，大怪兽很快就会消失，到时候大家就又可以自由自在地出去玩耍了。

你在家要听妈妈的话，妈妈的腿做完手术还在恢复期，活动还不是特别方便，你要多帮帮她；多带弟弟玩，别老打架，让着弟弟点；告诉爷爷奶奶，不用担心爸爸，记得让奶奶去复查眼睛，做完手术一个多月，该复查了。等爸爸打完怪兽就回去和你一起顶蘑菇，一家人一起去旅游。相信爸爸，爸爸很快就会回去的！

爱你的爸爸

2020年2月16日

大学城医院急诊科林敬冬与妻子柯晓燕在同事们看来，是一对模范夫妻。平时，大家常会听到林敬冬夸自己的妻子。“你们简直是对神仙眷侣！”同事们若在路上偶遇他俩，总会不禁发出赞叹。

这对如胶似漆的夫妇平时很少分别，这次林敬冬离开妻子前往武汉，对他们来说，算得上是一次“阔别”了。柯晓燕每天数着丈夫离开的日子，每天都会与远在千里之外的丈夫视频聊天，只要看到他的脸，柯晓燕就能安心。

这天是“三八”妇女节，柯晓燕决定提起笔向丈夫寄出一封家书，平日在视频里也许不便表达，或许文字才能更真切、细腻地表达出对爱人的思念：

冬：

见信如见人，不知道有多久没提起笔写信了。不知道你现在是在休息还是在上班，怕打扰到你。今天是你到武汉的第22天，时间转动的链条好像被谁调慢了，这样的日子过得很漫长！

从你接到任务后，我就知道我要撑起这个家，以前你在家，你就是家里的顶梁柱，家里的大小事都是你在处理。我可以在家过起“少奶奶”的生活。但在你支援武汉这些天里，我在学着成长，我唯一能做的就是把家照顾好，让你安心。你出征那天我没有去送你，我不想看着你的背影流泪。我想让你知道家里有人在惦记着你，你要平安回来！

粗心，是你最大的毛病，在临行前一天晚上，我一边收行李一边絮絮叨叨说你，想必你也是烦了吧，其实都是想让你注意安全，平安回来！一定要平安归来。家里人在等着你！

每天最期待的时刻就是你和我们视频，只要能接到你的视频，我就会放心一次。每次都问女儿们有没有好好听话，吃饭了没这些家常的，从不说自己工作的苦与累，但我知道你上班辛苦，责任大，压力大，可你从来不在我们面前表现，就是为了让我们不担心。我们在家里挺好的，小孩们知道爸爸是去打怪兽，让我们可以脱掉口罩快乐玩耍，所以很听话。你就安心工作吧。“小家”有我，“大家”有你，有了大家才有小家，我们一起把“家”照顾好！

今天早上起床，看到不善表达的你在朋友圈发图片给我，觉得可笑又感动！从认识你到现在这些年，最浪漫也就这一次。但我不要什么节日快乐，只要你平安回来就好。

武汉春天已至，樱花已开，胜利在即，盼你早日回到家。

等你平安回来的燕
2020年3月8日

88位战士们在前方征战，后方的88个家庭饱受相思之苦，他们的付出、他们的大义，同样值得敬佩。而战“疫”打响以来，前方能够捷报频传，自然也离不开后方家属对于一线战士的鼎力支持，这让战士们在精神上得到鼓舞，免去了后顾之忧。

为感谢援助湖北医疗队白衣战士背后的“无名英雄”，2月27日，广东省中医院党委分别在5个院区邀请援助湖北医疗队队员家属参加温馨且暖心的座谈会，以表达感恩，祈愿平安。

党委书记翟理祥代表医院向队员家属致以崇高的敬意和由衷的感谢，并表示医院始终与队员家属同舟共济，让前方战士安心抗疫。“医院不仅心系每一个奋战在抗疫前线的白衣战士，也时时牵挂着每一个队员家属。家里有任何困难尽管跟医院提，我们会帮你们解决。”医院党委副书记、院长陈达灿深情说道。

● 一场温馨的医务人员家属座谈会

“二沙岛医院是‘抗非’英雄叶欣17年前战斗过的地方，凌传仁、陶兰亭、钟子劭、张文举临危受命驰援武汉，让我们看到了‘叶欣精神’代代传承。”副院长陈海在二沙岛医院座谈会上谈道。

在芳村医院座谈会上，副院长杨志敏亲自采花并包装好送给“寿星公”刘昶良的妻子，科室还专门制作了祝福视频。

在大学城医院座谈会现场，暂代张忠德分管大学城医院的副院长刘军与武汉一线的副院长张忠德、主管护师陈汉利连线。当看到屏幕上那些熟悉的身影，泪水瞬间沾湿了大家的眼眶。

在珠海医院座谈会上，副院长杨荣源叮嘱队员家属在做好坚强后盾的同时，保重好身体，照顾好家庭。

“作为医院双职工家属，定将守好大后方，照顾好家庭，全力支持他们在抗疫前线工作。”重症医学科大科主任邹旭的妻子、急诊科大科护士长邓秋迎道出了所有双职工家属的心声！

“只盼他们平平安安、健健康康归来！”副院长张忠德的妻子、财务处员工甄仲然表达了自己的心愿，这也是大家的心愿。

“我们家蔡彦有14年的党龄，在医院有10年的工龄，我是药监系统的，他爸爸也是医生，我们非常理解也十分支持他第一时间报名支援武汉，我们都退休了，会帮他照顾好小家，请医院放心！”蔡妈妈和蔡爸爸一起来参加座谈会，还特别提出感谢科室许主任和大科林主任对蔡彦的栽培。

院长陈达灿、党委书记翟理祥以及副院长刘军、杨志敏、陈海、杨荣源分别在所在院区的座谈会上详细询问家属们的需求和顾虑，并表示医院将尽最大努力保证队员们的安全和物资供应，请家属们放心。医院还为队员家属发放了慰问金以及口罩、消毒液等防疫物资。由于工作或距离原因，部分家属未能亲自到场参加。慰问座谈会结束后，翟理祥还代表医院党委通过电话连线、上门慰问等方式将敬意和关爱送给每一位队员家属，家属们深受感动。

关爱却绝不仅限于此。在医疗队队员张明波出发前往湖北援助后的第3天，其岳母患病住院了，翟理祥书记得知后第一时间到病房看望，嘘寒问暖，帮助家属解决困难，鼓励家属增强治疗信心，并交代科室照顾好。疫情期间，自1月25日起，医院每天都会对员工及家属接触疑似病例、前往湖北等情况进行摸查，细心的翟理祥书记从摸查情况中追踪“蛛丝马迹”，了解到影像科一员工的母亲在湖北不幸感染新冠肺炎去世，当即代表医院党委向其表示哀悼，询问是否需要帮助，并为其安排休假。该员工返岗上班后，党委书记翟理祥、党委副书记兼纪委书记蒋四川第一时间到科室进行看望慰问，鼓励其坚强面对。工会专门建立了“关爱医疗队员家属群”，建立了以工会小组长为主力的关爱队伍，为队员家属提供一对一服务，及时转达和落实上级部门对家属的关爱，如广东省妇联“您家的菜我来送”“您家的活我来干”、广东省总工会“志愿者一对一服务”……点点滴滴，无不凝聚了大后方的他们对前方战士们的爱。

4

仁心大爱全球汇聚

在“人类命运共同体”的时代，广东省中医院的“健康守卫者”们在世界许多个国家和地区留下了济世救人的足迹。2019年12月28日，中国（广东）第九批援助加纳医疗队从广州出发，跨越12 000里，到达援助目的地加纳首都阿克拉。11位队员中，有9位来自广东省中医院。

2020年1月以来，国内疫情一直牵动着中国（广东）援助加纳医疗队全体队员的心，队员们时刻关注着疫情相关防控、救治等情况的最新报道，并在队长石永勇的带领下，跟踪学习疫情相关的诊疗知识。

加纳虽与祖国远隔千山万水，但由于恰逢春节，人员往来增多，特别是春节期间回国休假人员来加纳，增加了输入性病例的风险；且加纳的医疗救治条件远不如国内，一旦患病，救治难度极大。

为了响应党中央、习近平总书记对疫情防控的指示精神，为了全体华人华侨及加纳友人的健康安全，中国（广东）第九批援助加纳医疗队已于2020年1月22日，联合中国驻加纳大使馆，在中国驻加纳大使馆的官网和官方微信以及加纳华人资讯等媒体上共同发出了《关于新型冠状病毒感染肺炎防治的倡议》，引起了加纳华人同胞的积极反响与支持。

一直以来，援助加纳医疗队对疫情保持着高度的敏锐性与警觉性，并第一时间联合大使馆，提出了详细周密的防控倡议。医疗队名副其实地履行了守护加纳华人同胞健康的职责，他们把《关于新型冠状病毒感染肺炎防治的倡议》传发给加纳所有的中资企业及华人华侨，要求同胞们加强自我保护，并建议在加纳的同胞，近期已经回国过年的尽量推迟返回加纳，留在加纳的如无必要情况也暂时不要回国，以实际行动为遏制疫情蔓延贡献一分力量。

而当国内疫情形势日趋严峻之时，远在万里之外的中国（广东）第九批援助加纳医疗队更是忧心不已，他们在做好加纳本地疫情防控工作的同时，还积极组织采购防护物资运送回国。

不忘医者初心，牢记援外使命。虽身在万里之外，却心系国内疫情。援加纳医疗队的11名队员就像是广东省中医院放出去的风筝，他们展翅于苍穹，感知着更远的世界里的民生疾苦；他们也不忘线之所系、情之所牵——他们的来处和归处，都是祖国和同胞。

疫情肆虐之初，国内防护物资十分紧缺，广东省中医院物资库存持续拉响警报，若不能及时补给，将直接影响一线医务人员的抗疫之战！

1月28日，广东省中医院向全社会发出接受捐赠公告。

正在医院焦急之际，国内外许多爱心企业、社会人士主动伸出援手，他们不计代价、不讲条件、不分昼夜，发动一切资源，在全球网罗搜购防护物资并向医院无偿捐赠，助力前线抗疫阻击战。

在美国，就有这样一位华人医生在积极地为广东省中医院采购抗疫物资。

现任美国中医药针灸学会会长的苏红，1987年到广东省中医院针灸科工作，1989年去美国创业。在她的积极发动下，美国中医药针灸学会、麻州中医学会会员和爱心人士捐赠了4批高质量的防护物资；美国大纽约中文学校的老师孩子们及南开大学纽约校友会捐赠了口罩和手套。

医疗物资好不容易备齐，但停航在即，如何运送回国成为另一道难题。广东省中医院副院长史俏蓉带领团队与苏红医生团队建立“跨国”微信群，联系海关报关，打通行李托运渠道，经过近3个日夜的周折，终于运回第一批物资。

难题一个一个接踵而来。运送第二批物资时，行李托运行不通了，在天河海关用心的指导和帮助下，防护物资最终顺利从货物通道办理入关。到了第三、第四批物资运送回国的日子，停航的时间越来越近。医院办公室主任谭俊军紧急协调中国南方航空集团有限公司开通了货运绿色通道，无缝对接纽约机场，无偿解决“一位难求”的仓位问题。

这4批承载着在美华人拳拳爱心的抗疫物资在停航前一件不少抵达广州白云国际机场。当接到广东省中医院名誉院长吕玉波打来电话致谢时，苏红医生难掩激动：“吕院长，我又听到您的声音了！”虽然仅在广东省中医院工作两年，但时光绵延三十载，她对医院的感情一如当年。“家里有难，我们一定要帮忙！”

3月5日下午，在广东省中医院大德路总院健康广场，广东省海上丝绸之路商会会长赵利平女士等一行，代表会员及爱心企业，将5万只由广东省海上丝绸之路商会成员及一批爱心企业捐赠的医用口罩交到广东省中医院院长陈达灿手中，助力广东一线医务人员抗击疫情。

疫情形势严峻，防护物资告急。广州南沙区的爱心企业得知这一情况后，立即行动起来，亚信集团、金沙江创业投资、问境科技与仕邦集团等南沙企业携手助力广东省中医院援助湖北抗疫前线，展开了一场全球大采购。

● 广东省海上丝绸之路商会向广东省中医院驰援湖北医疗队捐赠医用口罩

仕邦集团安排全球采购“特派员”奔波于美国、土耳其、秘鲁等国家搜罗采购医疗物资，他们白天在当地协调货源，夜晚马不停蹄与医院沟通运输事宜，采购、鉴别、货运、航班、清关……一切从零开始。凭借几家优秀企业的影响力和企业家极强的组织协调能力，采购的物资件件符合医用标准，及时缓解了医院防护物资紧缺的困境。

当得知广东省中医院于2月17日再次派出35名队员驰援雷神山医院，他们加快采购步伐，加大采购力度，全力保障前线战士安全。“战‘疫’不停，我们不撤！”疫情之下，物资运送回国难上加难。他们想尽一切办法，物资有的从美国经中国台湾再回到大陆，有的从土耳其经中国香港回到内地，有的还在回国的路上……

还有许多企业通过与广东省中医院进行合作的形式，为抗疫助力。

广东省名中医、广东省中医院副院长杨志敏教授带领专家团队，根据近期流行病毒的临床特征、岭南人群体质，在总结养生保健与预防流感经验基础上，优化出“一号预防方”和“二号预防方”，分别有化湿健胃、化湿利咽的功效。

在得知此方的积极作用后，广药集团王老吉、采芝林同广东省中医院强强联手，各展所长，对此方进行了产品化批量生产。

在广东省中医院研发监制，广药集团王老吉、采芝林联合生产下，“流感病毒中药预防方”开始批量生产。该预防方针对两大类体质人群进行调理，发挥了中医药在预防新型冠状肺炎、流感病毒的作用。

2020年2月27日上午，首批5万份“流感病毒中药预防方”捐赠仪式举行，它们被火速捐赠给驰援湖北武汉一线的广东中医医疗队、湖北省中西医结合医院、武汉雷神山医院。广东省卫生健康委副主任、党组成员兼省中医药局局长徐庆锋，广东省中医药学会会长、广东省中医院名誉院长吕玉波，广东省中医院院长陈达灿和党委书记翟理祥等院领导，广药集团党委书记、董事长李楚源等出席活动。

“这次的医疗物资捐助，体现了中华民族‘一方有难，八方支援’的优良传统，体现了广东中医药人的仁心仁术，更体现了医药企业可贵的责任担当。”广东省中医药局局长徐庆锋说，“全体广东中医药人始终同湖北人民站在一起，一定能够为打赢这场人民战争、总体战、阻击战，贡献广东中医药的智慧与力量！”

● 首批5万份“流感病毒中药预防方”捐赠仪式

一家在美华人企业毫不犹豫地将准备给员工开工用的N95口罩悉数赠予抗疫前线。

广东省中医药科学院的同事们积极组织筹款，委托正在荷兰进修的同事采购防护用品托运回广州。

在广东省中医院发布接受捐赠公告之前，医院出入院处的王瑾主动联系设备管理处，将她先生手上所有的护目镜和防护面罩全部捐了出来，缓解医院燃眉之急。

还有很多的国内外企业、爱心人士，主动向广东省中医院伸出援手，捐赠物资、组织海外采购、协调物资运输，他们始终和医院站在一起，用实际行动支持医院、支持一线抗疫战士。

很多广东省中医院同事，在国内疫情愈演愈烈之时，虽或身在异国深造，或在出国旅途中，但他们的心却紧紧地牵挂着省中医院这个“大家庭”，积极通过自己的方式为这个“家”筹集物资，与“家人”们共渡难关。

疫情当前，万众一心、共同进退的力量将会无比强大。事实证明，我们正处于一个需要全球华人紧密团结的时代，更处于一个世界命运紧密相牵的时代。山川异域，风月同天。古人的传奇正在当今时代上演，古人的精神正在当今时代传扬。

一个又一个催人泪下、感人肺腑的抗疫故事从武汉抗疫一线频频传回，铸就了广东省中医院人的抗疫英雄谱！人间四月，杏林翘楚，返穗集结，不忘初心再出发！以爱为名的人民生命安全和身体健康保卫战，广东省中医院人，一直在！

第五章

医线日志：病房里的春天

铭记着“一切以患者为中心”的理念，广东省中医院的医疗队队员们在湖北的凛冽寒冬里，为隔离病房的患者们带来了南粤杏林中医的和煦暖春。经历了在湖北奋战的日日夜夜，广东省中医院人更加深刻地理解了一直印刻在脑海里的这句话：“有时是治愈，常常是帮助，总是去安慰”。他们把患者当成家人去照顾、去关怀、去爱护，用热情与真心换来了一个又一个患者的痊愈。武汉樱花绚烂，广州木棉正盛开，春风渐起，阴霾散去，阳光照耀着省中医人的归途，生命的气息与活力再度回到了荆楚大地。

1

爱在疫情蔓延时

战“疫”先锋

肺疫黑云罩中华，病魔猖獗越四疆。
耄耋钟老身先士，万千后辈上战场。
先锋榜样国旗振，勇将少年使命扛。
学习科技造良药，送走瘟神还天蓝。

——广州市荔湾区耀华小学四年一班　王润东

除夕新年，辞旧迎春，本是家人团聚、爱人相依的美满时刻，不料突如其来的新冠肺炎疫情扰乱了团圆与喜乐。国家处于危难之际，前线武汉亟待义勇之士奔赴援助，广东省中医院驰援武汉的医疗队队员们舍小我为大家，新春佳节“逆行”抵鄂，为抗疫贡献中医力量。这不是英雄放弃亲情与爱情去拯救世界的故事，而是一个个与你我无异的平凡人在亲人的关爱支撑之下，拯救他人、传递爱的瞬间。

谢东平1月30日晚的朋友圈是和同事巡查病房的照片，照片里，他们身穿全白色防护服，戴着白色手套。谢东平这样写道：“成为大白，彼此温暖！春天也就不远了！”亲朋好友在评论里亲切地要求：“谢大白，一定要平安凯旋！”

跟其他朋友一样，朋友圈也是谢东平的妻子、广东省中医院大学城医院皮肤科医生林颖了解他最新情况为数不多的渠道之一。“我不敢主动打电话给他，不知道他现在情况如何。”林颖说。怕耽误丈夫的前线治疗工作，林颖现在只能等丈夫稍微放松一点的时候主动联系家里。每天一大早开始，家里的电视机就已经开着了，公公、婆婆还有女儿和大家一样，看电视、看手机，关注疫情，关注武汉情况，关注广东中医医疗队，关注在前线的他。

谢东平是广东省中医院芳村重症医学科副主任医师、临床医学博士，在医院的ICU工作，平时主要负责呼吸系统重症、多器官功能衰竭患者的监护，几乎天天都在抢救患者。1月27日，广东省派出60名中医专家，参与第二批国家援助湖北中医医疗队的支援工作，谢东平就是其中一位。

由于专业对口，林颖有预感丈夫要奔赴武汉，“但没想到这么快”。大年初一，

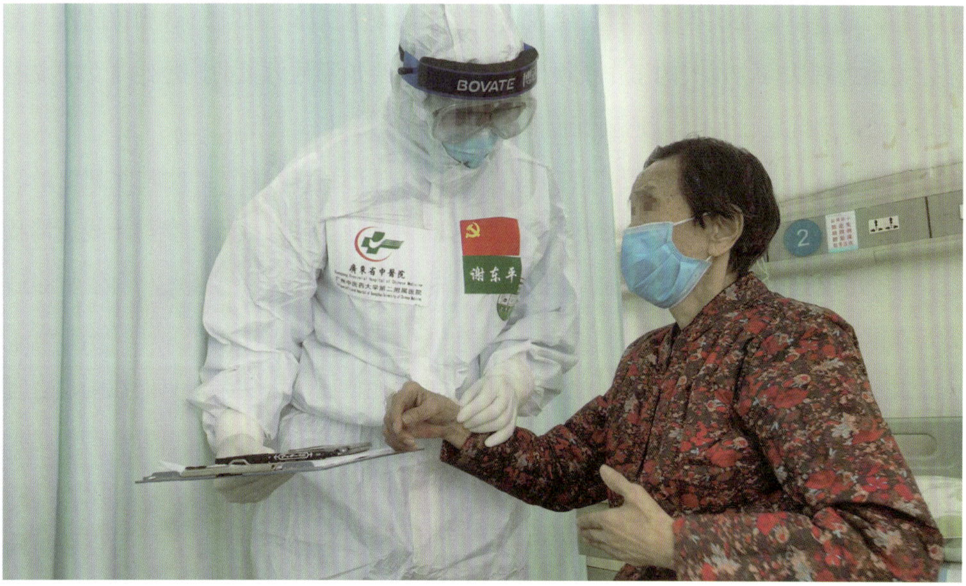

谢东平为患者把脉

林颖在巡查病房的时候，接到了丈夫出征的电话。身为同行和妻子，她没有多说什么，她明白丈夫的心意。临行前一天晚上，她匆匆忙忙找到了一家还在开门的商场，选了一款挂满许多“福”字的坠子。当天晚上准备行李的时候，当作平安符戴在了谢东平的脖子上。“我们都是医生，都不是迷信的人，但此去凶险，希望此物代我陪伴你。我相信你一定会平安归来的。”

如果不是这场突如其来的新冠肺炎疫情，谢志佳和邱寅龙也许均早已有喜事传来。原本他们两个都做好安排，将在2020年的春节和女朋友回家提亲，但是对医务人员来说，疫情就是命令！

与谢志佳同在医院工作的女朋友跟他一起退了回家的高铁票，告知家人后，回到医院坚守战地后方。她对谢志佳说：“我们一起抗击疫情，不遗余力，等到疫情消退，黎明到来之时，便是我们的好日子，我等你安全归来。”这句话成了谢志佳的力量之源。

邱寅龙大年初二接到医院组建援助湖北医疗队的通知，毅然退掉了大年初五陪女朋友回湖南的车票，紧急集合驰援武汉。经过安全培训、防护练习和发型修整，两天后广东省中医院援助湖北医疗队以最快速度完成交接，接管病区。虽穿着密不透气的防护服，戴着眼镜加护目镜，但邱寅龙依然展示出重症医学科护士一针到位的精湛技术，得到患者认可。每天的工作使得他汗流浃背，给予了他力量的，是他对女朋友的承诺：“待到抗疫胜利日，便是我赴湘提亲之时，等我回来。”

若有战，召必回。黄凯锋在春节前喜获二胎，正逢宝宝满月，此时此刻他最应该陪伴在妻儿身边。但当疫情来袭时，他仍主动请缨驰援武汉战场，参与一线疫情救治。同为医生的妻子全力支持他远征抗疫，说自己可以照顾好一家人，为他坚守后方，在家里等他凯旋。

作为医生，黄凯锋在战场上为武汉人民奋战。他自己作为父亲，只能在闲暇之时看女儿的照片以解思念之情。谁的身后没有亲人爱人呢？可一旦穿上白大褂，他必须守着医务人员的信仰和坚持。医者，生之所系，性命相依，绝不是一句口号而已。

蔡壬辛是来自广东省中医院大学城医院检验科的一名检验医师。他与妻子是同事，婚后把小家安在了广州，儿子还不到两岁，正是最活泼好动的年纪。同为医务工作人员，妻子非常支持他奔赴前线。

年前，蔡壬辛的岳父母早早回了老家过年。疫情日益严峻，蔡壬辛和妻子取消了同回老家的计划，留守广州等待医院随时的召唤。当蔡壬辛被通知入选医院援助湖北第二批医疗队时，问题也随之而来：妻子要值夜班，儿子谁来照料？

妻子提出让父母提前回广州，蔡壬辛于心不忍——老人家坐长途车有被感染的风险，天气寒冷，他们不但没法好好享受春节，还要赶回广州照料外孙，实在太辛劳。但是当蔡壬辛想到武汉疫区的患者们急需救援时，他还是咬牙拨通了岳父母的电话。没想到，两位老人一口答应。当蔡壬辛看到老人们提着行李还有乡下大包小包的特产赶回广州时，眼角不禁湿润了。“知道自己能去武汉支援，我内心热血澎湃；但看到老人和妻子对我既支持又担心，我很感恩，也很心疼。”蔡壬辛带着百感交集的心情踏上了驰援武汉的征程。

李国华是广东省中医院大德路总院检验科的一名检验技师。一年多没有回乡探亲的他，早已计划好年初三值完班后便踏上归途，与父母相约年初四共吃团圆饭。然而，新冠肺炎疫情来势汹汹。当看到医院党委发出组建援助湖北医疗队的报名通知时，李国华毫不犹豫地报了名。当收到第二天就要驰援武汉的通知时，还在科室值班的他匆匆退掉了回家的车票。同事们了解到土生土长于广东的李国华要出征眼下正寒冷的武汉，特地赶回医院替他顶班，让他去购买保暖衣物，有人还把自己的羽绒服拿给李国华穿。腼腆的李国华内心满是温暖，但很多感激的话到了嘴边却只剩下“谢谢”。他暗地里下决心：一定不能辜负医院领导和科室同事的期望。在原计划回家的那天，李国华坐上了那趟驰援武汉的列车，这是他作为医者的担当，也为了不辜负背后这么多人的支持。

2020年是陈名桂在医院工作的第10个年头。此前每年春节他都选择坚守岗位，今年在亲人的期盼中，他终于选择了回家探亲。但当他收到医院将组建医疗队援助湖北时，还在老家的他毅然报名。知道自己入选了医院医疗队后，心情激动的他告诉了父母。也就在那一刻，陈名桂的父母才知道他要去武汉前线援助。听到这个消息，他们愣了一下，短暂的沉默后，父母对陈名桂说：“你去吧！那里更需要你，注意保护好自己！”

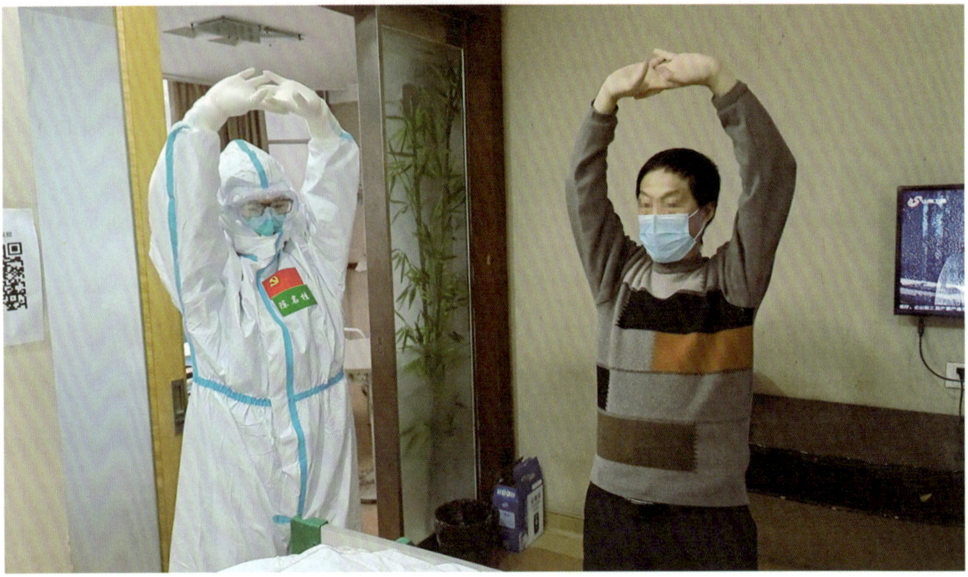

● 陈名桂陪患者在病房内练习八段锦

简单朴实的鼓励，也包含着父母心中万分的不舍和担忧。陈名桂的妻子在旁边鼓励说："没事，你去吧！孩子我可以照顾好！"

带着满满的爱与祝福，陈名桂匆忙收拾了行李连夜赶回广州准备启程武汉，把背影留给了支持他的家人。作为一名共产党员，作为一位省中医人，冲锋向前、逆境而上是职责所在，义不容辞。

苦难在前，以爱为盾，广东省中医院援助湖北医疗队怀揣果敢和无畏，坚定不移。

2

等待战“疫”胜利的曙光

战“疫”情

无情新肺炎，席卷九州田。
一方有困难，八方来支援。
自粤抵武汉，一心赴前线。
穿脱防护衣，演练千百遍。
细节贯其中，方可保平安。
悉心护病患，榜样钟南山。
纵然苦且艰，无悔又无怨。
待到攻克时，乐哉把家还。

——广东省中医院大学城医院心血管二科　胡常伟

胡常伟跟随广东省中医院援助湖北医疗队抵达武汉后，在一线奋战数个日夜，有感而发，写下了这首饱含艰苦奋斗精神与积极乐观希望的诗。在武汉前线的战斗道阻且长，但医疗队的队员们不言弃，不言败，并肩作战与疫情抗争。每治愈一个病患，就带给他们更多信心：一定能打赢这场战役！

1月29日是广东省中医院援助湖北医疗队来到武汉支援的第三天，也是彭苏池正式投入抗击新冠肺炎疫情的第一天。带着些许紧张又激动的心情，彭苏池和队友们来到一起战斗的地方——湖北省中西医结合医院隔离病区。穿戴好防护用品，互相检查，经过三道门进入隔离病区，然后同上一班同事交接工作。

隔离病区里，很多都是一家人感染，有夫妻、父子、兄弟。彭苏池作为护理人员，除了为患者换补液、测血压、测血糖、吸氧等基础护理外，还负责患者的饮食起居等生活护理，比如为患者倒开水、协助患者用餐等。

1月30日，天气晴朗。这天早上，蔡俊翔虽然没有排班，但使命感和责任心促使他提前来到病区熟悉环境、了解患者的情况。医疗队工作的隔离病区是湖北省中西医结合医院新改造的病区。常言道“风险无处不在，细节决定成败”，改造后的病区还略显凌乱，如果院感防控工作做不好，将会大大增加队友们感染的风险。

为了保护忙碌奋战的队友，努力做到医务人员“零感染”，蔡俊翔自发帮助科室整理办公室及进行清洁区域表面消毒，用有效浓度的含氯消毒剂将办公室桌椅、鼠标、键盘以及值班房等所有可能会触碰到的地方进行表面消毒。这些工作看似微不足道，但医院感染管理质量是医疗质量和医疗安全的重要组成部分。蔡俊翔相信，只要大家共同尽职尽责，狠抓落实各项工作细节，一定能早日结束这场没有硝烟的战争！

经过两天培训后，陈海振和队友也在这天走进湖北省中西医结合医院隔离病区开始工作。许多患者问他们：“听口音，你们不是本地人吧？”陈海振告诉他们：“我们是广东援助湖北中医医疗队的，来自广东省中医院，是来帮助你们的，希望你们也要坚强起来。”听到这些，有患者激动得流下泪水，竖起大拇指说：“你们辛苦了！谢谢你们！”陈海振理解他们由于对疫情不够了解、对新冠病毒认识不足，而充满了担心和恐惧，患者们不但需要临床诊疗，更需要全面的心理护理。

当天一位患者家属在病房外给亲人送食物，并要求进来探视。医务人员很能理解这位家属的心情，但是隔离病区是不允许探视或陪护的。这位家属情绪异常激动，突然痛哭起来，她告诉陈海振，她父亲已住院多日，家人一直没有告诉她，直至这天她才知道。这位家属表示进来探视之后她可以一起住院，陪着她的父亲。无论医务人员如何解释和安抚，她迟迟不肯离去，一直跪在探视门外，把手伸在探视门下面，不让他们把门关紧，痛哭流涕，情绪激动。最后经过多位医务人员充分耐心的解释，她才缓缓离去。这位家属走后，陈海振的耳边还不断回响着她的哭喊声。心情久久不能平静的他默默许下了承诺：一定会竭尽所能帮助武汉渡过难关。

1月31日是凌传仁来到武汉的第5天。这天，凌传仁从凌晨4点开始值班至早上8点，交班后他和队友先巡查了一遍隔离病区内的患者。这一天的班比前一天安宁，大部分患者睡得比较安稳，这是作为医疗人员最想看到的，因为这说明患者的不适感有所好转。

巡查结束后凌传仁和队友便开始忙碌起来，协助患者翻身、量体温、抽血、输液等。2床是一位40多岁的阿叔，发病11天了，在帮他抽血的时候，他对凌传仁说："我今天感觉好多了。"凌传仁告诉他："我们是广东省中医医疗队的，我来自广东省中医院。"阿叔听了后，不断地感谢他们的到来和帮助。阿叔告诉凌传仁，他和妻子都感染了，现在住院治疗后好多了。凌传仁鼓励他："好好休息，积极配合，一定会很快好起来的！"

忙碌起来，时间过得很快。下一班的队友们来接班了。交完班，大家一起拍了合照。团队的力量是无穷的！在抗击疫情的这段时间里，凌传仁感触最深的就是医务人员万众一心、众志成城的力量。

上午快9点时，凌传仁才走出隔离病区，饭堂送来的早餐已经冷了。他突然很想吃碗热干面，便快步走到饭堂门前。一看里面没有人，心想这个点应该是收档了，但还是抱着看一看的心态走了进去。一进门，一位面容熟悉的阿姨刚好在做面，见到凌传仁立马问："是不是来吃早餐的？"凌传仁很不好意思地回答："是的，阿姨。我刚下班，来晚了。抱歉！"阿姨连忙对他说："没事，我知道你们忙，这锅特意给你们留的。"

阿姨热情的回应让凌传仁十分感动。他边吃边和阿姨聊天，这才知道，为了给一线的医务人员做好伙食保障，在这个春节她们也是加班加点，起早贪黑地干活。当凌传仁向她致谢时，她却说："我们这算啥，你们才辛苦，大老远跑来，我们肯定要为你们做好保障！"

来武汉的几天，医疗队深切地感受到武汉人民的热情。无论是去小卖部买东西，还是一行人在路上走着，都会有人问："你们是不是来援助我们的医疗队？"等确定身份后，他们会立马双手合十，不断地感谢他们。这些举动给医疗队增添了许多无形的力量，同时也激励着他们要更加努力做好抗击疫情的工作，为武汉人民早日带来春天的暖阳！

2月1日是窦明鑫和黄超明来到武汉的第六天，这一天他们的值班时间是20：00—24：00，和往常一样，他们提前到达湖北省中西医结合医院隔离病区，和队友交接班后开始忙碌。巡房时，一位老年患者跟他们说感觉周身不适，窦明鑫和黄超明便帮他调整了体位。长时间卧床，患者难免会感觉各种不适，医疗队员们便教患者练习八段锦，一是可以帮助他们通过自己的简单运动慢慢增强自己抵抗病毒的能力，二是可以舒缓他们长时间待在隔离病区或者卧在病床上引起的心情不适。后来再去护理这位老年患者的时候，窦明鑫不经意看见他给儿子发的信息："儿子，我想回家！"瞬间，窦明鑫的眼泪抑制不住地流了下来。

患者们睡着后，窦明鑫和黄超明轮流坐在椅子上稍微休息，但时刻保持着警醒状态，一有呼叫铃声，马上投入战斗。长时间穿着防护服，对医务人员来说也是一种考验，穿上防护服之后，脖子是不能转动的，如果有人呼叫的话，只能整个人转过去，保持轴线旋转，像极了"钢铁战士"。"但此时的我们，不就是冲锋在抗击疫情战场上的白衣钢铁战士吗？守护健康，是我们的神圣使命。"窦明鑫在当天的日记里感慨道，"为了能在短暂的空余时间稍微活动一下隔离服内的身体，保证防护不侧漏，需要将隔离服内的身体调整为含胸驼背、稍微弯腰的状态，简单地稍微晃动，算是我们的运动吧。"

0：40，结束工作后窦明鑫和黄超明走出湖北省中西医结合医院。凌晨武汉的街头，街灯映照着微雨的马路，有些许寒冷。但此刻他们的心里是温暖的，病区里的患者渐渐变得熟悉起来，他们脸上逐渐出现的笑容是给予医疗队最大的肯定，证明所有的努力、辛苦是值得的！

"我们不是最美逆行者，我们只是肩负使命、勇担职责、迎难而上，在有需要的时候能第一时间冲锋到一线守护健康的白衣战士！患者的呼叫铃声便是冲锋的号角声。只要心中有信念，没有不可能！我们绝对能够打赢这场硬仗！"

2月2日，隔离病区的工作已经步入正轨。经过几天的接触和交流，医疗队渐渐地和大部分患者变成了朋友。患者当中有夫妻、父子、母女一同住院的，也有独自一人的，大家对广东中医医疗队的工作给予了肯定，特别是当病情渐渐好转时，他们的心态也更加乐观，对医疗队的治疗和护理工作也更加配合。

隔离病房没有安排家属探视时间，住院的老年患者容易出现焦虑、睡不好、吃不下等情况，医疗队员们想尽办法为他们舒缓焦虑的心情，有空就陪他们聊天、教他们练习八段锦、传递家属的信息等等。这些工作也得到家属的好评，有些家属甚至从国外购买防护物品送给医疗队。

当天上午，胡常伟和徐少硕提前半小时来到湖北省中西医结合医院隔离病区，做好防护后，按时间点和上一班的队友们交接班。来到武汉数天，医疗队员们对病区里的环境和工作流程已经很熟悉。

午餐时间巡房时，胡常伟发现14床阿伯桌上的午饭一点也没动，他赶紧上前询问，原来阿伯是要等家属送来的爱心午餐。

此时，又隐约传来一阵轻微的抽泣声。胡常伟赶紧去查看，发现是15床的阿姨边哭边抹眼泪。他问道："阿姨，怎么了？是哪里不舒服吗？"阿姨哭着说："刚收到家里人的信息，父亲去世了！"话音刚落，阿姨再也忍不住大哭起来。

胡常伟不知道该如何安慰阿姨，只能紧紧握着她的手，给予她力量。队友徐少硕和凌传仁闻讯也来到病床边安慰阿姨。

悲伤的情绪缓和之后，阿姨擦了擦眼泪，对我们说："是德叔和黄东晖主任救了我，是你们医疗队救了我！感谢你们！"

此时14床阿伯的午餐也送来了。由于阿伯比较虚弱，手上又打着补液，胡常伟准备给他喂餐时才发现没有勺子。阿伯说："没事！用碗更豪爽！"用餐后阿伯脸上露出了满足的笑容，让胡常伟的心里也跟着变得暖暖的。

临交班时，胡常伟和徐少硕忽然接到医生转床医嘱：1床和2床的两位患者核酸检测结果为阴性，可以转移到病区其他床位再观察一段时间。

当他们去和两位患者沟通的时候，她们竟不太敢相信这个结果。1床的患者阿姨眼眶微红，几欲泪下，颤声道："弟弟，你说的是真的吗？别为了让我们转床，故意这样说呀！要说实话，不要骗我们啊！"

徐少硕对着她点了点头，肯定地说："两位阿姨，检测结果确实是阴性，医生已经确定过了，请放心！"

1床的阿姨再次颤声问道："真的是阴性？你不要骗我，是不是我们检测结果为阳性，要把我们隔离起来？一定要和我说真话，我能接受！"

徐少硕的眼角也有些湿润，再次肯定地回答她："是真的！阿姨，相信我们，确实是阴性，但你们还要好好配合治疗，争取早日康复！"

医疗队员们非常能理解患者当时的心情，入院一周，她们不仅要经受身体上的不适，还要忍受心理上的煎熬。她们盼望好消息，又害怕听到关于疾病的消息，心里矛盾交织。

下班路上胡常伟内心久久不能平静，看到阴雨下的菱角湖，有感而发：

阴雨江城两苍茫，菱角湖畔映霞光。

万众一心战疫情，不日定当齐安康。

3

一个个有爱的故事

曙

星辰渐消朝霞起，焕然新鄂冲天飞。

守望相助同抗疫，他日回首历永记。

——广东省中医院大学城医院透析科　黄超明

患难时刻见真情，无论是病房内的彼此照顾和问候，还是来自后方的支援和保障，都让广东省中医院援助湖北医疗队的全体队员们更加鼓足干劲，全力以赴做好抗疫工作，做好每一个患者的救治工作，努力让这场战“疫”的胜利早日到来。

这是钱学先进入湖北省中西医结合医院隔离病区工作的第五天，病区的工作已经有序进行，但每次看到部分患者低沉的状态，钱学先的心里都仍会有些难过，希望他们能够快点好起来，早日回家与亲人团聚。

由于新冠肺炎具有很强的传染性，隔离病房不允许家属探望，患者每日接触的只有医务人员，医疗队员们之前已经统一意见，要把广东省中医院“一切以患者为中心”的文化理念传递到这里。医患本是一家人，要尽可能给予患者最好的医疗护理服务，以及最大的安慰、鼓励，希望每一位患者都能以乐观、积极的心态战胜疾病！

14床病情较重的老爷爷，自入院以来心情就比较低落，因气促明显，只能卧床休息，在床上大小便，前一天夜里因气促加重而上了无创呼吸机辅助通气。这一天，他的女儿为了鼓励父亲，写了一封家信过来。钱学先把信读给老爷爷听，信中充满了亲情和爱，老爷爷焦虑的心情得到舒缓。

考虑到老爷爷卧床已经超过72小时，为了预防下肢静脉血栓的形成并锻炼下肢肌肉，钱学先教了老爷爷一套踝泵操。老爷爷配合得非常好，钱学先能感觉到他的心情也变得轻松起来。

彭苏池也时常为患者的状态而揪心。从进入隔离病区起，医疗队就希望用专业技术救治患者，给他们提供更好的护理服务，减轻他们遭受疾病折磨的痛苦，给他们带去温暖和希望。

病区内39床的患者阿姨每天见到彭苏池都很开心，她告诉彭苏池，广东省中医院医疗队的队员是她住院以来见过的最热情的医务人员，见到他们来了就好开心。

42床的患者是一名年轻人，查房时他告诉彭苏池自己经常会头晕，总是出虚汗。彭苏池建议他让家人买些黄芪来泡水喝，没想到得到的回答却是：来自重庆，孤身一人在这里。

彭苏池能体会到患者此刻孤独的心情，便问他还缺什么。他说自己连毛巾、牙刷、牙膏、杯子这些最起码的生活用品都没有准备。后来当彭苏池把自己备用的一套生活用品，以及同事们让他带到武汉用来增强体质的黄芪、枸杞、红枣、人参等送给他时，患者一时难以置信，第一反应竟是“多少钱？”看到患者心情好转，彭苏池感慨：只要人人都献出一点爱，世界将变成美好的人间！

这天陈名桂上完夜班后回酒店睡了个回笼觉，睡醒一打开手机，就收到妻子发来的女儿为他加油打气的视频："武汉加油！爸爸加油！武汉必胜！爸爸必胜！"陈名桂心里顿时充满了力量，欣喜女儿也明白爸爸在武汉"打仗"，因为之前她一直不明白为什么爸爸去了武汉，为什么爸爸不回来广州陪她。此时，广东省中医院也为前线送来了充足物资，"真功夫"也已准时送饭到了酒店，陈名桂顿时感觉到自己非常幸福，有强大的医院做后盾，有社会对医疗队的关心，有家人的理解和支持，所有的困难都变得渺小了。

2月3日对曾思涛来说是一个特别的日子。成长不期而遇，生日如期而至，这天是他的24岁生日。当天凌晨0：00—4：00，曾思涛和队友黄超明在湖北省中西医结合医院隔离病区护理照顾新冠肺炎患者。在一线战场上度过生日，让他终生难忘。曾思涛的生日愿望很简单：希望疫情能早早结束，生病的人都快快康复。

回驻地的路上，迎面寒风有些刺骨，但曾思涛心里却暖暖的。手机里不断收到来自广州大本营医院领导、同事，以及一线战友发来的生日祝福，当然还有最亲爱的家人送来的生日祝福和鼓励，让他备感温暖。

曾思涛想起刚成为广东省中医院大家庭的一员时，在新员工培训期间，名誉院长吕玉波给他们讲医院的感恩文化，要感恩祖国、感恩父母、感恩患者，医院与员工双向感恩，同事之间相互感恩。"疫情当前，在患者最需要我们的时候，我们唯有肩负起自己的使命，才不负患者对我们的信任。"曾思涛在心里对自己说。

在隔离病区里工作，虽然身穿密不透气的防护服，但却隔离不了医疗队队员们对患者的那份关爱。14床的患者叔叔因血氧饱和度低需要通过无创呼吸机辅助通气，在查看的时候曾思涛和黄超明发现叔叔的肚子稍胀、纳差，马上联想到这可能与使用无创呼吸机有关。他们便向叔叔讲解怎样配合机器呼吸，叮嘱他呼吸频率尽量与机器一致，在机器送气的时候用鼻子吸气到达肺部，嘴巴闭合减少多余气体跑进胃里，可以减少腹部胀气不适，有助于提升血氧饱和度。待患者熟睡后，血氧饱和度已由86%上升至94%。看到患者的状况得到改善，他们很欣慰。

13床的伯伯也在使用无创呼吸机，精神状态和血氧饱和度较之前有好转，他看见曾思涛和黄超明过来，连忙端坐起来，向他们敬了个军礼，并让他们帮他摘下呼吸机面罩，说："我年纪大了，耳朵又不好使。很多时候我不想麻烦你们，怕给你们添麻烦，你们都辛苦！"

听到这些话，黄超明心里顿觉不好受，困难面前不分你我，大家需要相互扶持，共同战胜"敌人"。黄超明向他挥手致意，说："我们不辛苦！您戴好面罩，慢慢配合呼吸。晚上也要好好休息，身体会一天天好起来的。加油！"

也许打赢这场战役需要一定的时间，但医疗队队员们许下承诺，愿意通过自己的微薄之力去帮助患者们增加战胜疾病的信心！

2月5日，武汉的天气终于转晴了。陈名桂和队友12点准时进入湖北省中西医结合医院隔离病区交接班。巡查病房时，他们发现40床的阿叔有点神情低落，走过去询问一番，才知道阿叔由于长时间卧床，已经几天没有解大便，现在感觉肚子胀得难受。

查看之后，陈名桂向医生做了汇报，再次来到阿叔床边，说："阿叔，不如试试中医特色疗法吧，我们医院（广东省中医院）的腹部穴位按摩，效果挺不错！"

这一提议让阿叔十分心动。抱着试试看的心态，阿叔接受了腹部穴位按摩疗法。陈名桂定好气海、天枢、中脘等穴位，倒取适量石蜡油于手心，搓热后均匀涂抹于他的腹部，使用掌根揉法，着力按压这几个穴位，带动皮下组织做顺时针环形运动5分钟，再使用拇指揉法分别按揉这几个穴位。一个疗程结束后，阿叔说："现在感觉肚子暖暖的，也不怎么胀了，中医疗法挺管用！太感谢你们了！"冬日的阳光照在陈名桂身上，让他感到十分温暖。

这天是医疗队来武汉支援的第10天，周袁申接到了父亲的电话。

"我很高兴你到武汉支援，这是奉献精神的很好传承！国家有危难，作为党员就应该勇敢站出来，为国家、为人民服务。更何况你作为一名党员医务工作者，更是义不容辞、责无旁贷。你要好好保护自己，自己安全了，才能更好地为患者服务。今天听说你们医院医疗队通过中西医结合的方法，治好了第一个患者，而且已经出院，这是个让人振奋的好消息！中医药学肯定会发挥它的疗效。你在前线也要放心，在这关键时刻，我们一定会支持你！"父亲对他说。

听了父亲这一番话，周袁申心里是满满的感动。出发前，他不敢和父亲讲太多去武汉的事，毕竟父亲年纪大了，腿脚活动不方便，双耳听力不好。但今天父亲的这番话令他感动之余也给他注入了强大的精神动力。父亲是一名老共产党员，他的叮嘱对周袁申来说是前进的动力。

日子一天天过去，隔离病区内的温情故事越来越多。

在雷神山医院支援的日子里，发生了很多令梁立传难忘的事情。C6病区32床患者是一位年纪较大的老奶奶，肢体一侧瘫痪，生活无法自理，病情较重需要卧床。老奶奶讲话有比较浓的武汉口音，导致和医务人员的沟通有些困难。

梁立传记得老奶奶刚收入雷神山医院时，面黄肌瘦，手脚无力。因此在治疗过程中，医务人员也对她格外留心，除了日常生活护理外，还定时帮她翻身防褥疮等。

第一次给老奶奶喂饭时，由于不清楚她的口味，梁立传用筷子指着菜，模仿武汉口音，问她喜欢吃哪个菜。老奶奶似乎也明白他的意思，尽管可能听不懂梁立传蹩脚的武汉话，还是回复了“要”或“不要”。老奶奶牙口不好，每顿饭下来要花半小时左右，而她不愿意给医务人员增添太多的麻烦，开始时显得有些着急，梁立传不断地安抚她：“慢点吃，不着急！”他时刻评估老奶奶的吞咽功能，生怕她被饭菜卡住了或发生误吸。

为了能够和老奶奶有效沟通，梁立传开始学习简单的武汉话。只要他值班，就包揽了老奶奶的护理、治疗、喂餐等工作。为了助力老奶奶早日康复，梁立传每天为她做腹部按摩，促进胃肠蠕动。在医疗队的悉心照护下，老奶奶的精神状态逐渐好转，脸色也红润起来。

隔离病区的工作虽然辛苦，但梁立传深感这更让他们看到了自身的价值。

黎德雄来到武汉的第21天，那天晚上他从22点接班，在病区内值守到凌晨4点。交接班后，他照例巡房，查看患者治疗用的氢氧机氧气供应是否正常、仪器内的湿化水是否足够、需不需要加水等，以及询问患者病情和生活上的需要。当黎德雄巡视到48床患者床边的时候，患者跟他说：“你是昨天帮我拍背排痰的护士吧？我看你现在的小背包（防护服上临时用来随身携带工作手机的小布包）烂了，等一下我给你做一个漂亮的小包包。”黎德雄忙摇头说不用了，患者却坚持道：“一定要的，作为对你们医务人员的感谢。”

半小时后，当黎德雄再次从患者窗前经过时，她叫住了黎德雄，拿出新做好的小布包交给他。小布包的外表看上去简单，但却看得出是一针一线用心缝出来的。接过布包的那一刻，黎德雄很是感动。患者说："因为材料有限，做出来不是特别好看，但是刚才我已经试过了，装两台手机没有问题，你就先将就着用，等有机会我再做更好的袋子送给你。"

一个小小的爱心袋，充满了温暖与真挚的医患情。

在主要由呼吸病、重症医学专业队员构成的援助湖北医疗队中，有一位脾胃病科的护士郑万丰。当广东省中医院发出组建援助湖北医疗队的通知时，作为脾胃病科唯一的男护士，郑万丰向科主任毛遂自荐："我拥有超过10年的急诊院外救援的丰富经验，心理素质强，适应能力好，完全可以胜任恶劣环境下护理患者的任务！"

经过医院遴选，郑万丰如愿成为驰援湖北医疗队中的一员。2月17日，带着医院、科室领导及同事的叮咛与嘱托，郑万丰踏上了前往武汉的征程。

隔离病区的护理工作和其他病房有什么不一样？"最大的不同就是患者的心态不一样。"郑万丰有深刻体会。隔离病区的患者，害怕、孤独、失落感比其他患者更明显。护士不仅要为患者完成简单的翻身、洗澡、喂食、吸痰等各种常规工作，更需要重燃患者积极乐观的信念。在这方面，郑万丰有自己的独特方法，他在教患者做松腰功时，不忘逗他们开心；在给患者喂食的时候播放自己唱的歌，让患者来一次"美食与听觉的享受"；不忘把热心人士送来的水果发给患者。有一位中过风偏瘫的老婆婆，生活不能自理，又感染了肺炎，对生活失去了信心，郑万丰每次护理她，必会讲不同的笑话逗乐她，以至于老婆婆出院前还在寻找"会给我讲笑话的那个护士"。

郑万丰说："我们心态好，用心去工作，去照顾患者，不会觉得苦和累，反而感觉开心。当患者感受到我们的开心，他们的心态也会变化。积极的心态是最好的良药。"

在这场战"疫"中，爱成为最有效的良药。春回大地，寒雾渐散，羊城的木棉已经盛开，春日的暖阳也已洒满江城的大地！

4

感恩，让医患成为并肩战斗的战友

白衣执甲，武汉加油

疫锁江城严冬凛，又及华夏催时艰。

白衣逆行吾辈众，岂曰无袍八方捐。

众志成城雷火起，日夜相继何人倦。

待到春风浪漫时，大笑出门手儿牵。

——广东省中医院芳村医院重症医学科　谢东平

在武汉前线抗疫的这段经历，无论是对医疗队队员们还是患者们来说，都会成为他们人生中不可磨灭的记忆。没有一个春天不会来临，一起携手抗击疫情的时光，串联起医务人员和患者的心，成为照耀大地的春日暖阳，闪耀人间。

2月5日，天晴，武汉迎来了春季的第一缕阳光！广东省中医院医疗队到达武汉已经10天了。10天前，医疗队临危受命奔赴武汉抗击疫情，看着隔离病区里的患者在医疗队的精心治疗与照护下一天天好转，大家心中充满了成就感，而这也给予了医疗队更大的动力，携手抗击疫情，早日打赢这场攻坚战。

这天也是广东省中医院援助湖北医疗队接管湖北省中西医结合医院隔离病区的第八天。病区是新改建的，内设35张床位，1月29日一开科就收满了患者。工作中，医疗队的队员们坚持做好每一个细节，用心对待每一位患者。这支队伍里有6名非党员队员，在这些天里，他们被医疗队里党员们的率先垂范精神深深感动，积极主动向党组织靠拢，在抗击疫情一线向医院医疗队临时党支部递交了入党申请书，并郑重承诺接受党组织的考验。

医疗队在病区内推广的中医八段锦越来越受到患者的欢迎，中医特色疗法的疗效也被更多的患者接受认可。看着患者们脸上的笑容一天天多起来，大家内心感到无比开心：

她，从最初的郁郁寡欢到现在会常和医务人员谈笑风生。

他，曾经一只脚已经踩在鬼门关，硬是被与死神赛跑的医疗队，从死亡边缘拉了回来。

…………

而在这一天，经过中西医结合治疗，医疗队接管的病区第一例患者出院了！

这是医疗队的胜利，更是广东省中医院抗疫的初步胜利！清晨下夜班后，谢东平、蔡彦跟随张忠德副院长、黄东晖主任前往武汉市汉口医院，对广东医疗队接管的病区患者进行中医会诊。看着患者们充满期待的眼神，以及对中医药参与治疗的渴望，他们为自己是一名中医人而自豪，但也深感肩上责任重大。

虽然医疗队远在武汉，但身后广东省中医院这个坚强后盾在给予他们前行的力量。尽管广州也在加强新冠肺炎疫情防控，医院上下为此忙碌不停，但对医疗队的保障和支援工作丝毫没有松懈，从医疗物资到生活用品，都给予充分保障。林琳、欧阳卫权等专家们在繁忙的工作之余依然会积极参与远程会诊，分享他们对诊疗方案的思考，解答医疗队员们在临床中遇到的问题；大德路总院呼吸病科（PPCM）主任许银姬不时地关心大家防护服够不够、防护措施有没有做到位；当队员们急需对一些呼吸机管道进行消毒时，护士长梁桂兴已经将流程及注意事项及时告知并指导队员们操作……

正如一线队员们常说的："医院给予的方方面面的照顾，让医疗队没有后顾之忧，专心应战。广东省中医院是一个温暖的大家庭！"

和医疗队并肩作战的当地医院医务人员也给蔡彦留下了深刻印象：一位刚毕业的小姑娘，当疫情来临时，奋勇争先，从一开始调去当地一家医院支援发热门诊，到后来调来科室和医疗队一起工作，无半点犹豫。蔡彦问她："真的不害怕吗？"她笑了笑，说："总要有医务人员在一线，所以我来了！"前一天的夜班，为了护理危重患者，她又坚守到凌晨。蔡彦深感，有这样一群好战友，还有什么困难是不能战胜的呢？春天已经来临，寒冬终将逾越！

2月6日，来武汉支援的第11天，湖北省中西医结合医院由广东省中医院援助湖北医疗队接管的隔离病区又有好消息——第二位患者下午出院了。至此，医疗队接管的病区已经连续两天有患者出院。而在当天早上，广东省中医医疗队所援助的湖北省中西医结合医院通过中西医结合治疗，有18位患者符合出院标准集体出院。捷报频传，令人振奋！这是所有医务人员共同努力的成果。

当天早上8点，徐少硕准时进入隔离病区。和队友交接班后，他看到病区里多了几张空床。原来前一天有几个患者因病情好转调整到其他病区了，徐少硕在心里默默地祝福，希望他们早日康复，并开始了这一天的工作。

14床的叔叔戴着呼吸机，自己不方便进食，需要医务人员协助。每次看到家属为阿叔精心准备的饭菜，以及每日一纸鼓励的话语，徐少硕都深受感动。人在脆弱的时候最需要的就是亲情。而一句句看似简单的鼓励话语，给亲人带来的可能就是无穷的勇气和力量，这也可能成为叔叔战胜疾病的动力来源。家属一天天的坚持，似是在告诉叔叔：我们一直和你在一起。但也何尝不是在告诉医疗队队员们：加油！我们相信你们！

叔叔跟徐少硕说已经几天没有解大便。在向医生反馈后，徐少硕遵医嘱给予患者灌肠对症处理。中医藏象学说也有讲到：肺与大肠相表里。肺气不降大便不畅，大肠实热秘结，肺气不利而喘咳满闷。经过一番处理，叔叔紧皱的眉头终于舒展开了！

这天在隔离病区里还发生了一件有趣的事情。当苏达盛给32床的老奶奶做治疗时，奶奶说："小医生，为啥子我一打针就总想上厕所啊？上厕所回来，这针也不滴了，以前在家也不会，是不是我的肾有问题呢？"

苏达盛想这可能与奶奶有点焦虑、紧张有关，为了缓解她的情绪，苏达盛便模仿湖北口音的普通话跟她对话。

"奶奶，您不要紧张，您的肾脏没事，就好像有些运动员一样，比赛前一紧张，就想去厕所。有些学生考试紧张也老是上厕所啊，您没事！"

“我老了，你不要骗我！”

“您哪里老呀？如果说我们像早上的太阳，您就是中午的太阳，正灿烂呢！”

奶奶笑着说：“如果你能天天像这样逗我开心，我的病就快好了！”

苏达盛希望能向所有患者传达：疾病并没有想象中那么可怕，可怕的是内心不够强大。请相信所有奋战在一线的医务人员。

“我们在，请放心！”

勇士出征，不问归期，唯待春暖花开时，举杯共团圆！乌云过后，必有暖阳！

2月7日，陈维生跟随医疗队来到武汉已经12天了。这天是陈维生父亲的65岁生日。往年这个时候，陈维生一大家子正在为父亲的生日会忙碌着，亲朋好友欢聚在一起，好不热闹。但今年因为陈维生远赴武汉一线抗击疫情，他给父亲打电话，父亲告诉他说今年的生日从简，自己煮两个鸡蛋吃就可以了。

和很多中国父子一样，陈维生和父亲之间的情感交流比较含蓄，对对方的爱都是默默地在行动中体现。挂了电话之后，陈维生才想起只顾着叮嘱对方保重身体、做好防护，反而把最想说的祝福“老爸，生日快乐”忘记了！

大年初二，从早上报名参加广东省中医院援助湖北医疗队到傍晚接到通知入选，陈维生一直没敢把这个消息告诉父母，等到第二天坐上高铁后才打电话告诉他们。陈维生知道父母肯定会支持他的工作和决定，但儿行千里母担忧，哪怕是只有千万分之一的危险，父母肯定也会为了他忧心忡忡。陈维生还记得2012年他报名参加医院组织的赴玉树抗震救灾医疗队时，当时母亲在他家里帮忙照顾孩子，得知消息的那天晚上，母亲夜里起床好几次，担心的情绪让她无法安然入睡。不管是父亲还是母亲，他们对子女诚挚的爱都是深沉的。

值得高兴的是，父亲生日的这一天下午，陈维生他们接管的隔离病区传来好消息：有两位患者符合标准出院了！这是陈维生和队友们送给父亲最好的生日礼物！

在日复一日的忙碌中，不知不觉窦明鑫在武汉已经度过12天了。这天他的上班时间是16：00—20：00。刚交接班他就听到一个好消息：3床和44床的两位阿姨符合出院标准，予以出院。这个好消息让两位阿姨高兴得不行，连声向医疗队员们致谢，说医疗队是她们的福星，3床的阿姨高兴得都哭了。窦明鑫打心眼儿里为她们高兴，祝福她们！

送走两位阿姨，窦明鑫默默地收拾床单、消毒清洁、扫地、拖地、清理床头柜、铺床、紫外线消毒等。2床和5床的两位阿姨一直在用湖北方言闲聊："男孩子做护理工作一点都不比女孩子差，我觉得男孩子更细心。""他们穿着防护服还要做这些工作，好辛苦！真的要感谢他们，这小伙子应该和我家儿子差不多大，真是不容易！"

在一旁默默工作的窦明鑫虽然有好多话没听懂，但他知道阿姨们一直在赞扬医疗队。瞬间他感觉脸热热的，变得通红，幸好穿着防护服没有被两位阿姨看到他的害羞！

待一切都整理好之后，准备离开时，5床的阿姨用普通话对窦明鑫说："小伙子，你要做好防护啊！还有好多人等着你们去救治呢！别累坏了身体！"2床的阿姨说："你要少说话，减少病毒侵入！"窦明鑫内心一暖，感到自己力量倍增！

18：30，8床患者的红灯亮了起来，窦明鑫赶紧过去检查。

8床患者的病情相对重一些，到了床边，窦明鑫发现患者呼吸急促，血氧只有70多。窦明鑫即刻给他摇高床头，接回无创呼吸机。患者自己很紧张，9床的阿姨是他妻子，此刻阿姨也很紧张。窦明鑫在床边慢慢地开导他们，阿姨的心情逐渐放松下来。但8床患者的血氧还是上不来，窦明鑫便开始教他如何适应呼吸机：

"鼻子吸气，嘴巴呼气。"

"对！很好！频率慢一点。"

"对！很棒！"

"加油！你看血氧80多了，慢慢就会好一些。"

患者说感觉有些冷！窦明鑫帮他盖好被子，搓搓双手去温暖患者冰凉的双手。尽管戴着3层手套，窦明鑫仍能感觉到从患者手上传来的一股凉意。就这样，握着患者寒凉的双手，窦明鑫一直在床边陪伴他到19点左右。后来经过医生进行病情评估，以及和家属讨论后，20点，窦明鑫和队友们一起把患者转往ICU。对患者来说时间就是生命！21点左右，窦明鑫下班后回到酒店，再次给值班医生打电话，询问患者情况，得知他的生命体征平稳后，才安心地开始吃晚饭。

2月10日，医疗队来到武汉半个月了。就在这天隔离病区又有3位患者治愈出院了。共同相处的10多天里，医务人员与患者之间的关系不知不觉中已经从最初的陌生医患变成了好朋友，甚至更像亲人，彼此关心，互相鼓励。

5床与7床的患者是一对年过半百的夫妻，于1月29日入院。入院时两位患者已胸闷气喘多日，病情较重，发热、咳嗽、活动后喘息，胸部CT提示肺部感染性病变。1月30日起，通过中西医结合治疗，严格遵医嘱服用中药，并在医疗队悉心照护下，逐渐康复，符合出院标准，2月10日出院。两位患者为了感谢医疗队，专门录制了一段小视频来表达他们的谢意，对中医药的疗效更是赞不绝口。

“感谢广东来的专家团队，给了我们第二次生命。我们刚进来的时候都是奄奄一息的，感觉好像生存都没有希望了。进来以后，经过医务人员的精心照护和中西医结合治疗，我们的身体逐步康复了，也恢复了信心。广东来的医务人员精心为我们每个人分析病情，针对每个人的不同情况熬了中药，我们吃得很好，恢复得也很好。感谢你们冒着生命的危险来帮助我们，你们是我们心中永远的英雄！你们要多多保重，一定要平安回家！我们会永远记住你们，中医中药做得很好！”

阿姨越说越激动，一边抹着眼泪一边竖起大拇指，一次又一次地说着“感谢！感谢！”

医疗队队员们也被阿姨喜极而泣的情绪感染了，虽然戴着厚厚的防护眼镜，但也都看到彼此流下了感动的眼泪。

5

白衣天使“逆行”记

铿锵玫瑰

新巾帼，旧木兰；
别珠水，辞云山，
顶风冒雪驰武汉。
护性命，攻难关；
传仁心，送温暖，
不惧生死只为爱。

——广东省中医院副院长　张忠德

剃刀起，青丝落。在湖北抗疫前线，有一群帅气的短发女战士，她们是女儿，是妻子，是母亲，是“逆行者”，是这场战“疫”中的巾帼英雄。

这群女战士中，有在武汉疫情暴发伊始便多番主动请缨的，有此前得知自己不能和“男神”们一起出征而放声大哭的，有将牙牙学语的孩子托付给年迈父母毅然披甲上阵的，还有在女儿生日前夕奔赴一线，来不及亲口对她说一句“生日快乐”的……

面对凶残的疫魔，她们也曾害怕过、担心过、忧虑过，但她们却选择坚强面对。她们不仅要完成普通的医疗护理任务，同时也要照料患者的饮食起居。作为中医护理人，她们还希望通过中医特色护理疗法为患者减轻病痛。她们用勤劳的汗水换来患者的欢笑与康复，用柔弱的身躯扛起捍卫人民健康的使命，用巾帼奋斗者的时代担当，铸就了坚不可摧的生命防线！

她们穿起厚重的防护服，全力奋战在湖北的抗疫一线。虽然看不清她们的脸庞，但患者还是从她们的眼神里、关切的声音中感受到了满满的温情。

洪妙君来雷神山医院支援已经20多天了。医疗队住的酒店离雷神山医院有些远，每次坐上车，洪妙君都会给自己鼓劲：自己是一名充满力量、要奔赴战场的战士！

42床的裘爷爷是一位82岁高龄的患者，病情较重，生活不能自理，无论生活起居还是用药检查，都需要帮助。洪妙君担心裘爷爷会觉得自己“麻烦”而不好意思跟医疗队队员们提要求，便经常主动问他有什么需求，细心观察他需要什么，帮他倒水、喂饭、翻身等，尽她最大的努力帮裘爷爷，耐心地跟他解释治疗的需要，鼓励他早日战胜病魔。裘爷爷每次都会很客气地连声跟她说“谢谢，辛苦了！”虽然裘爷爷的声音有点颤巍巍的，却如同一股暖流温暖、激励着洪妙君。

患者们如果病情好转，也会首先向医疗队员们表示感谢。每当听到他们表扬和鼓舞的话语，洪妙君都会备感开心与幸福；每当接到患者的呼叫铃，去为他们解决问题，她都觉得很满足，感觉被需要是一件很幸福的事。对洪妙君来说，这就是守护生命的“使命感”和“医学信仰”吧！

3月5日是张晶来到武汉的第18天，这天交接班后，她来到32床老奶奶的床边进行护理。老奶奶因脑梗死留下后遗症，生活不能自理，刚入院时病情较重，经过医疗队的精心治疗和照护，病情不断好转，也开始主动要求进食了。在医疗队队员们的协助下，她还能自主进行侧身等简单动作，这些都让人非常高兴。

随着老奶奶精神状态的好转，她开始分享她的故事，张晶也尝试着学湖北方言和老奶奶沟通，你一言我一语，张晶感觉好像在与自己的奶奶拉家常。聊天中，张晶感受到老奶奶复杂的心情，对疾病的恐惧，对家人的思念，还有对医务人员的感谢。说到动情处，老奶奶更是双眼含泪。为了缓解气氛，张晶用广州话说：“奶奶，您识唔识听广东话啊？”看着老奶奶一脸疑惑的样子，她笑着解释：“这是我们的家乡话，刚刚是在问您会不会听广东话。”恍然大悟的奶奶乐呵呵地笑起来，看着老奶奶灿烂的笑脸，张晶感觉很欣慰！

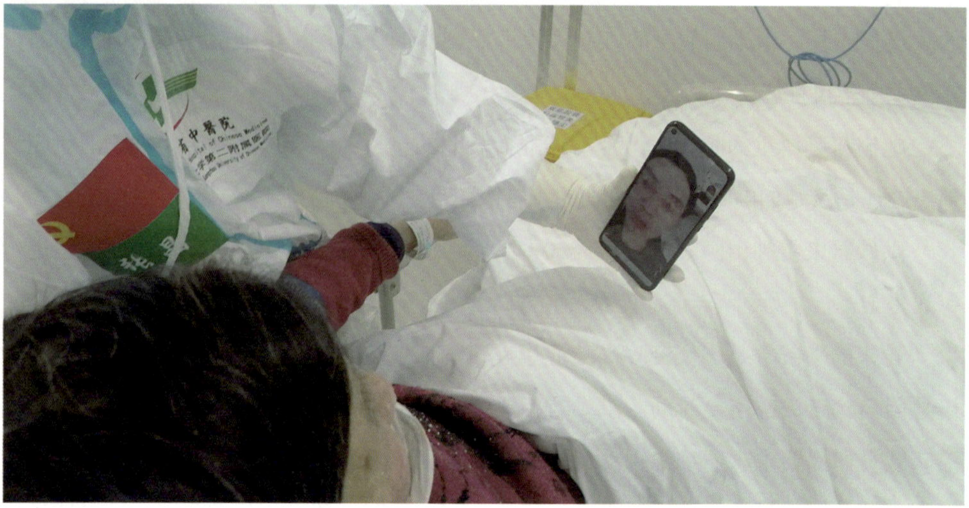

●张晶协助患者与家属视频通话

为了减少隔离病房内患者因为长期处于封闭空间而产生的焦虑情绪，医务人员会根据情况适当地安排“户外”活动——打开患者病房通道的房门，阳光照射进来，顿时房间变得敞亮温暖。当阳光洒在32床老奶奶的身上时，行动不便、长时间卧床的她开心地笑了起来。为了缓解老奶奶对亲人的思念，张晶用工作手机拨通了她儿子的电话，添加了奶奶儿子的微信，当微信视频接通后，看到家人的瞬间，老奶奶激动地流泪了：“我想你们！这些天多亏了广东来的医疗队，他们很厉害，也非常辛苦！每天都给我喂饭、擦身……把我照顾得很好，你们不用担心！”

肖英超是湖北人，工作10年，她始终谨记入职时吕玉波院长的叮嘱：“时刻牢记以患者为中心，把患者当亲人，多换位思考，体谅患者，把‘对’让给患者！”23床的患者文阿姨住院已一个多月，由于病情原因一直卧床，下床活动时间不长。文阿姨由于整个腰背部疼痛难忍，只要一躺下来就开始不舒服，肖英超就用中医的《十问歌》对她进行问诊，加上阿姨的舌苔情况，综合评估后，认为中医手法腰背部穴位按摩特别适合文阿姨的情况。向文阿姨简单解释操作方案后，文阿姨点点头，眼神里充满了期待。

文阿姨趴在床上，一边“享受”着肖英超给她按摩，一边说：“我老公、儿子都感染了，现在两人已经出院，在家里接受隔离，我也好想快点好起来出院回家，跟他们早日团聚！”语气中带着焦急的情绪。

“文阿姨，您放心，您一定会好起来的！您之前病情这么重，也都一天天好转起来，现在已能自己吃饭、下床，变化很大！每天给您配的中药，都是帮助您早日康复的！中医操作可以帮您解决不舒服的症状，让您身体恢复得更快！所以，您放宽心，有什么不舒服就跟我们说，我们一起努力，一定能尽快出院的！”肖英超安慰着文阿姨。看到她焦急的样子，听着她熟悉的湖北口音，肖英超想起了自己奶奶的模样，这让肖英超十分触动。

给文阿姨做完腰背部的按摩后，肖英超接着给她拍打督脉、膀胱经、肺经。肖英超对文阿姨说：“刚听您说还有咳嗽等症状，现在我为您循经络做拍打操，对缓解您的咳嗽症状很有帮助！”肖英超一下一下地循着经络穴位拍打，本就费力的操作在厚重的防护服下更是艰难，不一会儿她就已经汗流浃背，呼吸变得急促，开始气喘起来。文阿姨感觉到了肖英超的异常，急忙坐起身来说：“我感觉好多了。谢谢你，小姑娘，累坏你了！我感觉腰放松多了，很舒服！你快歇会儿！”

“没事，没事，我不累，您舒服我就开心了！您有空也可以多下床活动，练习一下养生操，有助于身体恢复！”说完肖英超把流行已久的“明星操”——八段锦教给了文阿姨。

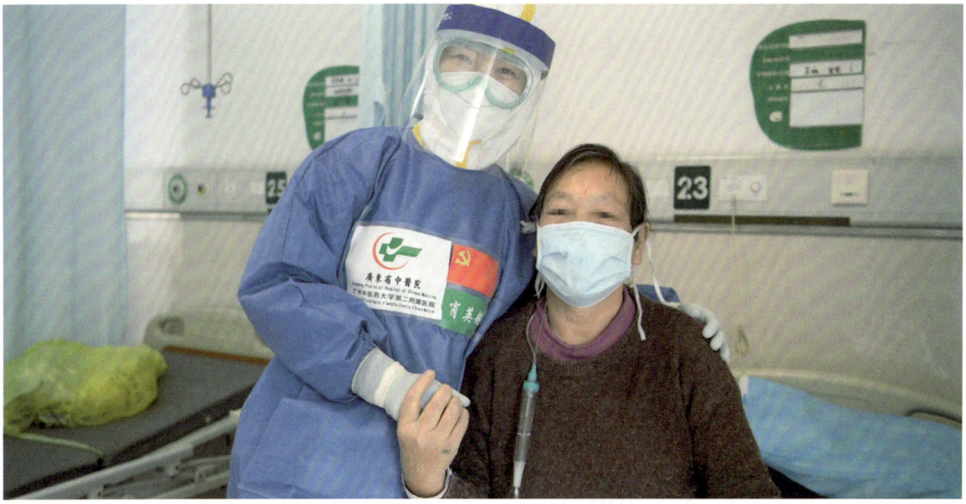

● 患者感谢医务人员的贴心护理，坚持要给她寄家里种的黄桃到广州

“我这次生病，多亏了你们广东医生！是你们救了我的命！等疫情过后，我一定要去广州看你们！带上我家里种的黄桃，看望亲人！”文阿姨边说边从抽屉里面拿出纸张，一定要让肖英超留下电话号码！

肖英超感受到文阿姨的热情与真诚，让她的内心十分温暖。淳朴可爱的文阿姨，用行动实践着“投之以木桃，报之以琼瑶”。正是因为医疗队队员们用心去对待每一位患者，才会收获患者的信任与感恩！

3月5日是赖中秋孩子的5岁生日。此刻身在雷神山医院前线支援的赖中秋没有办法陪孩子一起度过这重要的一天，她给孩子写了封信：

亲爱的麦宝：

时光飞逝，今天是你5岁的生日。在这个既是你生日，又是防疫关键期的双重“日子”里，妈妈有很多话对你说。

宝宝，你知道吗？这场突如其来的新冠肺炎疫情，就像一只大怪兽，张着大嘴巴，不断吞噬着人们的健康甚至生命。妈妈作为一名重症科的护士，职责就是保护生命，所以，妈妈与你分开，来到了武汉，加入了这场只能赢不能输的战争，像打怪兽一样去抗击病毒、去奋战，直至胜利。

宝宝，你知道吗？妈妈所在的国家援助湖北第四支中医医疗队广东团队，已经在雷神山医院隔离病区与病毒展开战斗10多天了。这里有你熟悉的二辉叔叔、阿龙哥哥，他们也是最美的“逆行者”，比妈妈更早更光荣地踏上了支援武汉的征程，他们都是妈妈的榜样！还有我们广东省中医院重症医学专家邹旭教授，他是我们的领队，大家在他的带领下，整个团队都在没日没夜地加班加点，研究疫情控制和治疗方案。和你分享个好消息：妈妈所在的雷神山医院C6病区，已经有22名患者出院了，其中11位患者是通过中医“组合拳”治疗的哦，有没有为妈妈和妈妈的战友们感到骄傲？和妈妈一起打怪兽的所有“大白”对患者精心照顾，大家把他们当作自己的亲人一样！

宝宝，你知道吗？虽然有时候妈妈的确觉得很累，密不透风的防护服一穿就是四五个小时，但是看到同行的叔叔阿姨他们都没有叫苦，没有退缩，所以，妈妈也不能落后。不然以后你肯定会嘲笑我，妈妈想成为你的榜样。

麦宝，我相信你长大后一定会理解妈妈今天所做的一切。一玉口中国，一瓦顶成家。都说国很大，其实一个家。我们的家生病了，我们这些家人就要共同来拯救她。妈妈想，一个人生活在世界上，如果对社会毫无价值，又有什么用？这份工作能给妈妈带来尊严感和价值感，所以，妈妈认为十分的值得。我也希望你将来能成为一个对社会有用、能给别人带来积极影响的人。

妈妈永远爱你，亲爱的宝宝，生日快乐！

爱你的妈妈

2020年3月5日

6

暖心“男团”，大爱满荆楚

无题

江城疫情聚勇士，巾帼儿郎皆不畏。
逆行不惧生与死，且看医者凌云志。
此去远征几多苦，初到鄂都多寂寥。
城中百姓多勇武，医患驱毒终将无。
别时江汉华灯闪，却是行人多笑语。
寒去春来归平安，樱花已开正凯旋。
奇妙中医望眼观，热咳无力皆不现。
采得百花成蜜炼，为谁辛苦为谁甜。

——广东省中医院介入中心　张明波

庚子冬春新年，新冠肺炎疫情突袭，在荆楚大地肆虐。武汉告急！湖北告急！广东省中医院援助湖北医疗队有这样一群人，他们最先冲锋，他们坚守最久，他们全力以赴，只为了让一个个患者早日痊愈，让湖北的春天早日到来。

疫情暴发之初，援助湖北医疗队集结倡议发出不到24小时，广东省中医院护理部就收到了300多名护士的积极响应。

“我是党员”“我还单身”“我有‘非典’战‘疫’时的经验”“我的孩子都有父母照顾”“我有多年的急诊科工作经验，作为男生能够耐受隔离病房的高强度工作，我是支援湖北的最佳人选”……广东省中医院男护士“杏林男护联盟”微信群在收到医院组建援鄂医疗队的通知时瞬间沸腾，男护们一一请命，各自历数自身优势，似乎每个人都有非上不可的理由，“国家有难，匹夫有责”“若有战，召必应，战必胜”是每一个杏林男护的心声。

源源不绝的主动请命，让人动容，考虑到男护士体魄强健、精力充沛，更能承受高强度、高压力的工作环境，1月27日广东省中医院派出包括16名男护士在内的医疗队，作为第二批国家援助湖北中医医疗队队员，前往新冠肺炎疫情防控的第一线。广东省中医院前后共派出9批医疗队88名医务人员驰援湖北。其中护士队伍里有男护士43名，占了将近80%，他们分别支援湖北省中西医结合医院、武汉雷神山医院、荆州市中心医院以及荆州监利县中医院等。

介入中心护士长张明波在疫情发生时便第一时间退掉了回家的车票，放弃了毕业8年来第一次给父亲过一个正式生日的机会；血液科护士长陈二辉留下刚刚怀孕、孕吐严重的妻子奔赴一线；芳村医院呼吸与危重症医学科胸外科护士谢志佳，在接到召集通知后将“提亲路”秒变“征战路”；芳村医院呼吸与危重症医学科胸外科护士窦明鑫悄悄退掉早已买好的机票瞒着家人驰援武汉；珠海医院重症医学科护士黎镇沪和同为护士的妻子同时报名援鄂后才告诉对方；大学城医院麻醉科护士廖祖城更改婚期，支援医院隔离病区……

暖心“男团”在荆楚之地，大显身手，尽显“武艺”，他们日夜坚守，为湖北人民带去广东医疗队的温暖，展示着广东省中医院男护士的担当。他们将广东省中医院“以患者为中心”的服务理念带到湖北，把湖北当成自己的家，将湖北患者当作自己的家人，悉心照料。危难之际，英雄本色尽显，这群逆风而行的好男儿在湖北用爱与温暖践行了杏林护理人的使命。

2月9日，于广东省中医院援助湖北医疗队是一个值得纪念的日子，从这天起病区内的所有患者开始接受中医特色护理疗法治疗了。

看着病区内的患者经过中西医结合治疗，病情一天天好转，特别是已经有多位患者治愈出院，医疗队感到十分高兴，这也给予了他们更多的动力。陈名桂查房时，30床的患者阿姨跟他说："经过这几天的中西医结合治疗，配合每天坚持练习八段锦，感觉效果很好，现在已经不需要呼吸机辅助呼吸了，单靠简单的吸氧就行了，但晚上入睡还有些困难。"

陈名桂一听，立马对阿姨说："阿姨，祝贺您病情慢慢好转。针对您刚才说的睡眠较差的情况，咱们今天试一下这个'宝贝'，我在您耳朵的穴位上贴好，您每天自己按压，看看能否改善您睡眠不好的情况。"

得益于中西医结合治疗的显著疗效，阿姨一听陈名桂说准备了"中医宝贝"，连忙答应："好！好！"陈名桂帮患者在耳朵上寻找穴位，敷贴之后进行穴位按压刺激。阿姨体验后惊喜地说："有热、麻、胀的感觉！好神奇！"

30床的阿姨激动地对陈名桂表达感谢说："你们从广州这么远来帮助我们，还带来那么多'中医宝贝'，真是太感谢你们了！"

3月2日窦明鑫查房时，32床的阿姨激动对他说："我可算看到你了，找你找了好几天了，我今天下午就要转去缓冲病房了，还以为看不到你了呢！"这位阿姨曾经因为背部不适，接受过他的火龙罐治疗，经过中西医结合治疗，病情逐渐好转。

窦明鑫开玩笑说道："您看我这不是来了吗？知道您要转出去了，我感受到了您的呼唤就来啦！""真心感谢你啊，知道我胃不好，还给我送来了苏打饼干。还有那天凌晨给我送面包的小伙子（徐少硕），我都不知道他叫啥，你看到他，一定要替我感谢他！"阿姨像是有说不完的感谢话。

继续巡查时，窦明鑫听到13床的阿姨发出阵阵干咳声，他建议阿姨也尝试一下火龙罐治疗，缓解咳嗽症状。征得患者阿姨同意后，经过20多分钟的治疗，阿姨说明显感觉嗓子已经没有刚才那种痒痒的感觉了，感叹这治疗真神奇。

在湖北省中西医结合医院隔离病区援助的男护们，和医疗队其他的队员们经过54个日夜的艰苦奋战，圆满完成了医疗救治任务，当他们接到医疗队返穗通知时，都纷纷请战转到医院援助的雷神山医院隔离病区继续作战，最后护理“男团”成员张明波、陈汉利、王军飞、陈名桂、何明坤被批准转战武汉雷神山医院。疫情当前，唯有舍小家方能成大家。最暖“逆行男团”用他们的实际行动展现了团结奋战、不惧风险、勇挑重担的杏林男护精神。

3月2日，在雷神山医院支援的胡佳俊查房时，12床的阿姨跟他说，最近几天因为咳嗽引起背部酸痛不适。胡佳俊想起在广东时，常会用到中药热奄包疗法，这或许也能帮助缓解阿姨目前的症状。胡佳俊征求阿姨的意见：“阿姨，针对您背部不适的情况，我们询问过医生的意见，有一项中医特色疗法能缓解您现在的症状，您愿意试试吗？”

“这几天吃中药疗效很不错，你给我试试吧，看中医特色疗法会不会也那么神奇。”得到阿姨肯定的答复，胡佳俊将加热好的热奄包送到病房。

“阿姨，这个小布包就叫热奄包，里面放了好几种中药材，配上粗盐，加热后外敷能起到行气止痛的作用。您告诉我哪里最不舒服，我帮您敷上。刚加热的热奄包温度有点高，隔着一件衣服敷才不会烫到！”

在阿姨告诉胡佳俊她疼痛不适的部位后，胡佳俊用手进行局部按压，再次确认疼痛部位，初步判断阿姨的痛点在靠近背部膀胱经走向的位置，胡佳俊又选取穴位相对丰富的位置为阿姨敷上药包。

“阿姨，中药热奄包已经敷好了！您感觉怎么样，会不会太烫？”

“挺舒服，暖暖的。要敷多久呢？”

“等热奄包变凉了，您告诉我，如果想再敷，我再加热它给您敷上。”

半小时后，胡佳俊再次回到床边询问阿姨的情况时，她高兴地说道：“这药包挺好啊！敷完觉得肌肉松了很多，没那么酸痛酸胀了，你们中医的法子真多啊！”。

隔壁13床的婆婆似乎也被圈粉了，她问道：“我的肚子胀胀的，有隐隐作痛的感觉，能不能也用中医方法试试看？”

胡佳俊检查后，发现婆婆的腹部膨隆，询问后得知她这两天排气情况减少，目前正在做氢氧机治疗，胡佳俊猜想婆婆的不适可能是由于腹部积气较多导致。他立马向婆婆的管床医生反馈，经同意后，胡佳俊为婆婆送上了暖暖的药包，并在她的腹部进行顺时针揉搓，告诉她这样的揉搓能有效地促进胃肠的蠕动，缓解她的不适症状。话音刚落，她就笑呵呵地伸出了大拇指！

晚饭结束后，阿姨和婆婆再次按铃呼唤胡佳俊，告诉他，她们已经喜欢上这种温经通络的热敷疗法，希望能再做一次中药热奄包治疗，晚上就能舒舒服服地睡个好觉。

3月18日，张明波来到雷神山医院C6隔离病区交接班时，上一班的队友告诉他："今天下午从方舱医院转过来一位女性患者，心情焦虑，来到病区后不停地按呼叫铃，但每次医务人员过去询问有什么需要帮助的，她也不说。晚上多留意一下。"

值班期间，这位患者情绪十分不安定，反复按呼叫铃，张明波的队友去询问后却没得到任何答复。患者再一次按呼叫铃后，张明波来到她身边。"您好！我叫张明波，是广东援助湖北中医医疗队的队员，是今晚的值班护士，也是护士长。有什么可以帮您吗？"

当张明波介绍自己后，患者眼神一亮："你是一名男护士长啊，我还是第一次听说。"从她的神情中张明波知道患者愿意交流了。聊天中，张明波渐渐明白了患者焦虑的缘由：她与爱人一起染病后，在定点医院进行救治，每天通过不同渠道看到疫情相关的新闻，特别是一些负面的新闻后，心生恐惧，担心自己会有同样的结局，更害怕留下严重后遗症，影响将来的工作与生活，因此辗转反侧，彻夜难眠。

张明波很能理解患者有这样的想法，慢慢开导她："在我们C6病区，通过中西医结合治疗，很多患者已经符合出院标准予以出院。我们医疗队中有5位医务人员经历过'非典'，有人还因抢救'非典'患者不幸染病，他们当时的症状比您现在严重多了，但他们都经过中西医结合救治挺过来了，而且现在身体非常好。您要对自己和医疗队有信心。明天我们带一些水果过来，给您补充维生素增强抵抗力。另外，听您说失眠，休息不好，这些可能和您的心情紧张有关系，我们安排给您做一些中医特色疗法，可以改善您的睡眠情况。"

张明波帮她在手机上下载了《友谊地久天长》和《牡丹之歌》两首歌，希望通过音乐舒缓她的焦虑情绪，患者开心地连说“谢谢”。之后，张明波再去看这位患者时，只见她已经戴着耳机安然入睡。第二天早上当医疗队员把带来的水果送给她后，她激动地哭了！那一刻，患者心里紧绷的弦终于放松了！

何明坤和张明波一样，在结束了湖北省中西医结合医院的救治任务后，又转到了雷神山医院继续奋战。3月29日，何明坤值班时突然听到病房里传来“滴滴滴”的报警声，他敏锐地辨别出这是无创呼吸机报警的声音，循着声音，他来到46床患者顾伯伯身边，原来顾伯伯自己把呼吸机面罩摘开了。顾伯伯眼睛失明且耳朵背，何明坤凑到他耳边问明原因。

“是你呀，昨天白天的那位护士，我记住你的声音了！”一句简单的话语让何明坤鼻子一酸。

何明坤努力让自己情绪平静下来：“您是哪里不舒服吗？”

“护士，我想喝水。”顾伯伯答道。

何明坤倒好水扶起顾伯伯，安慰道：“您的水来了，今天您表现不错哟！无创呼吸机是帮助您呼吸的，只有保持呼吸顺畅，才能更快恢复健康！您不用担心，我会一直守在您身边，有什么需要就和我说。”

“有你在，我安心。”没过多久，顾伯伯便安稳入睡。

当顾伯伯再次醒来的时候，天已亮了，由于使用了无创呼吸机，顾伯伯一直保持着平躺的姿势不敢动。何明坤鼓励他多放松：“您在床上要经常变换体位，可以用手捏捏小腿，这既能让您的关节灵活，又能预防长时间卧床引起的皮肤压损、静脉栓塞。”

“但是我看不见。”

“那我来当您的眼睛。”

何明坤拉着顾伯伯的手，松紧有度地按摩他的小腿，并告诉他手法、部位及注意事项。很快顾伯伯就掌握要点自己动手做了起来，心情似乎也开朗许多。

虽然眼睛看不到光，但护士的关心犹如一束光照进了患者的心里！

经历了这些，何明坤和张明波都更加深刻地体会到“有时去治愈，常常去帮助，总是去安慰”这句话的力量。

截至3月11日，广东省中医院援湖北护理团队已累计开展穴位贴敷551人次，耳穴压豆259人次，火龙罐33人次，刮痧25人次，开天门23人次，雷火灸5人次，平衡火罐3人次，八段锦、下肢功能锻炼、中医饮食调护、腹部/穴位按摩指导各602人次。“热退了，咳嗽减轻了，吃得下饭了，睡得好了”是患者最直接的感受。从痛苦的呻吟变成舒心的道谢，从不相信疗效到追着护士做治疗，中医护士用自己精深的专业和独特的技能，帮助患者脱离了痛苦，加快了患者的康复。从1月27日至3月31日，65个日夜，男护们充分发挥中医护理技术特色优势，向党和人民交出了一份满意的答卷，同时也保持了医疗队零感染的记录。

厚厚的防护服下，他们以一己之力托起生命之舟，逆行如火，青春如花。春天已如约而至，一切的美好都将接踵而至，在樱花绽放的季节，他们“苁蓉当归”！

7

寒冬不日将可逾越

生命重于泰山。疫情防控是一场“真刀真枪”的战斗，在与病毒的较量中，确保逆行而战的白衣天使不被感染显得尤为重要！

“病毒无孔不入，穿上防护服之后，脖子就不要转动了。”

“七步洗手法，一步都不能马虎！”

“外层手套必须要全覆盖防护服袖口！”

“脱个人防护装备时，每一步都要消毒！”

“脱防水靴套后，一定要站到垫单上。”

…………

在国家援助湖北第二支中医医疗队广东团队的队伍中，有位声色俱厉的队员，他头发略微花白，目光却炯炯有神。他就是这支队伍的院感专家，广东省中医院医务处副处长、院感管理办公室主任，也是年纪最长的队员——田碧文。他此行的任务就是确保医疗队的医务人员免受新冠病毒的感染，待疫情结束，将队员们平安地送回到他们的亲人身边。

检查是他每天的重要职责。医疗队的每一位队员在进入隔离病区之前，其防护服及防护用品穿戴是否符合规范，都必须由田碧文亲自检查。

改善医疗环境是他为医务人员提供的重要保障，这可以使他们能更加安心地救治患者。田碧文指导大家重新规划了新病区的医务人员通道，规整了穿脱防护服的流程，他还要求把手动出水式的水龙头换成自动感应式的。田碧文对细节要求的苛刻让湖北省中西医结合医院的医务人员很难忘。经过两天的院感培训，医疗队陆续进入病区开展救治工作。

有患者的地方，就有感染的风险。如果说医务人员是这场战斗中冲锋在前的“矛”，那么，科学的院感防控就是保护他们免受感染的“盾”。

这个世界没有坚强不催的盾，也没有无所不能的守护神。田碧文拼命地把每个细节做到极致，为的就是让“盾”再坚实一点，再完整一些，让队员感染的可能性无限趋近于零，确保他们可以昂扬而来，逆行而战，凯旋而归！

在这场战“疫”中，除了医生和护士，还有医学检验人员这样一群人在默默无闻地战斗，他们的工作烦琐且精细。尤其是在定点救治医院，他们承担着新冠肺炎患者各种高致病性标本的检验任务，有着被气溶胶传播而感染的风险。然而，鲜少有人了解这种高危工作的内容和意义。

医学检验中很多数据对临床医生的诊断、治疗、预后评估都有重要意义。尽管这些免疫数据不能代替病原体诊断，但可以为新冠肺炎的诊断提供一定的辅助与补充信息。对患者免疫状态进行动态监测，有助于医生对患者预后的评估，一旦患者有往危重病方向进展的可能性，医生可以尽早进行干预。因此，免疫功能的检测对新冠病毒肺炎患者的诊断、预后、危重预警发挥了重大作用。

对于来自广东省中医院的检验人员来说，他们还背负着另一个重要任务——用数据来证明中西医结合治疗的有效性。只有用更多的数据来说明中医参与治疗后的疗效，才能更加证明中西医结合的必要性。此外，有些患者临床症状还没显现，但免疫功能数据提示有转危重症的趋势，可以尽早对其实施“一人一方”的个体化中医治疗，阻断重症患者向危重症发展，提升临床救治的效果。在湖北省中西医结合医院负责检验科免疫室的工作的蔡壬辛和李国华热切地期待着自己的工作能为医疗队、受援医院带去更多的帮助和希望。

李国华是个非常热心的人，平时见到医疗队队员们他总是笑着打招呼，并上前询问：“有什么需要我们解决的吗？”当得知临床医护对核酸检测存在一些检验方面的疑问时，他和队友蔡壬辛利用下班后的空闲时间给大家进行了一次特别的培训。于是，在酒店的走廊中间，一群战士在认真地学习如何对病毒核酸进行检测，并提出了各种疑问：

“核酸出现假阴性，可能存在哪些原因呢？”

“怎样提高病毒核酸的检出率呢？”

“取完样后应该怎样保存标本呢？”

…………

两位检验专业的队员对每一个问题进行了耐心的解答，直到所有人都满足地点了点头。

李国华不仅在人力安排上给予湖北省中西医结合医院有力的支持，还带去了平时自己在医院学到的精益管理和5S管理法，优化了当地医院检验科生物安全柜的操作规范：他把加样枪按照使用顺序从左到右放置；又根据使用频率，将操作物品进行分区摆放，常用的实验物品摆前面，少用的放后面。李国华从标本操作的第一步到最后一步，逐个细节进行改进，使生物安全柜里的操作更加顺畅、规范，更有利于气流循环，有效提高了操作的安全性，提升了工作效率。

2月13日，陈海振和一同值班的队友进入隔离病区后，按例查房。当他走进30床患者的房间时，发现患者正在认真地做立式八段锦，由于太投入，陈海振进入病房的时候患者们都没有发现。

陈海振与一位患者交谈得知，自前段时间（当时患者还在使用无创呼吸机）陈海振教患者练习了八段锦后，她慢慢喜欢上了这套中医养生操。之后，每天坚持练习，结合中西医治疗，5天后，成功脱机了，现在只须用普通吸氧辅助即可。患者还说："现在每天练习2到3次八段锦后，会感觉身体暖暖的，一身轻松，也有力气，感觉都可以出院了。"

苏达盛交接班后开始查房。一进入32床患者老奶奶的病房，她就笑着对苏达盛说："小医生，你来了，我想跟你讲个事。"

"奶奶，你想讲什么事啊？"苏达盛笑着问。"小医生，昨天下午那个小陈给我做的中医治疗，你可不可以帮我再做一次啊？"老奶奶问道。

隔壁的老爷爷听了马上就说："你别没事找事了，小医生早上忙得很啊！"

"他简直是个苕（傻瓜）！小医生，你别理他。"老奶奶有点不满地说。

"你才是个苕！小医生，你别跟她闹，她脑袋瓜不晓得装了些什么，每天不闹不开心！"老爷爷继续说道。

…………

老爷爷和老奶奶开始你一言我一语地斗起嘴来！看着两人争吵得谁也不肯让一步，苏达盛赶紧中间调和。一问缘由，才知道，原来这几天医疗队给他们开展的中医特色疗法，如穴位按摩、耳穴压豆、穴位贴敷等，老奶奶和老爷爷都觉得效果很好，胃口变好，睡眠质量也好转了，还说现在连吵架都有力气了！言语中能够感觉到他们对于中医药的认可。

老奶奶说今年是他们结婚50周年，金婚。两个人半辈子都在吵吵闹闹中度过，但是感情越吵越深。虽然现在两人都感染了新冠肺炎，但一点都不怕，因为有彼此互相扶持、鼓励。他们相信党和政府，相信中医，相信所有奋战在一线的医务人员。

"有你们在，才有我们的今天，真是感谢你们！"

2月17日，在湖北省中西医结合医院隔离病区，5位重症新冠肺炎患者治愈集体出院。他们对广东中医医疗队表示由衷的感谢！

2月22日，陈汉利巡房时，91岁的患者孟奶奶向他"吐槽"："我90多岁的人了，胃不好，晚上习惯吃面条，几十年养成的习惯！可现在，想吃上一碗面实在太难了！"原来，孟奶奶之前一直习惯晚餐吃面条，到医院后，因为晚餐不做面条，饮食上不习惯，加上年纪大，适应能力也不行，心情就不太好了。

作为孟奶奶的管床护士，陈汉利听到她诉苦后，于心不忍，就请病区护士郭梦锟帮忙想想办法，满足一下孟奶奶的愿望。

当他把此事和郭梦锟说了之后，两人一拍即合。于是，郭梦锟赶紧和医院后勤部沟通，饭堂经理二话不说，爽快地答复："可以！早中晚都可以！"

晚上，孟奶奶想吃的面条送到了病区，食堂的师傅还特意加了两个火腿肠。当陈汉利端着面条出现在孟奶奶的面前时，她惊喜地说："真没想到今晚能吃上面条！"这碗热腾腾的面条，递进了孟奶奶住着的隔离病房的灭菌传递箱。孟奶奶双手合十，连声道谢，眼神里充满着感激！平时吃饭还要护士劝的孟奶奶，这次把这一碗面条吃得干干净净。

2月23日，孟奶奶的入院症状消除，两次核酸检测结果为阴性，2月24日下午符合出院标准予以出院。"那位小伙子今天没上班吗？想谢谢他！"孟奶奶始终感念小伙子陈汉利"一碗面的恩情"。

2月23日是张剑锋来武汉的第11天，上午7：15他便到达了方舱医院，严格按照操作规范穿戴好防护用品，8点进入舱内。

方舱医院内患者基本上都已起床，有的在排队领早餐，有的在等待医生查房。令人高兴的是，这天张剑锋他们负责的C舱有10位患者符合出院标准出舱，其中有他主管的一名患者。当他把出院小结交给这位住了10多天的陈阿姨时，张剑锋看到她的手在颤抖着。

"阿姨，恭喜您可以出院了。回去要居家隔离14天，保证充足的休息和营养。"张剑锋叮嘱她。

"真谢谢你们，谢谢政府！"陈阿姨激动地说。

张剑锋想起之前出院的一名帅小伙儿，他在方舱内住了近半个月，每天服一剂清热解毒利湿的中药，亲身体会到了中西医结合治疗的效果，特别是服用中药后身体的变化，让他已然成为一名"中医粉"。临出院时，这位患者还专门找到张剑锋问："张医生，谢谢你！我要出院了，以后能继续吃中药调理吗？"得到张剑锋肯定的回答后，小伙子笑了！

2月28日，雷神山医院C6病区，陈亚辉陪病区主任邹旭一起查房。邹旭在陈亚辉的

部分队员在武汉雷神山医院C6病区走廊合影

隔离服上帮他写下名字，还写了“中医加油”四个字。

他们先去探望了33床的老爷爷。一开始老爷爷还没认出他们，陈亚辉向他介绍：“老爷爷，您好！这是前天来查房的邹旭主任。您今天感觉怎么样呀？有没有吃药？”老爷爷眼睛马上亮了起来，连忙双手合十不停地说：“谢谢你们，我喝了中药，确实舒服很多，胃口也好了，有力气了。”

26日他们查房时，老爷爷因为年纪大，精神较差，情绪低落，不思饮食。他自诉因为状态很差，实在没有力气服用中药。于是，邹旭马上帮患者把中药颗粒剂用温开水冲好，一边亲自喂他服下，一边还不停地嘱咐患者要多吃饭，坚持吃药，病才能好起来。患者喝的速度较慢，邹旭就一直站在床边弓着腰、举着杯子。这在平常也许只是个简单的动作，但在隔离病区中，厚重的防护服下，以及想到邹主任来武汉后一直处于高强度的工作状态，这让陈亚辉非常感动。患者服完药，邹旭协助他躺下后，再耐心地为他把脉诊治，开出新的处方。

这天，老爷爷的气色比之前好了，精神状态有所恢复，咳嗽也没那么严重了，而且他相信中医了！陈亚辉内心很欣喜。其实，患者的好转对于医生来说就是最大的成就感，而患者对中医的信任更是中医人最强的工作动力！

在雷神山医院C6病区，广东省中医院医疗队队员们制作的中药香囊广受患者们欢迎。邬志雄在一次护理治疗过程中，听见27床的患者许奶奶说："我总是闻到有一股怪怪的味道！"许奶奶是2月20日收治的第一批患者，由于感染新冠肺炎，加上身处隔离病区，远离了家人的陪伴，许奶奶的心情明显很低落。医病医心！经过医疗队几个队员的讨论，最后决定用中药香囊的方法，为许奶奶提供舒缓治疗。

中药香囊源于传统医学"芳香疗法"，通过口鼻、皮肤、经络吸收，不仅有避邪除秽、调摄养生的功效，还可清香安神。在医生的指导下，中药香囊就这样做好了！当医疗队队员们把中药香囊送到许奶奶手上时，她开心地笑了！小小的香囊，包裹着的是对患者满满的爱！

为了减少患者因封闭式住院产生的焦虑与恐惧，医疗队队员们在日常治疗护理工作之余，一直在绞尽脑汁地思考如何在保证安全的情况下尽可能地给患者们提供活动的时间和空间。这天趁着工作的空隙时间，张海怡和搭班的护理组组长邱寅龙商量后决定，在患者午休后的空档时间，指导行动较为便利的患者做立式八段锦养生操。

一套立式八段锦做下来，患者们反馈甚好，"这一套做完后，感觉全身的筋骨都活动起来了，后背都开始冒汗！""这个操很好啊，现在整个人都精神起来了。谢谢你们，你们辛苦了！"患者们感激地说道。

在一招一式、一松一紧的八段锦动作中，30分钟很快就过去。与半小时前相比，这一剂八段锦"强心针"让患者们褪去了疲倦，那一刻，在他们的眼中，张海怡看到了逾越寒冬的希望和信心！

吴泰福在同事的眼里是一个行事低调的大男孩。抗击新冠肺炎疫情的战斗打响以后，他作为援助湖北第六批医疗队队员驰援湖北，这一消息他仅仅告诉了科室护士长，没敢告诉远在湛江乡下的父母。

身处隔离病区特殊的环境下，护士除了要承担患者医疗护理工作外，对于重症患者，还要负责患者的生活起居等工作，花费的精力和时间比一般的医疗护理要多好几倍，其中的苦和累，这个大男孩从来没有说过。为了帮助患者早日康复，吴泰福还主动教患者练习八段锦，把广东省中医院的中医特色护理融入了雷神山医院的病房。

吴泰福从前线发回来的信息很少，广州的同事们由于担心和挂念都急了：这个泰福，你就不能多说一点话吗？但大家从他的只言片语中也深深地感受到，经过战“疫”的洗礼，这个安静的大男孩已经成长和蜕变为一名勇敢的战士。

雷神山医院C6病区收治的新冠肺炎患者大多合并有基础疾病，如高血压、糖尿病等。38床的患者潘爷爷就患有糖尿病，每天都要监测餐前餐后的血糖。

3月23日李观康查房时，看到潘爷爷把晚饭吃得干干净净，还乐呵呵地对他说：“小李啊，你们广东省中医院医生开的中药真是神，让我胃口大开，每天都吃得饱饱的，万一我的血糖升高了怎么办呀？”李观康看着潘爷爷既嘴馋又发愁的样子，安慰他说道：“潘爷爷，我们为您制定了糖尿病食谱，定时定量进食的情况下，对您的血糖值不会有太大影响，我们也会严密监测您的血糖情况，您不用担心，血糖的问题就交给我们！”

当天20：30左右，李观康为潘爷爷测量餐后两小时的血糖值，结果是12.6 mmol/L。“这么高？”他和潘爷爷都大吃一惊，再三追问下，原来潘爷爷晚饭后嘴馋，吃了一个橘子。汇报给值班医生后，医生建议暂时予以观察。李观康认真地向潘爷爷强调了按照糖尿病食谱定时定量进餐的重要性。潘爷爷调皮地笑着对他说：“遵命！接受教育，以后再不犯原则性错误。”看着潘爷爷的可爱模样，李观康也被逗笑了。

根据多年的ICU临床经验，李观康对潘爷爷的血糖还是不放心，一小时后，他带着血糖仪又出现在病房里。潘爷爷看到他，疑惑地问道：“小李，怎么这么快又测血糖？”李观康解释了密切监测血糖的必要性，很快测量结果出来：7.8 mmol/L。潘爷爷安心地说：“我可以把胰岛素笔放好了，本来我还准备注射自带的胰岛素呢。你们广东省中医院的医务人员真负责任！”李观康说：“潘爷爷您放心，在这里一切都交给我们，您安心养病就行了！”潘爷爷立即竖起了大拇指：“得了新冠肺炎是我的不幸，但能得到你们的细心治疗和护理却是我的幸运啊！”

只祈彼此身长健，同处何曾有别离！携手努力，医患齐心，寒冬不日将可逾越，我们一定会赢得这场战“疫”！

8

春暖花开时，抗疫胜利日

战“疫”赋·春雪

杏林战士赴江城，瘟云笼罩二月春。
昨夜江风萧瑟瑟，今朝春雪两茫茫。
自古瑞雪兆丰年，千年中医赛飞仙。
良汤妙药春风过，云开雾散笑开颜。

——广东省中医院大德路总院重症医学科　邱寅龙

2月11日，广东省中医院珠海医院呼吸科医生谭勇文、重症医学科护士黎镇沪、重症医学科护士苏文平作为广东省中医院援助湖北第四批医疗队队员启程奔赴湖北荆州。“打赢这场战‘疫’之日，就是我们归来之时。”这是三位“逆行者”临行前的铮铮誓言。

谭勇文是广东省中医院珠海医院呼吸科的主治医生。当获知珠海将组建医疗队援助武汉的信息后，他主动请缨：“我去吧，我已经和杨院长申请了。”他的语气十分平和，“广东省中医院张忠德副院长是我的老师，他和我们呼吸科的黄东晖主任都是抗击‘非典’的英雄。这次疫情发生后，他们在武汉一线冲锋在前，我作为学生和下属，自然不能落后，报名前去支援，责无旁贷。”

黎镇沪的故事却有点“麦琪的礼物”的味道。黎镇沪给妻子杨艾华打了好几通电话，妻子终于接通了：“老婆，我报名去湖北支援，被选上了！”

其实，这次支援湖北的报名信息一发出，这对夫妻都同时报名了。“报了名之后才告诉对方，然后，她对我说：‘原来你也报啦？’”黎镇沪说，“因为我们一个是重症医学科的，一个是呼吸科的，都是最相关的专业，我们也都知道彼此有着那份对护理工作的积极和热情。”

来自广东省中医院珠海医院的张兴展在荆州市中心医院支援已经有一段时间了，每天进入病区，他都要全副武装，穿上白色防护服。张兴展一米八几的大高个，穿上防护服显得愈加魁梧，像足了电影《超能陆战队》里的“大白”。平时队友遇到困难，他都会主动帮忙，渐渐地，队友都习惯喊他“大白”了。张兴展把这个名字写到了自己的防护服上，他希望能像《超能陆战队》里的“大白”一样做一个守护型暖男，守护身边的患者、家人、朋友。

从公安县转过来的李阿姨，经过治疗后病情明显好转了，但情绪还是很低落。张兴展告诉阿姨，他是广东医疗队队员，问她有什么担心、需要什么帮助。原来李阿姨自己因为病重转来了，但儿子还在当地医院住院，家里还有个12岁的孙子，担心没人照顾。张兴展鼓励阿姨说：“阿姨别担心，我帮您问一下。您自己也一定要有信心，您现在的病情已经有所好转了!”

李阿姨之前服用过协定方，为了让阿姨能更快好转，张兴展想为她开具个性化的中药处方。查房时，他仔细地为李阿姨进行查体、把脉、问诊。查完房后，张兴展联系了广东省中医院珠海医院呼吸科的黄东晖主任。

黄东晖带队驰援武汉已经一个多月了。在湖北省中西医结合医院，黄东晖带领医疗队不断优化诊疗方案，坚持中西医结合，充分发挥中医药特色优势，为患者制定了最佳的诊疗方案。张兴展同黄东晖详述了患者的症状、舌脉象，在黄东晖的指导下给阿姨调整了中药处方。

让阿姨服了药后，张兴展还有一件事情要做，就是联系她儿子。他先从入院资料里找到了李阿姨儿子的电话，拨打过去，把李阿姨的担心告诉对方。阿姨的儿子恢复得不错，电话里声音听起来也很精神：“我很好，病情很稳定，家里的孩子也有人照顾，请让我妈不要担心，好好养病！”张兴展把这些信息告诉了李阿姨，她紧紧地抓住张兴展的手：“谢谢张医生！这样我就放心了，我一定好好配合治疗，争取早点好起来，感谢你们广东医疗队！”

张兴展跟医疗队还一起干了一件“大事”。早上交班时他得知，一位上了ECMO和呼吸机的患者病情不稳定。为了评估病情，指导下一步治疗，需要去做CT，但是患者转运风险高，使用的设备很多，也需要很多人手参加转运。

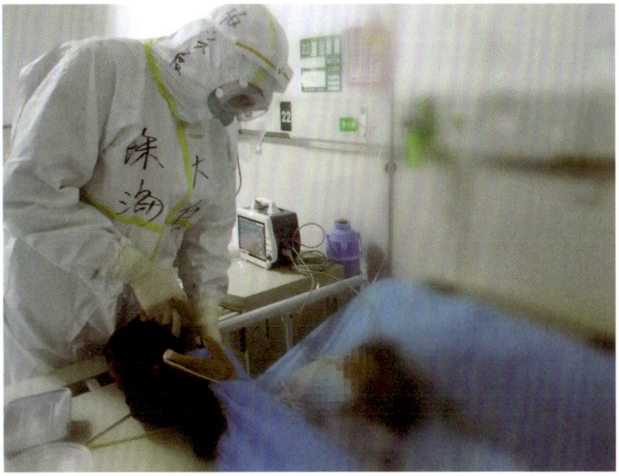

● 珠海“大白”张兴展

张兴展今天原本是不需要进病房的，但是听到这个消息后，还是二话不说穿上防护服走进病房。

转运前先要进行大量的准备工作，他们给患者上了一台目前最先进的转运呼吸机，调整了药物，每隔10分钟就要调整观察一下，还对ECMO设备进行了调试。除此之外，还要确保转运途中的道路通畅、目的地CT室能随到随做……每一个步骤都有条不紊地捋清。11点左右，准备工作完成。虽然天空下着小雨，但为了尽快完成检查，他们给患者盖上了防水床单，一行人浩浩荡荡地开始转运。

张兴展最壮，他的任务就是抱着呼吸机的氧气筒。氧气筒重达几十斤，刚开始还没觉得重，但在行进过程中，张兴展还是感觉到了它的“威力”，胳膊开始颤抖。“大白，还好吗？需不需要帮忙？”有队友担心地问道。他摇摇头，咬牙顶住！张兴展觉得自己成功当了一次大白那样的守护型暖男。

时间转眼来到3月，在荆州市中心医院支援的黄春华查房时，12床患者杨叔叔用当地话对他说：“我要喝汤！我想喝汤！”黄春华和队友们对看了一眼，笑了。

杨叔叔是COPD（慢性阻塞性肺疾病）合并新冠肺炎入住重症一区的患者，病痛的折磨加上与亲人分离，使他极度缺乏安全感，情绪十分低落。护士们喂他吃饭时，无论多么耐心，都经常会被拒绝。

最近几天，杨叔叔的病情趋于稳定，心情也好了许多。难得这天杨叔叔主动想喝汤，黄春华和队友们赶紧从驻地食堂为他打包了一份“爱心汤”。杨叔叔很开心，一口气喝完了汤，说：“好久好久没喝过这么好喝的汤了。谢谢你们，我的家人不在，你们就像我的家人一样！”黄春华一阵鼻酸，疫情带来的伤痛，没有击垮我们，而是让大家更加团结一心，他拍了拍杨叔叔的肩膀：“您要坚强！配合我们的治疗，胜利就在眼前！”

10床的患者刘阿姨是重症一区最后的3个患者之一。黄春华推着轮椅送她出病区去检查时，刘阿姨指着天空对他说：“我都一个多月没见过蓝天了，这个世界多美好啊！等我好了，我一定要和老伴一起天天看日出！”

她说着这些话，泪水就在眼眶里打转。黄春华鼻子一酸，红了眼圈。他放慢脚步，想让刘阿姨多看一会儿这久违的蓝天白云。“以前，满脑子想着赚钱，嫌我老公穷，没房没车，经常为了鸡毛蒜皮的事情大吵大闹。经过这次疫情我明白了，我太忽视他的感受了，生活不应该是这样的。”她擦掉眼角的泪水，凝望着天空。

刘阿姨刚入院时，什么生活用品都没来得及带，医疗队队员们知道后，马上帮她备齐了一套生活用品，细心的护士姑娘还给刘阿姨准备了保暖衣。“有你们的悉心照顾，不仅让我康复，更让我明白了什么是爱，什么是付出！等出院后，我要包饺子给你们吃！”刘阿姨动情地说道，她眼中充满了感激，充满了希望，就像远处天边那一抹朝阳。

在荆州奋战了无数个日夜，医疗队队员们跟患者也结下了深厚的友谊。这天沈孝伟一进入隔离病区就接到通知：有重症患者要转入，需要马上准备好床位和监护设备。患者是一位阿叔，气促得厉害，心率很快，稍微活动下就喘得更严重。沈孝伟按照医生开的紧急医嘱，细心地为阿叔进行护理。下班回到驻地后，沈孝伟心里还一直在想着这位阿叔：“不知道阿叔的情况有没有好转一些？”

第二天一上班，沈孝伟就去看这位患者。躺在床上的阿叔已经没有昨天那么喘了，但呼吸还是有些急促。阿叔主动跟他聊天：“我老伴也被感染了，好在已经好转出院了，她在等着我好起来呢！”沈孝伟安慰阿叔：“阿叔，您好好地配合我们的治疗，也会很快康复出院的。”

沈孝伟发现阿叔一直盯着他衣服上的胸牌，阿叔问他：“你们是广东来的吗？”

他说：“是啊，阿叔，我们来自珠海，等您好了以后，欢迎您到广东走一走！”阿叔一听，特别激动地说：“我在深圳生活了23年，难怪看到你们，就觉得特别亲切。我今天好了很多，你们真的‘猴赛雷’（好厉害）！”

沈孝伟跟阿叔说：“阿叔，深圳和珠海很近，到时候您病好了，就到深圳、珠海来。我给您留个电话，到时候您跟我联系啊！”

阿叔喜笑颜开，说道：“好啊，好啊！你们辛苦了，千里迢迢来支援我们！我要赶紧好起来，让你们能早点回家！”听到这句话，这个寒冷的夜晚，沈孝伟的心里却非常温暖。

3月1日，广东省中医院第四批医疗队支援的荆州市监利县中医院重症监护室的患者清空了，医疗队随即进入了休整状态。待该院普通病房的新冠肺炎患者转移完毕，他们就要转战荆州市监利县人民医院了。

谭勇文回顾在监利县中医院的23天里，经历了无法逆转病情的忧伤和无奈，也见证了无数努力和汗水带来的赫赫战功。这段时间里，监利县中医院的重症患者一部分转运到了更高级别的医院进一步集中救治，一部分在医疗队的救治下逐渐好转。当清空重症监护室时，最后走的几个患者依依不舍，动情地说：“这段时间里，你们就像亲人一样陪伴在我们身边。如今要离开了，真舍不得啊！”

谭勇文主管的一位患者知道他们即将启程去监利县人民医院时，面露期待地说：“我也是要转去监利县人民医院的，我就在那里等着你们广东团队到来，期待你们重新做我的主治医生和护士！”说起这位患者，他应该是监利县中医院重症监护室开科以来住院时间最长的患者了，只有36岁。“一直以来哪怕感冒发烧，我都不打针，吃点药就好了，从不进医院。可这一次……”说着他哽咽了。这位患者曾经一度病情加重甚至昏迷，在紧急的处理和救治下，病情慢慢趋于稳定并好转，甚至可以逐渐减少呼吸支持。如今，他已经可以下地活动并且生活基本自理。当谭勇文重新调阅他的影像资料时，不禁感慨，当时他的肺部炎症这么严重，救治过程的艰辛可想而知！随着珠海团队的到来，他的治疗方案里除了西医方面的调整，还多了专门为他调配的中药。医疗队的护士还针对他的焦虑、失眠做了耳穴压豆治疗，患者自己也深刻感受到中西医结合治疗效果的神奇。

“但愿还能见到你们，你们也是我的亲人。”转到监利县人民医院后，有天夜里这位患者发微信给谭勇文。他一直惦记着医疗队队员们，这是经历生死后对于他们的信任，也是一种难以言表的依赖。

苏文平记得跟这名患者第一次见面时，他情绪低落，沉默寡言。苏文平经常与他聊天，但很少得到回应。也许是被苏文平一次又一次的真诚打动了，有一天他竟主动问起苏文平是哪里来的。得知苏文平来自珠海，他第一句话便说：“我在珠海打过工，你来自珠海，你要救我！”苏文平安慰他：“我们就是为了救你们、帮你们而来的！”

后来苏文平了解到，这名患者16岁时背井离乡来到珠海打工，一直在外漂泊，在珠海工作多年，付出了自己的青春和汗水。

“我一定会努力加油的，会对得起你们的辛劳付出！我到过广东很多地方，特别是珠海，终生难忘，那是青春和初恋的地方！现在，我也会永远记得你们！”他转走时恋恋不舍地说。队员们一直鼓励他要坚强，医疗队的激励让他焦虑不安的心一次又一次平复。年轻的他，是有故事的人。相信这次经历无论是对年轻的他、湖北人民，还是来湖北支援的医务人员，甚至所有经历这次疫情的全国人民，都将是终生难忘的。

3月5日，广东省中医院珠海医院收到了一封监利县人民政府寄来的感谢信：

广东医疗队到达监利后，贵院医生谭勇文冲锋抗疫一线，护士黎镇沪和苏文平充分发挥护理专业优势，同各地援监利医疗队一起，毫不畏惧，逆风而行。他们帮助我县定点救治新冠肺炎患者的监利县中医院，用最短的时间筹备了重症监护病房；他们超负荷坚守岗位，迎难而上，冲锋在前，始终坚守在最累最危险的岗位上，时刻保持战斗状态；他们医术高超、仁心仁术，毫无保留地对我县医务人员开展“传帮带”，是当之无愧的战“疫”天使。监利县委、县政府和全县160万人民向你们致以最崇高的敬意和最衷心的感谢！

慷慨赴荆楚，白衣作战袍；疫去花开时，愿君皆安好。疫情过去之后，监利人民真诚地期盼援监医疗队再次归来。

江南无所有，聊赠一枝春。届时，监利所有旅游景区将为他们及他们的家人终身免费开放。

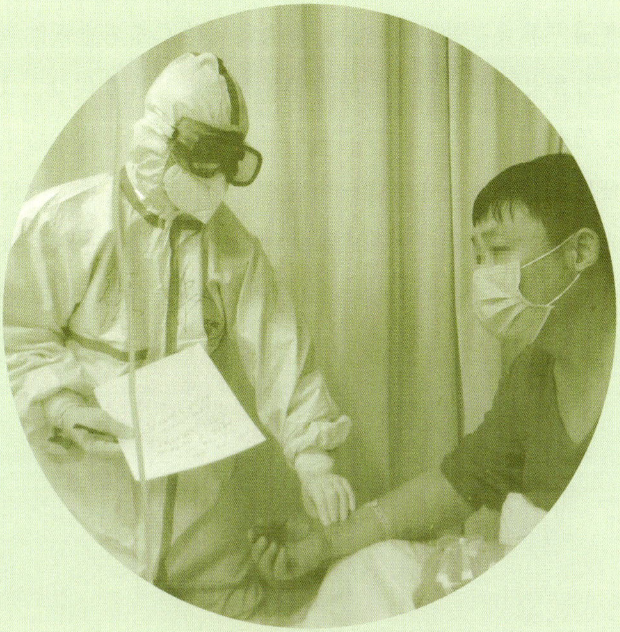

第六章 中医战『疫』，防治并重

经历了17年前“非典”的巨大考验，浴火腾飞的广东省中医院派出身经百战的精锐队伍，寒风逆行奔赴湖北，用中医的力量拯救生命。医者仁心，岐黄有道。2003年广东中西医结合治疗“非典”，取得“病死率全球最低、抢救成功率全球最高”的战果，疗效得到世界卫生组织认可。这一场战“疫”，广东省中医院医疗队前往疫情一线支援，在湖北省中西医结合医院、武汉雷神山医院、武汉市汉口医院、荆州市中心医院等战场发挥中医实力，用看得见的疗效说话，证明了中医不可取代的力量！

1

中医“组合拳”打出傲人战绩

2020年伊始，江城萧瑟，疫情蔓延。1月27日，广东省中医院援助湖北第二批医疗队冒着凛冽寒风奔赴武汉一线支援，当时他们即将接管的湖北省中西医结合医院隔离病区中医药参与率还不到40%；而当他们离开时，中医药参与率已经达到了100%，还有不少患者通过纯中医治疗痊愈出院。

3月11日，湖北省中西医结合医院隔离病区关闭，所有患者出院或转到定点医院。从1月29日至3月11日，援助该院的广东中医医疗队接管床位70张，累计收治新冠肺炎患者130例，其中危重型16例，重型72例，累计出院患者94例，转ICU4例，转缓冲病房13例，转定点医院12例；中医药治疗覆盖率100%，症状改善（包括发热、乏力、咳嗽、气促、纳差等改善和影像学改善）比例达91.5%。

“坚守了45天之后，我们负责的湖北省中西医结合医院所有病床全部清空，队员零感染！由最初的震惊、艰苦、担心到淡定、从容、自如，最后是喜悦、兴奋、完美，其中滋味难以言表。”3月11日晚上，广东省中医院援助湖北医疗队队长黄东晖在朋友圈的感慨难掩激动之情。

对于两个月前的经历，黄东晖记忆犹新，“1月29日，是我查房的第一天，隔离病区内收治的患者以重症、危重症居多，每间隔离病房的患者都非常虚弱，询问病情时，基本都发不出声音，气喘、干咳得厉害。整片病区十分沉寂，患者似乎连呻吟的力气都没有。虽然当时做好了充分的准备，但走进隔离病区的时候，仍感觉比想象中要严重，压力也很大。”

湖北省中西医结合医院是全省唯一一家由中医系统力量全力接管、负责诊治的定点救治医疗机构。医疗队来到武汉后率先接管了设置有35张床位的隔离病区，病区刚改造完工即收满患者，没有任何缓冲或适应时间，医疗队立即投入战斗。

“当时正是凶险的时候，如果不是国家中医队及时赶到帮助我们，真的不知道该怎么办。”湖北省中西医结合医院副院长夏文广说，医疗队抵达前，他们正在扩建新病区收治患者，隔离病房三区两通道改建和医务人员以及防护物资的缺口压得他喘不过气。“这是个新病毒，我们的医生在开始时有点不知所措，也尝试了各种办法，效果都不尽如人意。”由于当时对新冠肺炎的认识和救治方法的探索都处在初步阶段，再加上当地对中医药的接受和使用不够普遍，中医药在救治中的参与度并不高。即使在完全具备使用中医药条件的湖北省中西医结合医院，医疗队抵达前中医药的参与率也只有不到40%。

医疗队的“援兵”给武汉的医护带来了成功救治的信心。“你们放心，‘非典’那时候我们就是这样过来的。”广东省中医院副院长张忠德给大家吃了一颗“定心丸”，“我们是久经考验的一支队伍，相信在大家的共同努力下，中医药和现代医学手段一起上，我们一定行。”

黄东晖进入病区查房的第一天就遇到了一名重症患者——47岁的戴先生。戴先生入院时已经需要通过无创呼吸机辅助通气。“重症病情发展相对迅速，必须坚持一人一方，及时调整对策。”黄东晖说。他所在病区的重症患者都要经过严格的辨证论治，并连线广东省中医院后方专家团队远程会诊进行调方，一般一个重症患者会经历3到5次调方，病情稳定后，方药才不会有太大的更改。针对戴先生的病情，黄东晖以攻为辅，以守为主，根据病因病机，辨证加减。经过精心调方治疗，16天后，戴先生痊愈出院。

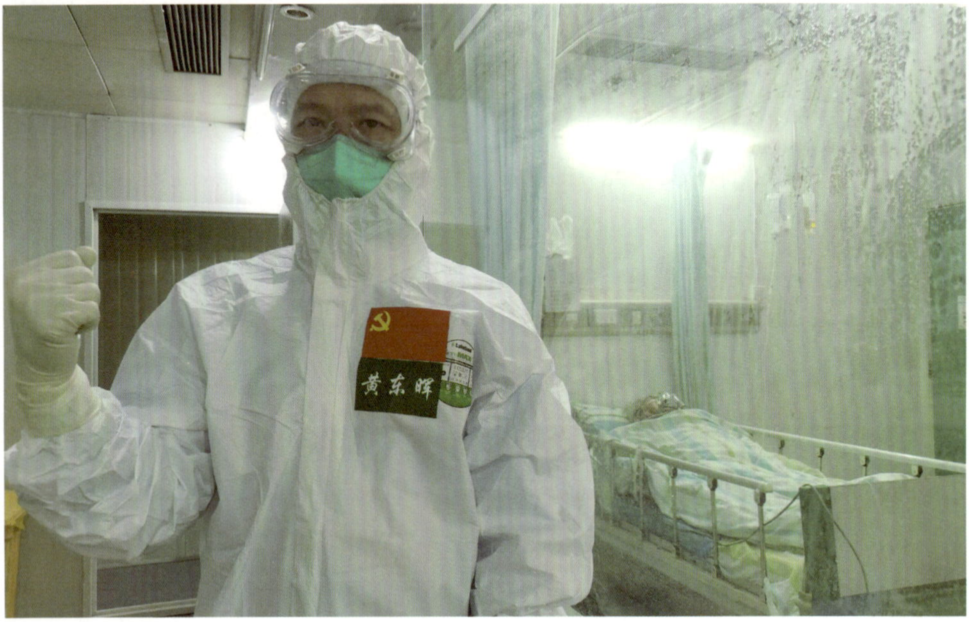

● 黄东晖"抗非"17年后再上前线

"患者刚开始对中医药不太认可。一些病情比较重的患者抱着尝试的态度配合我们工作。通过一段时间的观察发现，在中医药介入治疗之后，患者的症状在一两天内就得到明显改善。"黄东晖说，"渐渐地，患者也由最初的疑虑到后来的非常信任。一些患者开的中药快没了，会主动提醒医生继续开中药。有些患者在出院时还要求继续服用中药。"

17年前奋战在"抗非"一线的张忠德和黄东晖，都曾不幸感染"非典"，中西医结合治疗让他们奇迹般地闯过了"鬼门关"。那一次的经历让他们对中西医融合并用抗击突发疫情的效果有了最直接的理解和体会。查房时，遇到情绪低落、焦虑的患者，张忠德就拿自己和黄东晖17年前的经历鼓励患者，给他们信心："这个黄队长自己也是感染过'非典'的，也是住过隔离病房的，你看他都挺过来了，现在多好。"

患者任女士在病床边听张忠德讲自己也感染过"非典"，治愈后没有留下后遗症，表示"这给我们很大的希望"。任女士让张忠德印象深刻。她是从广州回武汉探亲发病的患者，她80多岁的父亲也感染了新冠肺炎，母亲居家隔离，自己病情严重，没法入院治疗的那几天，在家躺在床上，她形容“仿佛可以闻到濒死的味道”。

收治入院后，任女士一个明显的症状是极度疲倦，甚至连饭也吃不下。张忠德对症治疗，在吃了两剂中药之后，任女士开始有了胃口。“除了发热、呼吸系统症状外，中医药对患者消化系统的改善也作用明显。”张忠德说道。

中医治疗瘟疫有数千年历史，2003年广东省中医院中西医结合治疗“非典”的疗效，得到世界卫生组织认可。对此，张忠德有底气。作为中医世家甄氏杂病流派传人，他擅长运用中医治疗呼吸道疾病，“找德叔看咳嗽”被老广们（土生土长的广州人）口口相传。他还有强大的“后援团”——在北京的85岁恩师国医大师晁恩祥，以及在广州的两位17年前驰援香港的女同事杨志敏、林琳等组成的广东省中医院新冠肺炎疫情防控专家组，他们经常远程会诊，支招治疗疑难病例。

“43岁女性患者，高热、寒战、头痛明显，体虚难起身，病情反复持续一周。”湖北省中西医结合医院接收了一名重症患者，张忠德查诊后做出了一个“艺高胆大”的决定——纯中医治疗。

患者服用两次中药，高热开始消退；第二天，配合八段锦、穴位贴敷等中医传统疗法和外治法；第三天，完全退热且无反复，全身症状改善明显……第八天，患者达到出院标准。

这一手，让患者们看到了中医的实力。在与新冠肺炎的较量中，被人误解为“慢郎中”的中医药发挥出“急先锋”的作用。中医药用疗效说话，患者成为最好的口碑传播者。张忠德表示，只有有效的治疗，患者才会去配合。“他们的感受是最好的评价。”张忠德说。

通过每日的临床观察，张忠德发现中西医结合疗法有显著的疗效，有一个本身也是医院职工的患者，在患病期间退热后又出现反复，高热不退。在服用了中药后，他的高热压下去了，伴随的乏力等症状也好转，不久便出院了。新冠肺炎的患者会出现的全身症状包括极度疲倦、乏力、肌肉酸痛、头痛，中医药在改善这些症状上发挥了比较明显的作用。

不仅如此，张忠德还发现，一些呼吸系统的症状比如咳嗽，通过中医药治疗，中重度患者在三四天后一般会有明显好转。在改善气喘、呼吸困难、憋气、胸闷等症状上，中医药也疗效明显，但显效时间要更长，通常需要到治疗的第七天。通过在临床上观察两周，张忠德得出初步结论，使用中药疗法，降低了轻症患者向重症发展的概率，重症患者也可以维持在一个平台期，有效阻止他们的病程继续向危重症发展，不少重症患者经过治疗转为轻症。

在使用中医治疗新冠肺炎时，根据诊疗指南，张忠德带领医疗队针对患者的不同情况，会在用药上做出调整。中药的给药方式是多样化的，有中成药也有口服汤剂，对重症患者还可以给予静脉注射针剂。一些患者不想用汤剂，他们便做成可以冲泡的颗粒剂。

救治患者的同时，医疗队还要做好病例的分析总结，只有不断分析、总结才能不断地完善治疗方案。张忠德感慨道，对于新发突发的疾病，更是如此。“医生团体是一个非常难能可贵的、保存了中国文化底蕴和奋斗精神的团体。医生就是为了解决患者的问题而来，医生用一切人类文明有用的成果去帮助患者解除痛苦。”

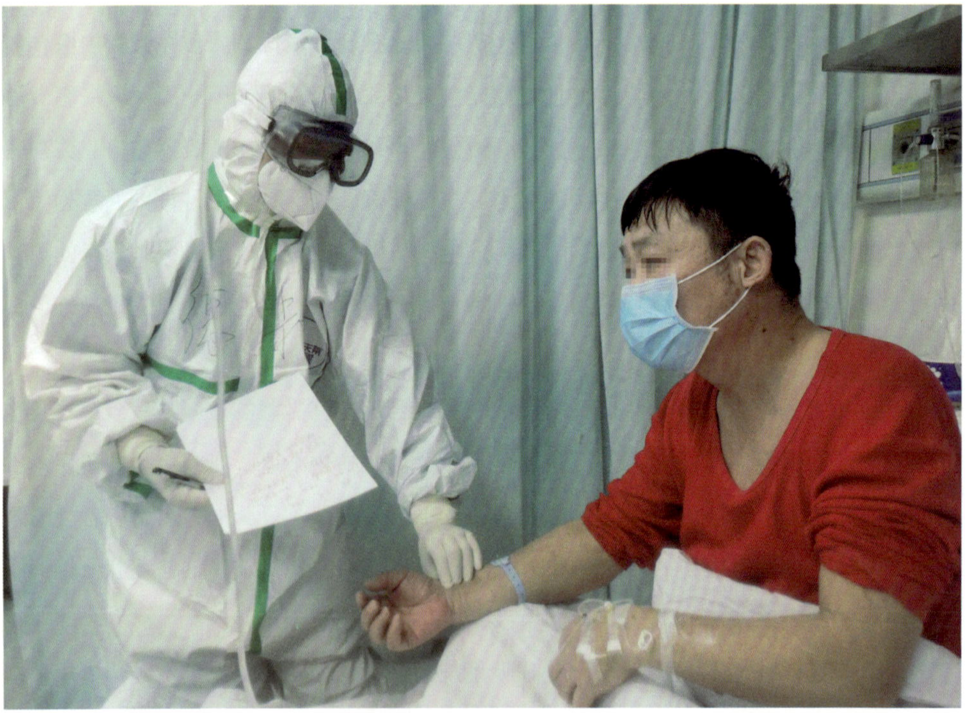

● 张忠德在一线用中医力量救治患者

“中医是一套‘组合拳’，不是单纯、简单的一服中药就行了。我们临床的患者个性化症状不同，选用不同的方案，病情很重的患者需要生命支持的，我们还是把现代医学西医的生命支持给他用上去，为患者提供最佳的诊疗方案。”张忠德表示，“当时我们中西医结合治疗，为这次疫病治疗提供了一些很好的经验，我们知道这个疫病的发展规律，知道中医药在哪个切入点，怎么样祛邪扶正，既要把邪祛掉，又不能伤他的正气，中西医有机结合起来，它的效果远远大于2。”

医疗队的护理人员在日常护理中会根据患者情况使用各种中医适宜技术。“起初，不少患者只是抱着试试看的心态，但治疗后不少人都觉得很舒服，对我们产生了依赖。”广东省中医院急诊科主管护师彭苏池在病区凭借一身中医“手艺”广受欢迎。为了满足患者的需求，彭苏池和5个同事在病区里专门为患者提供中医特色护理服务。很多患者一看到他们就说：“记得有空再给我来刮痧哦，上次治疗后效果很好！”耳穴压豆、穴位按摩、循经刮痧、养生操、八段锦，缓解患者症状的同时普及了中医健康养生知识，不仅能为患者消除各种疑虑，提升他们战胜疾病的信心，还拉近了医患间的距离。渐渐地，病区里的中医护理氛围越来越浓厚，患者对治疗的满意度也大幅提高。

中央指导组专家组成员、中国工程院院士张伯礼牵头在武汉立项了中西医结合和单纯西药疗效的临床比较研究。湖北省中西医结合医院首批52例患者临床对照研究，包括中西医结合治疗组34例，单纯西药治疗组18例，阶段性分析显示，中西医结合组与单纯西药组相比，临床症状消失时间缩短2天，体温恢复正常时间缩短1.7天，平均住院天数缩短2.2天，CT影像好转率提高22%，临床治愈率提高33%。

驰援武汉一个多月后，“我们在查房过程中，听到最多的两句话，一句是感谢，另一句就是‘中药效果好啊！’”

“所有重症患者都经过严格的辨证论治，一人一方，我们还会连线在广东省中医院后方的专家团队进行远程会诊。每次会诊讨论3到4个病例，每个病例几乎都要讨论1个小时。一般一个重症患者会经历3到5次调方，以保证诊疗方案达到最佳。”黄东晖介绍。

“1月29日，医疗队开始接管患者。2月中旬以来，重点是对重症、危重症患者进行中医药、中西医结合救治，临床观察，并逐步固定治疗原则、方案等。目前方舱医院均已休舱。湖北省中西医结合医院的病区从最初的1个，最多开到27个，到现在全部关闭，大家付出了许多努力。”张忠德回忆在湖北省中西医结合医院奋战的45天充满慨叹。

“整个过程中，重症、危重症患者救治是抗疫的‘上甘岭’。因此，我们对这些患者尤为重视，不断进行治疗方案调整和病例讨论。对症状改善不好、转归（即病情的转移和发展）把握不定的患者，及时请教。我们组织的远程会诊，既有中医的，也有西医的。我也会打电话请教钟南山院士，他给了很好的建议，帮助我们大幅优化了临床治疗效果。我们是全国中西医人团结作战，强强联合，把传统医学和现代医学的作用都发挥到最大化。因为患者的利益、治疗效果永远是第一位的。中医也好，西医也好，只要能服务患者，我们都不排斥。”张忠德说。

广东省中医院医疗队的医生均为重症医学科和呼吸科的资深医生，他们有着深厚的中医功底和扎实的西医基础。“中西医协同治疗的优势主要表现在改善重症症状方面。中医药治疗可以有效减轻重症患者的主要症状，提高重症向普通病型转变的概率。此外，中西医协同治疗还可以缩短病程，减少医务人员平均作业时间，在节省医疗资源、人力成本上有优势。”黄东晖表示，“我们在临床实践基础上形成了独具特色的中西医协同诊疗方案，建立起中西医临床协作长效机制。中西医协同可以发挥‘1+1>2’的效果，提高患者的救治成功率。”

面对疫情，中医药能否在诊疗中发挥作用，让患者、西医同行接受，也是张忠德关心的问题。“中医药非常讲究因时因地因人制宜。湖北、武汉是抗疫主战场，我们的救治方案也主要依据这里的地理、气候、患者体质特点制定。在湖北地区，我们摸索出的规律是，‘虚证’贯穿了重症患者的全程，主要表现是气虚、阳虚。所以我们在救治重症患者时非常强调扶正，进行补气、温阳，这对于缓解症状、稳定生命体征效果更好。”

临床中，医疗队会根据患者的个体情况进行适当调整。总体来看，轻症患者普遍有明显症状缓解。尤其是有乏力、胃口不好、发热等症状的患者，用药后自述感觉非常好，身体状况很快改善。很多重症患者血氧不好、心率快，吃了中药后，血氧、心率逐步平稳，症状转轻。

“这一次的疫情让我们重新认识了中医药的作用。”湖北省中西医结合医院副院长夏文广说，“医疗队给我们上了重要的一课，中医药在治疗新发突发传染病中能发挥巨大的能量。”要想在关键时刻发挥中医药的作用，中医药人的能力是关键。“广东省中医院是我们的标杆，他们用中医药治疗急危重症已经做了很多年，也给我们一些启发。”夏文广评价道。

“严谨细致的工作态度、出色的专业能力和管理水平、对中医药治疗急危重症的信心，医疗队医务人员的很多品质就像种子种在了我们医院的医护心中。”湖北省中西医结合医院院长安长青对来支援的广东省中医院医疗队赞誉有加。

菱角湖畔春风劲，战谊情深玉兰盛。3月18日，第二批国家援助湖北中医医疗队与湖北省中西医结合医院在菱角湖畔种下一棵紫玉兰，作为“生命之树”纪念45天共同奋战的情谊。3月20日，黄东晖等41名队员先行平安返穗，张忠德、邹旭等47名医务人员坚守在武汉雷神山医院继续发挥中医力量救治患者。菱角湖畔，那颗见证友谊、象征希望的“生命之树”，定会在未来见证中医药发展的欣欣向荣。

2

杏林之光，扶正祛邪以救肺

雷神山医院被誉为“中国奇迹”，不只是因为仅仅用了10天便建成完工，更因为在67个日日夜夜里拯救了无数的生命，拯救了武汉这座英雄的城市。在这个奇迹之地，雷神山医院C6病区飘散出中药香，更散发出杏林之光。

雷神山医院C6病区自2月20日正式接收患者至3月29日病区关舱，累计收治患者99例，其中危重症4例，重症20例，平均住院天数11.45天，中医药治疗覆盖率100%；纯中医治疗68例，平均住院日10.79天，综合症状改善（包括发热、乏力、咳嗽、气促、纳差、眠差和影像学改善等）比例达95.9%。

广东省中医院援助湖北医疗队有两个主战场，其中湖北省中西医结合医院隔离病区于3月11日关闭，而当时雷神山医院C6病区的48名患者还有一半以上是危重症患者。“病患不治愈，我们不撤离。”面对回家还是留下继续支援的选择，支援湖北省中西医结合医院的广东省中医院医疗队队员态度坚定。为了早日战胜疫情，经统筹安排，广东省中医院副院长张忠德和医疗队另外7名医生、5名护士继续留守武汉，支援雷神山医院C6病区。此时，身为国家援助湖北第四支中医医疗队广东团队领队、广东省中医院重症医学科大科主任的邹旭已经带领医疗队在C6病区奋战将近一个月了，他们坚持中西医协同作战，发挥中医药特色优势，中医药治疗覆盖率达到100%。

“中西医两套医学结合正是我们国家医疗的优势所在，二者相辅相成，优势互补。”在邹旭看来，他们在雷神山医院攻克难关有四大法宝——针灸、中药、氢氧气雾化机和医务人员。中医人从不拒绝现代医学技术和诊疗手段。

2月20日，雷神山医院C6病区开始收治新冠肺炎患者，不到3小时病区48张床位全部收满，其中有2名危重症患者使用了呼吸机。

30床的患者阿伯是其中一位，邹旭为他诊脉后开始针灸治疗。没多久，阿伯的气促症状开始好转，血氧也慢慢恢复。邹旭讲解说，新冠肺炎是一种毒性炎症反应，使正气受损，所以要“扶正救肺”。但针灸有时不能持久，需要配合使用扶正的中药，于是医疗队把从广东省中医院带来的中药免煎颗粒给阿伯服用。第二天邹旭到病房查房时，阿伯已经不需要使用呼吸机了。

刚开始收治患者的3天内，医疗队为十几位患者实施了针灸治疗，中药的参与度达到100%，部分患者在针灸之后血氧状况明显改善，有近一半患者是纯中医治疗。凭借丰富的医学知识和临床经验，广东省中医院医疗队走出一条中西医结合之路，治疗效果获到患者一致认可。

48岁的曾叔是C6病区治愈出院的第一位患者。曾叔1月底出现发热症状，到当地医院就诊后确诊为新冠肺炎，经过一番治疗后退热，但一直有咳嗽等症状，核酸检测为阳性，肺部CT检查磨玻璃样改变，转至雷神山医院继续接受治疗。由于曾叔服用西药氯喹后出现胃肠道反应，当即停药。邹旭评估了曾叔的病情后，决定采用纯中医药治疗。令人欣喜的是，曾叔通过单纯服用中药，症状一天天好转，咳嗽减少，两次复查核酸检测为阴性，胸部CT症状明显好转，符合出院标准。

离开医院前，曾叔非常开心地和邹旭合影，他激动地说：“非常感谢邹主任和中医医疗队，你们非常专业！邹主任让我感到很安心。他开的中药，我服用后感到好了非常多。”

医疗队进驻雷神山医院C6病区后，对很多患者采用了单纯中医疗法。“我一转进雷神山医院，医生就把我原来服用的西药停掉了。刚开始我还真有点担心！”64岁的患者吴阿姨说。她从发病到转院快20天，热退了，但咳嗽仍比较明显，而且精神不太好，胃口也不好。

医疗队队员、广东省中医院医生陶兰亭判断吴阿姨不属于重症，而且之前服用的西药对咳嗽效果并不好，于是决定对吴阿姨进行单纯的中医治疗。通过辨证论治，陶兰亭使用了以扶助正气为主的汤药，吴阿姨很快感到精神好转，咳嗽明显减轻，肺部CT显示病灶明显吸收，仅治疗10天便符合出院标准治愈出院了。

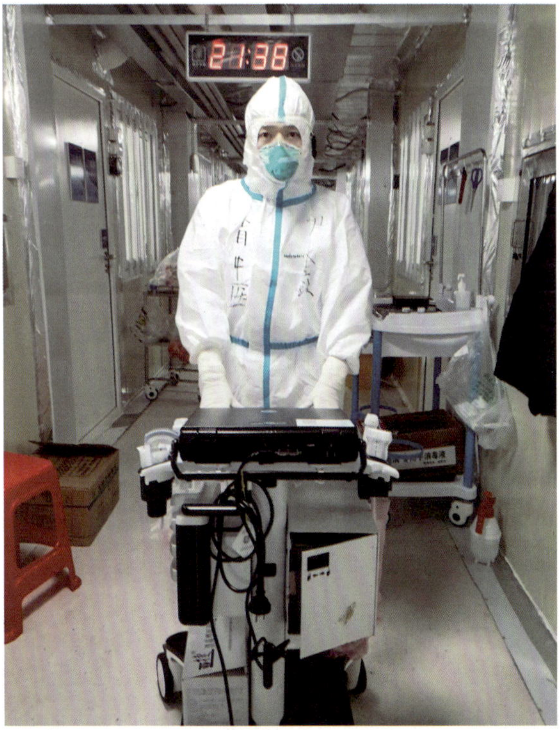

●医疗队队员、广东省中医院大德路总院重症医学科、胸痛中心医生尹鑫准备为患者做床边心脏彩超检查

3月14日，医疗队队员、广东省中医院大德路总院重症医学科、胸痛中心医生尹鑫在交接班时得知18床患者出现胸闷和气促症状，一瞬间与胸痛相关的十几个待排除性疾病涌入尹鑫的脑海。他牢牢记着广东省中医院胸痛中心主任张

敏州的教导，“时间就是心肌，时间就是生命”，一刻也不敢耽误，立即前往查看患者。通过对心电图、心脏彩超和抽血检查的结果诊察，尹鑫判断患者“是不稳定性心绞痛发作，合并心衰的症状，可能不是心梗”。邹旭在得知患者情况后同意尹鑫的判断，并开了中药，认为患者属心阳不足，治疗要以温阳为主，加益气化痰药物辅助。邹旭嘱咐尹鑫可以教患者自己按压内关穴。后半夜尹鑫查房时，患者安然熟睡，未再出现胸闷症状。

广东省中医院医疗队在C6病区的中医诊疗方案有两种：对病情较严重的患者，用中药颗粒剂、饮片、针灸等方式补充元气，从内部激发患者的身体潜能对抗病毒；对轻症患者，多采用中药饮片加八段锦的方案，让其适量运动，教八段锦进行健身，既增强身体素质，也缓解心理压力。

C6病区的治疗总原则是：扶正祛邪。邹旭解释道：“天下武功，唯快不破。我们一定要抢占先机，尽早让中医药介入治疗。我们要比病毒速度快，截断它的进展！”通过现代医学先进设备为患者提供氧气疗法，纠正患者机体缺氧，从而保护脏器不受损；同时针药并用辨证施治，提高患者本身的抗病能力，当身体调节到阴阳平衡的状态时，疾病自然而然就消退了。

要提升患者的正气，除了与其本身的状态、年龄、病毒及基础病等相关，从外在能量层面给患者提升正气也十分重要。在雷神山医院C6病区，广东省中医院医疗队团结作战，发挥中医力量，提升患者正气，帮助他们早日出院。

医疗队的第一原则是医务人员首先要树立“正气”。医务人员首先要“扶正”，才能把正气传递给患者，让患者看到他们有“神”。邹旭将党建工作与病区的中心工作相结合，充分发挥共产党员在救治工作的先锋模范作用。他反复提醒医务人员要保护好自己，严格做好院感防控工作，做到正气存内。

医疗队的护理人员大都具有护理重症患者的丰富经验。常言道“三分治疗，七分护理”，邹旭更提出“一分治疗，九分护理”。对于患者，护理人员起的作用非常重要，不仅要完成每日的临床护理工作，还要照料患者的起居饮食，甚至要对患者出现的不安、焦虑、恐慌等情绪进行心理护理。护理人员通过八段锦、耳穴压豆、刮痧、火龙罐等中医特色护理疗法，对患者进行情志调养，帮助患者康复。他们注重与患者

●温万鑫和张晶在武汉雷神山医院C6病区走廊画下了一组温馨有爱的八段锦操动作分解图

多交流，用语言、眼神帮助患者战胜恐惧，树立信心。患者从他们的细心护理与言行举止获取抵抗疾病的信心，也是一种“扶正”的模式。

医疗队队员温万鑫和张晶把每天进出隔离病区都要经过的长廊变成了一条“网红”中医文化廊。他们用心写下“大医精诚”，画下栩栩如生的八段锦分解动作，引来许多同行驻足观看，中医气息在雷神山医院越来越浓。

医疗队把广东省中医院“一切以患者为中心”的服务理念与科室文化管理带到了雷神山医院。C6病区的科室文化是“正气存内，邪不可干”。这也是每位患者入院及出院当天，医生送给他们的健康要诀。

每天，患者都会有两次“户外”活动，为的就是让他们晒晒太阳，振奋体内的阳气。有些患者行动不便，没法走到专用的活动通道，有时武汉的天气太阳也未必露脸。医疗队队员常挂在嘴边的一句话是："心中有阳光，脚下就有力量。"他们鼓励患者即使没法下床运动，即使没有阳光照耀，也要保持良好的心情，这样才能有足够的正气抵抗疫魔。通过科室文化管理，医患之间的正能量被充分地调动了起来。在党员的影响下，10名医疗队队员郑重地递交了入党申请书，请求党组织在战"疫"最前线考验他们。

除了医务人员传递的正气，患者本身也要存"正气"，才能更快地"祛邪"。C6病区有"三保"妙招：一是要保证良好的睡眠质量，睡眠不好，亏损的正气就难以恢复。患者收治当天用药，当天晚上睡眠改善，病情常常在第二天就得到了缓解。二是要保护正常的肠胃功能，人体的能量大部分从食物中获取，只有保持良好的胃口才能有助扶正。同时每天2到3次的大便，排清体内糟粕。三是保持一定量的运动康复，活动筋骨，疏通气血，可增强体质，提升抗病能力，患者根据自身情况选择立式、坐式、卧式八段锦达到健身强体的效果。

扶正的本质所在不但要治病，更要治人，中医特色的中药和针灸从根本上就是助"正气"。在国家制定的诊疗方案和张忠德的指导下，医疗队根据武汉当地的地理形势、气候等特点，因时、因地、因人"三因制宜"开具了几个普方；再结合每一个患者本身的病因病机，进行辨证性加减，或直接开具专人专方。

医疗队队员在病区查房时，都会携带针灸针，随时为病区内的患者施针治疗。其中，陈鹿鸣特别善于使用腹针调整患者气机升降，缓解患者气促症状。他指出，患者的肺部炎症导致其氧合功能变差，除了通过外界力量提高供氧量，还可以通过针灸降低患者的耗氧量。

除了治疗主症新冠肺炎，病区内患者的各种旧疾很多也可通过针灸得到缓解，比如腰膝酸软、头晕耳鸣、关节炎、气喘等。

2月28日，邹旭查房来到1床患者的病房时，患者发出痛苦的呻吟声。原来这位72岁的老奶奶由于长期卧床导致腰椎间盘突出症旧疾发作，稍微改变体位就痛苦难堪："腰痛得厉害，稍微动一下就疼得受不了！"邹旭立即掏出随身携带的针灸针，对患者说："来，我给您治疗腰痛！"老奶奶疑惑地问："你们不是治疗新冠肺炎的吗？还治腰痛？"邹旭笑着说："中医不仅治病也治人。人好了，病才能退。您腰痛没法

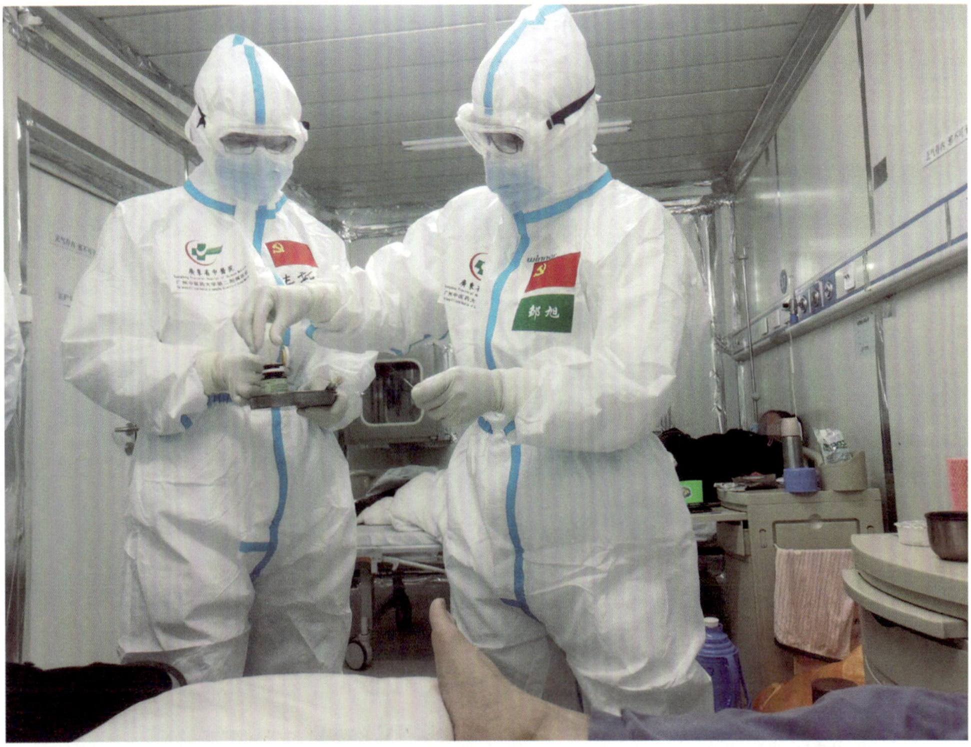

邹旭帮患者实施针灸

动，不利于疾病康复。治疗腰痛的针灸穴位还可以帮您补肾气，对治疗肺炎很有帮助。放心吧！”随即邹旭便针刺患者左脚踝的太溪穴，又在患者前额正中处的平衡针灸穴位向下平刺，上下行针。出针后，邹旭建议老奶奶下床感受一下，她半信半疑地缓慢移动身体，生怕腰部又产生剧烈的疼痛感。然而，令她没想到的是，从躺位到坐位，再到站位，痛感几乎消失了。老奶奶兴奋地说：“腰真的不疼了！”后来，邹旭还针刺了老奶奶的止喘穴，以达到平定喘息的功用，赢得老奶奶连连点赞！

C6病区的治疗理念还有重要的一点——“中学为体，西学为用”。中医药的发展不应排斥现代医学的成果，先进技术的引进是提高中医药临床疗效的重要途径。此次新冠肺炎疫情，血氧饱和度是判断患者病情轻重的一个重要指标。人体若长期处于缺氧状态，脏器会出现一定程度的损伤，病情就可能会向重症、危重症转变。及时给予氧疗法，对氧合功能差的患者会有很大帮助，降低其转为危重症的发生率。医疗队员根据患者病情调整供氧方案，如鼻导管吸氧、面罩吸氧、无创呼吸机吸氧等。若患者病情需要，则及时送ICU插管，使用有创呼吸机，为救治赢得更多宝贵时间。

3月29日，雷神山医院C6病区关闭，全部患者出院或转至定点医院。南粤杏林在雷神山的39个日夜里送走了寒冬，迎来了复苏之春，江城醒来，羊城待归，中药香定不会散去！

● 广东省中医院援助湖北医疗队撤离武汉雷神山医院

3

以人为本，中医不是“慢郎中”

由于社会上长期存在“中医是慢郎中”的误解，中医在治疗急危重症中的运用往往被滞后推荐。广东省中医院中医经典科10年来近万例患者的治疗实践证明，中医疗效并不慢，而且在很多疾病或某些环节上有着非常明显的优势。以治疗肺炎为例，近10年来，广东省中医院中医经典科通过单纯中医药治疗成功治愈700多例，比例高达86.5%。在中医经典科病房，退热无须用西医退热药，止痛可以用针灸，过敏无须用抗过敏药和激素，治疗急性心衰可以用纯中药实现……中医经典科有着许多“绝招”“妙招”。

3月20日，广东省中医院芳村医院内五科（中医经典科）主任颜芳坐上离开武汉的高铁返回广州。看着车窗外阳光灿烂、春意融融的武汉，颜芳回想起他在汉口医院呼吸六病区救治新冠肺炎患者的37个日夜，患者们由最开始的抗拒中医到出院时主动要求继续服用中药，颜芳感到他们完成了用中医药力量救治患者的使命。

颜芳是广东省中医院芳村医院中医经典科主任，17年前他因救治患者而感染“非典”住院18天，最后经中西医结合治疗康复，这段经历令他对中医药参与抗疫产生了信心。此次新冠肺炎疫情暴发，颜芳第一时间报名驰援武汉。

“我们心里都憋着一股劲儿，想用中医帮助武汉老百姓。”颜芳说。

出发前，他和队友担心武汉因“封城”而购买不到中药材，由此影响诊疗落地。“咱们总不能只为患者问诊把脉而不用药吧。”颜芳说。广东省中医院院领导知道他们的顾虑后，当即拍板表示定举全院之力予以支持。广东省中医院援助汉口医院中医小分队抵达后发现果然困难重重，汉口医院的中药房完全停摆。

颜芳和队友前往支援的汉口医院是一家西医院，距离华南海鲜市场不足2公里，是收治新冠肺炎患者的定点医院。在中医小分队到来之前，广州来支援的医务人员已经接管了一部分病区，但还没有中医介入。

2月10日，在邹旭的带领下，颜芳、郑丹文一行3人到汉口医院隔离病区第一次查房。在诊察了30多位患者后，他们发现患者症状有一定的规律性和共性，许多患者都存在乏力、干咳和气促等症状，很多已经不发热了，但气促明显，动辄加重，需要氧气支持。

“当时我们几乎看不到轻症患者了。”颜芳说。张忠德和邹旭经过商讨，帮助颜芳团队确定诊疗思路，强调扶正以排毒。“此前已有很多国医大师、地方名医提出许多诊疗方案，但具体如何落地，如何在临床上形成能落地的规范需要我们一步一个脚印实践探索。”颜芳说。根据拟定的工作思路，他们最终确定在传统经典药方基础上进行适当加减，此后再根据患者具体情况随时调整治疗方案。鉴于汉口医院中药房已停摆，无法使用汤药，可以就地取材使用中药颗粒剂。为患者服药方便，他们把中药方分装成盒装成品，一盒可以服用3天。为了获得最佳的疗效，他们连续一个月来坚持每天进隔离病区查房，保证即查即配，快速给药，并在实证过程中和西医管床医生保持沟通和协调，不断优化治疗方案。

前期准备一切就绪，却在诊疗时遭遇了“尴尬”。“我们穿着防护服到病房诊疗，刚开始患者以为是西医查房，当我们介绍说自己是广东过来的医生，给大家开中药，话刚说完，有位男患者就当场拒绝说：‘我们不吃中药。’”颜芳回忆，当时现场气氛很尴尬。

在此后和患者接触当中，他逐步意识到不少人对中医存在认知偏差。“武汉当地人对中医认知度偏低，故而存在抵触，所以有些患者会直截了当拒绝。”颜芳称，“在武汉中医参与度也并不高。”

“广东人看中医早就习以为常，但很多地方对中医感觉仍有很大距离。”颜芳说。尽管目前国家高度重视中医，但当疫情发生时，中医仍无法第一时间冲到最前线。

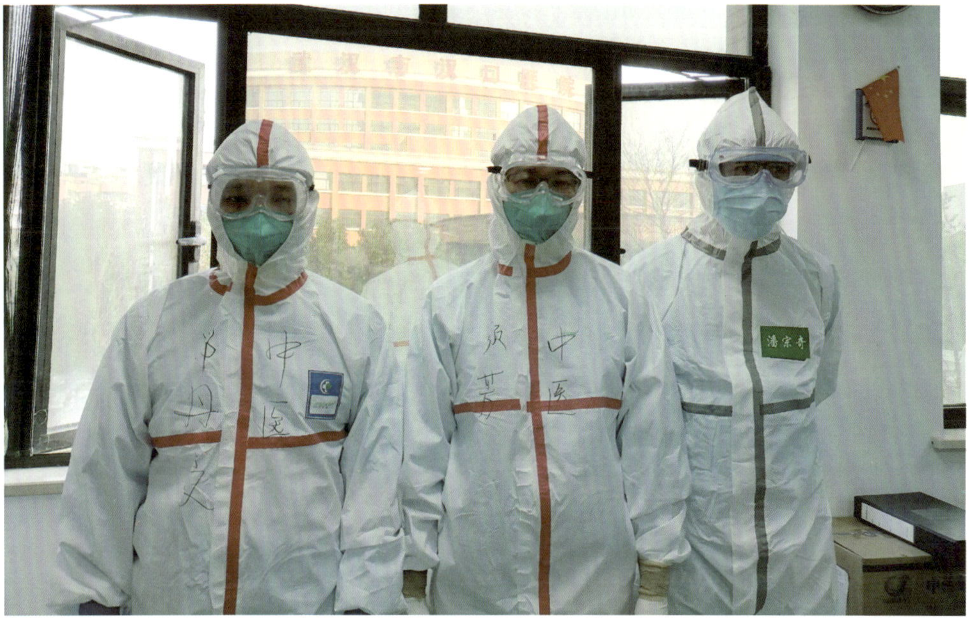

● 颜芳（中）和潘宗奇（右）、郑丹文（左）在武汉市汉口医院准备查房

在中医小分队探访完的第二天下午，颜芳和队友就拿到了中药，第三天就送到了患者手上。在不间断的查房过程中，颜芳一直观察当地患者对药方的反馈。2月13日开始，汉口医院的隔离病区陆续有患者反馈疗效很好，并很快传播开来。

“很开心的是，我们诊察过的患者在喝完颗粒剂后，症状有明显改善，大便通畅，腹泻停止，不再发热了，胃口变好，睡眠和呼吸窘迫也好转了，这些都发生在喝药后的短短几天之内。”颜芳说，由于病房内的口口相传，起初抵触中医药的患者也主动要求用中医治疗。

颜芳拍过一段红遍网络的短视频，有位老奶奶在吃完他们配给的药方后感觉浑身“很舒服”，认为中药疗效“很神奇”。“我们给她用的是‘3号方’（大柴胡汤加味方），依据是她大便不太通畅，脉象偏实，考虑是疫毒闭肺，简单说就是病毒和体内的垃圾把肺堵住了，导致呼吸困难。因为判断准确，她用下去症状很快变化。”颜芳说，这位老奶奶特别兴奋地肯定了疗效，让他很高兴，当即拍视频记录了下来，视频引来无数网友的好评。

2月14日，随着病区患者对中医药疗效越来越认可，广东省中医院中医小分队的另外3名援兵潘宗奇、陶兰亭、陈鹿鸣抵达汉口医院，增强中医力量的支援。

令来自急诊科的郑丹文印象最深刻的患者是汉口医院的一位退休医生周阿姨，周阿姨退休前在急诊内科工作，对郑丹文来说是他的前辈。2月13日，颜芳和郑丹文在汉口医院开展中医查房时第一次见到周阿姨，在鼻导管加储氧面罩双通道高流量高浓度给氧的情况下，她的血氧饱和度也仅仅维持在88%—90%，精神极度疲倦，气促明显。郑丹文当时的第一印象就是：患者病情很重，有点快“撑”不下去了。

经过“望闻问切”四诊合参，颜芳总结出周阿姨具有典型的“少阴病”特征，脉细微，但欲寐，于是给周阿姨开了“2号方”（四逆汤的加味方）。第二天查房时，颜芳和郑丹文首先到了周阿姨的病房。周阿姨的病情就有了明显的变化：精神好转，有力气说话了，氧疗的供给浓度也有所降低，血氧饱和度上升到94%。周阿姨的女儿告诉他们，周阿姨把昨天开的中药全都喝了，她说自己能明显感受到中药在起作用！

中西医结合治疗半个月后，“现在周阿姨全身开始变暖，精神明显好转，已经可以自行下地锻炼了”。类似的这些案例给了团队很大信心，证明他们的治疗方案疗效确切。3月20日，中医小分队离程武汉返回广州时，周阿姨也治愈出院了。

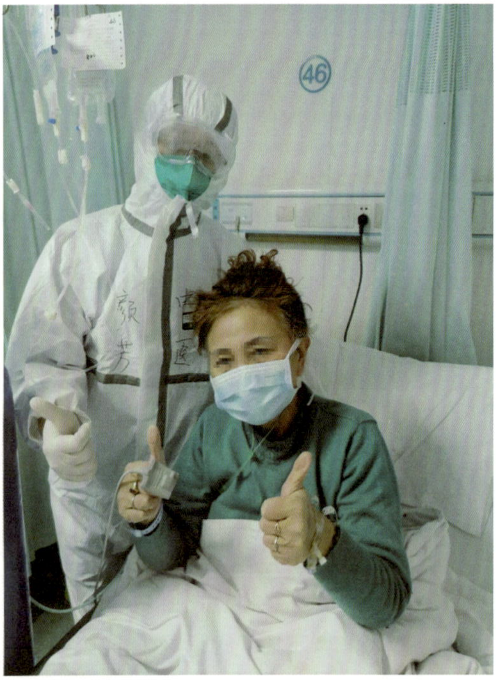

● 颜芳（左）与患者周阿姨（右）合影

“我们的方案并不是特别完美，但在临床上显示是管用的。”中医小分队在汉口医院7个隔离病区为205名患者开具了中药，用中西医结合救治了多位重症、危重症患者，汉口医院的王院长及呼吸科的医生也在服药后很快痊愈出院。因为疗效确切，中医药备受患者追捧。由于在诊疗过程中建立了信任，汉口医院的患者对中医的态度也有了极大改变。

颜芳说，他们拎着药袋在病房查房成了一道“风景”。当他们一进入病区，躺在病床上的患者会亲切地说：“中医来了！”亲切的称谓让大家百感交集。“这说明他们真正认可中医了。”颜芳说。有天上午查房，他们像往常一样拎着药盒去查房，正在为一位患者问诊时，旁边病床的患者在吃药后感觉效果很好，纷纷要求多给几盒药备用，甚至有的患者想去“抢”他们手上拎着的药盒。中医小分队的队员们回想起这段经历，仍会忍俊不禁。

“我们证明了中医并不是大家传统认知的‘慢郎中’。”颜芳说。为什么治疗新出现的新冠肺炎，中医同样能快速起效？关键在于中医能更精准地从邪气和正气两方面来把握病机，这就是所谓“正气存内，邪不可干”。中医认为病毒是邪气的一种，通过分析其属性，如新冠病毒有寒和湿的属性，属于中医“寒湿疫”范畴，该疫病又有传播快、危害广的特征；同时，中医更重视“人”这个内因，关注邪气侵袭人体后，人体和它产生的交互反应。辨明病机后再根据患者的症状表现及舌象脉象，就可以对病位、病性做出精准判断，然后选用相应的经方治疗。

这种治疗不是去刻意杀死病毒，而是通过调节机体的正气，打开排邪的通道，把病毒从人体排出去。和西医注重杀灭病毒相比较，中医更重视调动人体的正气，对邪气注重“疏”而不是“堵”，所以只要用药准确，起效就不会慢。

“无论你把病毒分析得多么彻底，但它仍可能会随时变异，明天又会来一个新病毒，疫苗一定能跟得上病毒的变异吗？”颜芳解释，中医和西医针对病毒的做法完全不同。“西医是有明确的针对性，主要目标是准确地把病毒找出来，然后把它杀死。”而中医防治新冠肺炎或其他流行病时，通常不直接针对病原微生物，而是把人和微生物都看成是自然界的一部分，注重的是人和病毒如何去和解，而不是一味地去“杀死”。

“人类从来没有真正杀死过任何一个病毒。”以“非典”为契机，中西医开始在流行病领域合作。“中西医在终极目标上完全一致，都是通过不同方法为患者服务。病毒挡不住，始终在人类生存空间里活动，无论中西医，如何发挥自身所长为人类服务才是关键所在。”颜芳说。

中医的人文属性体现在它更关注的是“患病的人”，而不仅仅是“人患的病”。要取得最佳疗效，就需要每天查房，随时调整处方。中医查房时医生会去握患者的手，了解其肤温情况，询问患者很多信息，包括服药后的反应，体温、出汗、胃口、大小便、睡眠等情况，还要看患者舌象，仔细摸脉，有时还要对患者腹部进行触诊，而这些举动给患者的直观感受就是“医生非常关心我”。一个个案例证明，充分发挥中医人文属性的优势，对患者进行身心同治，从而尽可能地调动起患者自身的正气，中医的这种优势在新冠肺炎的治疗当中是不可替代的。

中医小分队入驻汉口医院后，之前弥漫在患者中间的恐惧、绝望、焦虑等情绪慢慢消失了，取而代之的是每天查房时患者亲切地打招呼：“医生，我今天好多了！”“颜主任，你们明天还来吧？”“是广东省中医院医疗队给了我第二次生命啊！”患者远远就能认出全副武装的他们，患者之间也从开始的沉默寡言，变成了互相交流、鼓励甚至开起玩笑来。原来焦虑的患者心境明显平和了，有了满满的康复出院的信心，原先失眠的患者也能从每晚只睡一两个小时到整晚安眠。

66岁的患者冯阿姨在当地医院确诊重型新冠肺炎，经过前期的中西医治疗后，咳嗽气促已经好转大半，然而新疾未愈，旧患复发，腰痛发作令她起床费力，行走艰难，无法弯腰，平素双眼畏光，受新冠肺炎影响，程度加重，她白天大多数时间都需要闭上眼睛。医疗队队员孙良生判断针灸可以帮到她，经过辨证分析，除了常规的中药治疗外，给冯阿姨制定了脐针+体针配合的“中医组合拳”方案。经过3次针药结合治疗后，冯阿姨腰痛大幅好转，双眼畏光也好了七八成，连她自己都不敢相信，十几年腰痛畏光的老毛病针刺3次就基本解决。“咦，孙医生，我的腰痛减轻了很多，中医太神奇了！”冯阿姨惊呼道。

75岁的患者王阿姨，妹妹因感染新冠肺炎去世了，家人也因为感染而住进了其他医院的隔离病区。“我那时真的很害怕，家人不能来陪伴，我又喘得厉害，还口干得厉害，晚上失眠。”想起那段时光，王阿姨还心有余悸。

“你们中医过来后，又开中药，又每天安慰和鼓励我，我的症状一天一天变好，不再头痛，气喘也好很多了，还能起来在病房散步，失眠也基本好了。是你们让我对出院充满信心，每天看到你们来查房，我就感觉特别安心！”王阿姨说。

广东省中医院援助汉口医院中医小分队的医务人员在治疗急危重症上具备了“能中会西”的能力：熟知西医常规的病名诊断和指南等规范，熟练掌握各种生命支持疗法和现代医学技能；从中医角度认识急危重症病机演变过程、内在原理，真正做到中医思维。

“前者是基础，后者是核心。用中医思维了解清楚疾病的来龙去脉，才能按照中医的逻辑治疗疾病、治好疾病。”颜芳强调，中医药从来都有治疗急危重症的能力。

自2月10日至3月15日，广东省中医院援助武汉市汉口医院医疗队在7个病区进行中医查房会诊，为205名病人进行中医药治疗，其中危重型16人，重型73人，普通型116人，达到出院标准痊愈出院153人，病情好转后转定点医院继续治疗14人，病情好转留原地继续治疗30人，总好转率达96.1%；病情属危重型转上级医院治疗5人。

对广东省中医院人来说，医者仁心、悬壶济世乃不变之信念、使命之担当，危难之际中医人有觉悟，也有能力第一时间冲上前线。中医小分队在春天到来时回到了广州，也在江城人民的心中播种下了中医药的希望种子。

4

医病更医心，中医特色受欢迎

诞生于华夏大地的中医传承于中华文明之中，其源远流长的岐黄之术和社会实践博大精深，说是人类智慧的结晶并不为过。这一次在一线的肺炎患者救治中，八段锦操、刮痧、针灸、穴位贴敷、耳穴压豆等中医特色护理疗法帮助众多患者缓解了不适症状，加速了他们的病情痊愈过程，在降低病死率、危重症发生率，提高治愈率等方面起到显著效果。

中医特色八段锦操帮助患者恢复正气

师承国医大师邓铁涛的邹旭介绍，中医养生操八段锦具有800多年的历史，对慢病、急性病、重症等患者的正气恢复有协同作用。“新冠肺炎患者以寒湿为主，中医讲排湿毒可通过微微汗出、调理好胃肠功能、保持大小便通畅及良好的精神状态实现。八段锦通过8个动作锻炼人体四肢，达到强健身体、通畅气血的效果，从而提升人体阳气以及代谢功能，增强自身对抗湿毒的能力。四肢强，阳气旺，心脏更健康。”

八段锦歌诀

双手托天理三焦，左右开弓似射雕。

调理脾胃臂单举，五劳七伤往后瞧。

摇头摆尾去心火，两手攀足固肾腰。

攒拳怒目增气力，背后七颠百病消。

百岁国医大师邓铁涛生前酷爱练八段锦，每天上下午两次的八段锦练习，是他必做的功课。邓老说：“动则生阳。”阳气越充足，人体抵抗力越好。阳气不足，人就容易生病。八段锦操在广东省中医院医疗队湖北一线的救治中发挥了重要作用，众多患者通过练习八段锦缓解了新冠肺炎导致的身心不适症状，提高了身体抵抗力，有助于患者的早日痊愈。

广东省中医院心理睡眠科主任李艳表示，患者长期待在隔离病区，身体不适，精神压力也大，部分患者会出现焦虑、不安、失眠、厌食等急性应激反应，适当的活动或运动对于调畅气血、鼓舞阳气、舒缓焦虑、转移注意力有很好的帮助。八段锦操非常重视深慢呼吸结合动作降低交感神经兴奋从而减轻焦虑，心身共调，有益于更好地康复。

除了八段锦操之外，广东省中医院医疗队还带来了刮痧、穴位贴敷、耳穴压豆等中医特色疗法，对发热患者运用刮痧帮助退热；对干咳患者运用穴位贴敷、耳穴压豆以平喘止咳；对乏力患者指导其练习八段锦以改善身心状况；对失眠、焦虑的患者采用耳穴压豆配合中医情志护理缓解其焦虑情绪，提高睡眠质量……这些中医特色疗法渐渐被越来越多的患者接受认可，越来越受到欢迎。

在荆州市中心医院支援的中医护理小分队用自己的专业技能帮助患者和前线的医务人员提升正气、恢复健康。自从刘宇给重病一区的患者梁伯伯贴了耳穴压豆后，整个病区都知道广东来的中医院护士贴耳穴效果好。

梁伯伯的咳嗽是明显的干咳症状，尤其夜间咳得厉害，还伴有少许的喘促。刘宇在贴耳穴之前先按摩了梁伯伯的全耳，起到调动气血的作用，接着她选了梁伯伯耳朵上对应肺、气管、支气管等器官的穴位，逐一贴上王不留行籽后按压，直到梁伯伯的双耳红软、发热明显才停下来。第二天刘宇查房时，梁伯伯开心地跟她说："我昨天咳嗽好多了！晚上睡觉不咳，睡得特别好！"

刘宇的耳穴疗法效果好传开后，不仅后勤队友请她帮忙治疗失眠，在荆州市中心医院支援的医生们纷纷请她们去用中医护理诊治其他患者，来自患者与同行的认可让中医护理小分队备受鼓舞。

"护士长，我的肩颈胸背部很酸痛，绷得紧紧的，这段时间晚上都睡不好，帮我做做中医治疗吧！"奋战在一线一个多月的李医生找到潘丽丽。

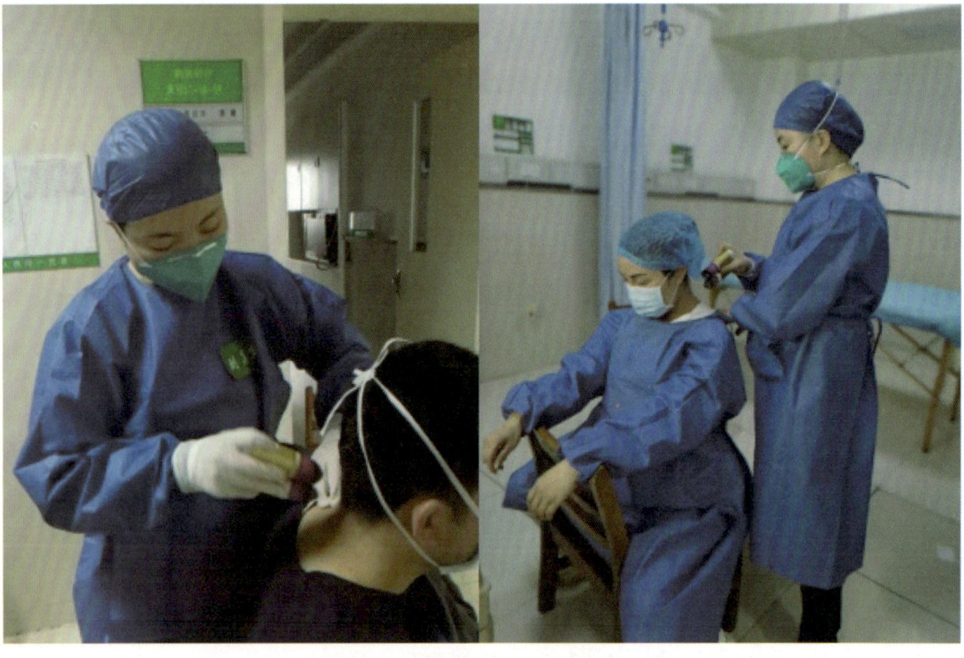

●刘真真为一线医务人员做中医护理治疗

李医生是荆州本地人，每天坚持在隔离病区为患者诊疗，长时间高强度的工作让他的身体逐渐出现不适。听完李医生的主诉后，潘丽丽根据他的情况进行辨证分析，经过中医评估，决定给李医生进行刮痧治疗，他欣然接受。

从开四穴（大椎、大杼、膏肓、神堂），开阳脉（督脉、内外膀胱经），到颈肩胸背部刮透。一套中医治疗下来后，李医生当即说颈肩胸背酸痛明显好转，紧绷感消失，连声道谢，并称赞中医护理疗法的神奇！

第二天，潘丽丽在隔离病区遇到李医生，他高兴地说：“护士长，您的技术非常好！昨天刮痧后，我全身轻松，昨晚睡眠质量明显好转，一觉安睡到天亮，多日来从来没试过睡得那么好！”

听到李医生身体好转，潘丽丽心里也很高兴。由刘宇、潘丽丽、刘真真、肖英超组成的中医护理小分队入驻荆州市中心医院后，承担着给康复期的患者进行综合性治疗，并为长期疲劳作战的500多名广东医疗队队员们进行保健康复的任务。

由于长时间作战，前线的医务人员会出现失眠、焦虑、胃肠不适等症状，此外长时间穿防护服也会导致医务人员的颈部不自主前倾，并且由于防护服的密闭性，医务人员长期泡在含有大量汗水的衣物中，导致肩颈背部出现不同程度的疼痛。为此，中医护理小分队开展了雷火灸、耳穴压豆、刮痧、平衡火罐等一系列中医治疗，赢得了医务人员的一致好评。

在中医护理小分队为患者和医务人员治疗期间，荆州当地的护士也积极主动向她们学习中医特色疗法技术。小分队毫不吝啬倾囊相授，只愿中医特色技术能在全国遍地开花，惠及更多的人！

3月20日，中医护理小分队完成救治任务跟随广东医疗队返穗休整，4位护理女将再次肩负起医疗队队员的保健任务，带领队员练习八段锦，为有需要的队员做中医护理疗法治疗。由于疗效好、满意度高，中医特色疗法在返粤队伍中越来越受欢迎，4位中医护理小分队成员成了休整期间“最忙碌的人”，每天都有来自不同单位医务人员的邀请、预约，还有等不及的队员上门希望体验中医特色疗法。

肖英超为4名长期在一线作战的队友做平衡火罐治疗。厚重的防护服让他们肩颈腰背部每天都承受了过度的压力，衣服总是湿了又干，干了又湿，湿气通过毛孔进入体内，导致身体经络不畅。平衡火罐治疗能有效激发经气，疏通经络，使各经脉气血运行通畅，调节全身脏腑和改善机体疲劳，4名队友在接受治疗后连连感叹疗效显著。

医疗队的黄医生在经过时被拔火罐发出的“啵、啵”声音吸引，敲门而入。他告诉肖英超自己由于长时间在隔离病房，肩颈过度劳损，酸痛难忍，一直得不到缓解。闻及此，肖英超向黄医生发出邀请：“要不要做个平衡火罐，改善一下颈肩疼痛的问题？”

黄医生立马答应，肖英超采用了闪罐、揉罐、抖罐、走罐、留罐5种手法为他进行治疗。20分钟后治疗结束，黄医生转了转脖子，抬了抬双臂，惊讶地说：“太有效啦！之前抬手臂时总感觉有牵扯感，脖子也很僵硬，现在活动灵便多了，感谢感谢！”

广东省中医院人在实践过程中，不断总结经验，为让更多中医同道掌握辨证施护的要点，提高中医护理效果，广东省中医院护理部牵头，联合了广东、湖北、江西、辽宁等地10余家中医院的医疗护理专家，梳理制定了《新型冠状病毒感染肺炎中医护理方案》，由广东及湖北多家医院的医疗队成员进行临床应用。

“热退了，咳嗽减轻了，吃得下饭了，睡得好了”是接受中医护理疗法的患者和同行最直接的感受。中医护士用自己精深的专业和技能，帮助患者缓解痛苦，加速康复，还为长期疲劳作战的医疗队队员们进行保健康复治疗。仁心践行“大医精诚”，是广东省中医院护理人不忘的初心、铭记的使命！

5

中医药救治危重症？大有作为！

时间已然到了3月。看着各省市地区疫情主要监测数据逐渐变成“0”“0”“0”，就似那迷雾森林中不断浮现的亮光。胜利就在前方，现在就是一鼓作气的时候！

攻坚克难还须继续，还有危重症患者需要医护们全力治疗！

为充分发挥中西医结合救治重症和危重症新冠肺炎患者的优势，提高患者救治成功率，广东省成立中医药救治新冠肺炎重症和危重症病例专家组，广东省中医院呼吸科大科主任林琳担任专家组组长，专家成员还包括广东省中医院大德路总院重症医学科主任郭力恒、大德路总院急诊科主任唐光华、芳村医院传统疗法科主任孙健。

3月7日下午，广东省中医药救治新冠肺炎重症和危重症病例专家组集合全组专家力量，对深圳3例病情复杂、病程较长的高龄危重症患者进行远程会诊。新冠肺炎重症和危重症患者主要存在两种状况，在都有气虚的基础上，一种是阴虚，且往往伴有热；另一种是阳虚。若病情加重会导致阴阳两虚，身体功能和状态进一步恶化。经过40多天的治疗，此次会诊的患者虽然从死神手中逃脱，却元气大伤。

在集合会诊现场，林琳表示，对这类患者的救治要特别谨慎，因为他们的身体过于虚弱。中医药介入救治讲求更加精准和稳妥，在保住患者阴阳气血底子的基础上，宜使用温和的方药帮助患者扶助正气，促使细胞有所再生修复。她还指出，针对不同重症和危重症病例要辨证精准施治，分次少量用药并及时观察。

通过现场深入讨论，专家组成员分别从病因、病机、辨证、治则及处方用药等方面给出建议，制定个性化的治疗方案：立足温补为主，使用人参等药材参与治疗，同

广东省中医药救治新冠肺炎重症和危重症病例专家组首次集合会诊

时加强调节脾胃，并适当增加耳穴压豆等方法治疗。

中医常被看作是个“慢郎中”，中医药救治新冠肺炎重症和危重症病例能行吗？中医在危重症患者救治上能发挥怎样的作用呢？专家组是否有足够的把握呢？很多人心里会有这样的疑问。

实际上，中医不但擅长治慢病，它也治急性疾病，且在许多急危重疾病的救治上起到很重要的治疗作用，临床上是经常可以见到的。如“温病三宝”安宫牛黄丸、紫雪丹、至宝丹，安宫牛黄丸主要是治昏迷，意识不清；紫雪丹治疗高热，这也是急重病；至宝丹则在治疗一些严重意识不清的患者上疗效突出。总的来说，中医药运用在危重疾病治疗方面，除了中药之外，针刺十宣穴放血治疗高热、晕厥等，也都是在临床行之有效的方法。“我们在临床上也经常用中医药来救治一些危重的疾病。”林琳在回答广东广播电视台记者的提问时说道。

专家组一致认为危重症患者的治疗原则是：以补护正气为重，兼予清化病邪。充分发挥中医扶正祛邪的作用，针药并用，全方位调节机体的气血阴阳。

危重症患者的救治首要是扶正气，根据患者具体情况补阳补气，帮助患者提升正气元气，促进患者组织的修复再生、免疫及脏腑功能恢复，这样继发的各种感染才能中止。

● 广东省中医院呼吸科大科主任林琳在广东省人民政府新闻办公室召开的新闻发布会上答记者问

兼清化病邪，是指中医还有协助抗炎的作用。已发生的感染可以让西医西药来主导治疗，而中医的关注点要前移，中医要发挥扶正的优势，走在细菌、病毒的前面。这就是《黄帝内经》中明确提到的“中医治未病”理念和思路，“未病先防，既病防变”。

同时，危重症患者的治疗，要特别注重准、精、稳，边观察边治疗，制定个体化治疗方案。补的力度随个体不同而异，大虚大补，小虚小补，补而不过，过补则会助热生火。另外，一天药量分多次服用，中病即止，不可过剂。

其实，17年前，林琳就曾参与中医救治“非典”危重症患者，广东省中医院制定九证十方的中医药治疗“非典”方案，采用中西医结合治疗，明显缩短平均退热时间和住院天数。“可以说，历史上有许多中医药和中西医结合治疗危重疾病的成功案例。如中医在参与治疗急性心力衰竭、呼吸衰竭、重症肺炎、急性脑梗死等急危重症方面取得了不错的临床疗效，中医药在急危重症救治上是大有作为的。”林琳说。

运用中医药救治危重症患者，对林琳来说，并不是一个大的难题。在她看来，通过中医药，以及中西结合的方式把患者从危重症转危为安已经是家常便饭，“有多把刷子”。

之前，林琳在中山市中医院看见一个患者，身患恶性肿瘤，另外有支气管扩张、肺部感染。患者那天病情已经比较严重了，家人基本上想放弃了，已经没有什么办法。于是林琳让她的团队赶到中山会诊这位患者。患者当时意识不太清楚，烦躁不安，循衣摸床，已经两三天吃不下东西，大便不通畅。“一看就是一种痰热蒙蔽的症候，从中医来说是使用安宫牛黄丸适应证。”林琳分析说，“当时已经夜间很晚了，问他家里面有没有这个药，他说有，嘱先吃一粒安宫牛黄丸，第二天再吃汤药，中西医结合治疗。结果我回到广州，第二天上午就收到患者家属的信息，说患者上午神志很好，精神很好，对答清晰，而且提出要吃饭，家人非常高兴。”这位患者从意识模糊危重症的状态，经过中医药的治疗得到了很明显的改善，后续通过中西医结合，患者好转出院。

中西医结合治疗危重疾病的案例是比较常见的。

再举一个例子，在治疗疫病方面，广东省中医院也是很有经验的。2003年“非典”流行期间，也是通过中西医结合，广东省中医院救治了不少危重症的患者。由于疗效显著，2003年5月3日，香港医院管理局邀请广东省中医院派出中医专家赴港支援抗击“非典”。医院经过多方考虑，派出林琳和杨志敏到香港参与“非典”患者的救治工作。当时她们到香港，需要救治的患者很多都进了ICU，任务非常艰巨。

林琳和杨志敏积极辨证治疗，跟西医密切配合，不久后便不负众望，疗效浮现。她们在香港治疗的这批患者，通过第三方配比统计分析，最后得出结论，中西医结合治疗组激素的使用量和激素的使用时间明显少于纯西医治疗组，这说明中医药在治疗危重疾病方面是有它独特的优势的。现在在临床上，比如说广东省中医院和中医系统各大医院，都开展中医药和中西医结合治疗危重疾病的一些临床救治工作，如中西医结合治疗中风，还有呼吸科重症肺炎、呼吸衰竭、呼吸肌疲劳、脱机困难、心力衰竭等重症疾病，都融入了中医药和中西医结合治疗，并取得了非常好的效果。“所以我们感觉中医不但治疗慢病和预防疾病，在危重症治疗方面也有它的作用。”林琳说。

6

集思广益，隔空战“疫”

除了硬件支撑，广东省中医院大后方还为援助湖北医疗队提供着有力的“脑力”支撑。

医院集全院专家之力，发挥中医药特色优势战“疫”，集结了一支“智囊团”专家队伍。由名誉院长吕玉波、院长陈达灿、党委书记翟理祥、副院长杨志敏、副院长李俊、医务处处长陈全福、医疗质量控制办公室主任王伟荣、呼吸科大科主任林琳、大德路总院呼吸病科（PCCM）主任许银姬、急诊科大科主任丁邦晗、大德路总院急诊科副主任唐光华、大德路总院急诊科副主任叶烨、二沙岛医院急诊科主任李芳、芳村医院急诊科主任覃小兰、大学城医院急诊科主任陈伯钧、大德路总院重症医学科主任郭力恒、芳村医院重症医学科主任韩云、大学城医院重症医学科主任李健、芳村医院内五科主任颜芳、影像医学部主任刘波、急诊科大科护士长邓秋迎等多位专家组成的“智囊团”中，有历经“非典”洗礼的战士，也有具备丰富的急危重症处理经验的专家，涵盖了重症医学、呼吸、急诊专科和医院管理等领域。后来，“智囊团”中的颜芳、丁邦晗更是奔赴武汉亲自上阵。广东省中医院用了“身上最硬的鳞”，发挥中医药特色优势助力战“疫”。

“大家直奔主题，对这个病例有什么看法直接提！”“这位患者我认为还是偏于阴类证，太阴不足，这个阶段固护脾胃很重要。”一端是武汉前线的广东中医医疗队，另一端是广州后方的广东省中医院专家团队。

2月8日，正值元宵佳节，上午10点中医药专家隔空对话，前线与后方进行远程会诊，针对当时临床中的急危重症疑难病例、病因病机尚待明确的病例，以及中西医结合治疗方案需要进一步完善的病例，分别从病情研判、用药效果、康复调理等方面进行认真研讨，一起为新冠肺炎患者“把脉开方”。

当天，张忠德与黄东晖、谢东平等10名医生，通过视频将当地隔离病区收治的其中3名患者病情一一呈现，并进行详细阐述。

“今天的线上会诊，把前方的疑难病例情况传输到后方，让后方专家对疾病的规律有更好的了解和学习。同时，通过后方的交流会诊拓展一线人员的思路，增加精准辨证的把握。”杨志敏说，“武汉一线患者量大、复杂，如何把规律把握好，需要不同知识背景的人员通过充分讨论、融合，更清晰快速地掌握新型冠状病毒肺炎在中医方面的演变规律，抓住切入点，从而阻断疾病发展，让患者快速有效康复。”这是广

●广东中医医疗队（上）与广东省中医院（下）远程会诊

东中医医疗队自1月27日奔赴武汉一线后开展的第五次远程会诊。会诊也为进一步把握好新冠肺炎患者，特别是重症患者的中医治疗规律创造了条件，为制定广东患者治疗方案共享了经验。

经过1个半小时的会诊，“智囊团”针对3个会诊患者的病情变化及会诊资料，基于六经辨证、三焦传变等中医理论为武汉新冠肺炎患者提供精准的中医药治疗方案。

其中一个病例为张忠德到武汉汉口医院会诊的患者。该患者发热一周后再次反复发热，当时中医症候特点表现为“口干不欲饮、纳差、腹胀、便溏、发热，汗出后热退、肢冷、便溏，精神尚可”。会诊专家讨论后认为该患者目前属于邪正交争，偏于阴类证，太阴不足，要注意避免苦寒药物再次损伤太阴脾土，可以考虑以柴胡桂枝汤为主，佐以固护脾阴、养阴扶正之品，如北沙参等。

第二个病例，是一名60岁的女性患者，目前反复恶寒发热、口干、舌尖红、苔黄厚。会诊专家讨论后认为该患者里热明显，重点要清中焦，比较一致认为可以使用大柴胡汤原方原量或适当加减，也有专家从温病辨证思路提出可以考虑蒿陈清胆汤加减。

第三个病例患者为71岁男性，2月1日起大便不解，后病情日渐加重，2月6日起使用承气汤后大便已解，2月8日查房后病情较前缓解。

张忠德从接诊的150多个新冠肺炎患者中总结，考虑新冠肺炎患者存在一定的疾病

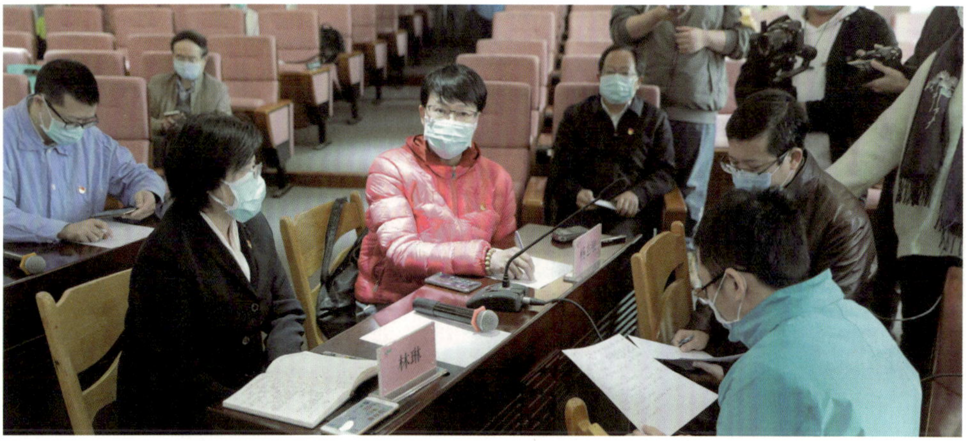

广东省中医院专家针对远程会诊情况进行现场病例讨论

传变共性，认为患者中焦湿热，进而大肠热结，发展至腑气不通、大便不解。杨志敏等专家一致同意张忠德的观点，提出温病“下不言早”，因此，“通下”很重要，但也要注意不伤阴。

“患者的病程进展到了什么阶段？”“从舌象上看目前是什么证？”“用生麻黄还是炙麻黄？”“用5 g还是10 g？”……又是一个持续了近3小时的会诊。专家们结合自身多年临床诊疗经验，对每一个疑难病例反复研讨，谨慎判断。

“谢谢你们帮助我们开阔了思路。”会诊结束时，张忠德感谢会诊专家团队的鼎力支持。

汇集众智，群策群力。通过高效沟通连接，专家们调整诊治思路和方子后，被会诊患者的病情有了明显改善。

此前的5次会诊共对12名危重症患者病例进行分析，经专家会诊，调整中西医结合治疗方案后，有2位患者已经出院，3名患者由重症隔离病房转至缓冲病房（符合出院标准），7人病情明显好转。

自广东省中医院医疗队援助湖北以来，远程会诊一共进行了14次。

“每次会诊讨论3到4个病例，每个病例几乎都要讨论1个小时。通过多次磨合，我们已经总结出很多心得。现在每一次远程会诊都集中针对改善一种病症，比如今天就是集中针对喘息加重症状如何改善，提高了交流效率。我们总结后行之有效的方案也会及时向全国推广。”张忠德说。

●广东省中医院远程会诊现场

7

上医治未病

在此次新冠肺炎疫情防控工作中，作为广东省中医治未病指导中心，广东省中医院治未病中心团队在杨志敏组织下先后推出广东2020年冬春季节中医药扶正固本养生保健指引，以及广东省新冠肺炎中医治未病指引，充分发挥中医治未病的优势，为群众健康保驾护航。

“治未病”三字原文为“上工治未病”，最早出自《黄帝内经》。2007年，时任国务院副总理的吴仪从历史和时代发展的战略高度，提出开展中医“治未病”工作的要求，国家中医药管理局随即启动了“治未病”试点工作。作为第一批全国中医“治未病”试点单位之一，广东省中医院治未病中心成立于2007年，时任副总理吴仪亲自授予其“广东省中医院治未病健康工程示范单位”。广东省中医院也是摸着石头过河，在中心刚建立时，中医治未病的理念尚未为人熟知。2012年，广东省中医院成为全国中医治未病重点专科协作组大组长牵头单位，是国家中医药管理局中医治未病重点专科、中医养生学重点学科、中医预防医学重点学科、“治未病”研究基地，2015年成为广东省中医治未病指导中心，2019年成为广东省中医治未病服务质量监控中心。广东省名中医、广东省医学领军人才、副院长杨志敏作为治未病中心的学术带头人，带领中心以中医治未病理念为指导，开展中医养生保健与疾病预防的临床、科研与教学工作。

在经过长期的临床实践与完成多个国家级研究课题后，广东省中医院形成了对人体健康状态进行认知和分类的“和态”健康观，并在此指导下运用中医药手段开展针对不同分类人群的治未病服务，包括开展中医体质、健康状态监测，体质、健康状态与疾病发生的关系研究，生活方式、食疗、保健功法、中医药特色技术等养生保健与疾病预防措施等。中医治未病的魅力和实力被越来越多的百姓熟知。成立治未病中心之后，广东省中医院又在全国率先成立慢病管理中心，并开设医养结合门诊，通过“未病”“已病”及“慢病”三个层次的中医健康管理体系，形成预测、预防、干预、养生、治疗、康复、养老的生命全周期健康维护链。

副院长杨志敏分管治未病中心和慢病管理中心。她认为，发挥中医药在疾病康复中的核心作用，不能把目光局限于某项或某几项康复技术，而要建立完整的中医慢病管理体系。

2020年1月，新冠肺炎疫情出现之初，杨志敏就一直反复叮嘱：“反时令气候出现与疫病邪气出现是直接相关的，人们患病的根本在于自身的正气不足而受邪气侵袭。中医说‘虚邪贼风，避之有时，正气存内，邪不可干’。我们治未病，就是要及时回顾天气，及时监测人的体质。”

自2020年1月以来，杨志敏及治未病中心团队借助前期研究成果的舌诊小程序开展了随机抽查舌象和体质的分析，累计调查了2693名广州市民众。分析发现，偏虚寒者占44.34%，偏热者占19.64%，其中夹湿者占39.99%。这个结论与岭南人群“阳浮阴闭，元气不固”“上焦多浮热”“中焦多湿蕴”“下元多寒湿”的体质特点一致。“这就是我们广东预防新冠肺炎的立足之本，要切实符合广东人的体质、地域特点，才能做出有效的广东预防方案。”

2020年1月31日，正值年初七“人日”，在全城严密管控隔离的状态下，治未病中心的医生却在热火朝天地试验着各种预防新冠肺炎的方法，开着电话会议：

“从广东医疗队在武汉前线发回来的疫情资料来看，初起以寒湿为主，预防要抓住这个病机，用健脾、祛湿、补虚、和胃的方法。”

“这个中药熏香，‘非黄’文献的方案跟这次疫情还是有所区别，几个药的比例要再调整一下再试。实验室结果出来了吗？”

“保健药膳方还有两味还不是药食同源品，再斟酌换过来，比例再调整一下。口感基本上可以了。”

● 广东省中医院副院长杨志敏（右）就新冠肺炎疫情接受访谈

经过紧锣密鼓的准备，以及组织中医治未病专家研讨，2月，根据常见人群的体质偏颇，按照中医治未病理论，广东省中医院制定了《广东省2020年冬春流感、新型冠状病毒易感人群中医药保健养生方案》，为大众推荐适合当下时令的药食同源方案以及一系列适合大众的生活方式、汤膳茶饮建议，以固本纠偏、防病强身。同时，医院相关专家根据患者常见证型等情况，立足体质寒热倾向与中医外感因素易感性，制定了中药预防处方及简易防护方法，在医院官方微信公众号“广东省中医院”上推送。此外，受广东省中医药局委托，广东省中医院（省中医治未病服务质控中心）还组织专家研究制定了《广东省新冠肺炎中医治未病指引》，供大众人群、密切接触者参考。该指引受到群众广泛关注及点赞。

随着防控工作的进一步强化，为使民众更方便地取得预防方药，广东省中医院制定了预防一号和预防二号方，用人们最容易理解的“偏虚寒”“偏湿热”来指导使用，可在医院门诊直接开出已煎煮好的即饮真空装。

新冠肺炎属于中医“疫病”范畴。《说文解字》对“疫”的解释是“民皆疾也”。说明在古代它是一种流行性疾病。为什么流行呢？时令的变化，该来的时令不来，而是反了时令，所以导致疾病的发生。

2019年整个秋天，9月、10月非常高温，比往年的平均温度要高，特别是武汉。

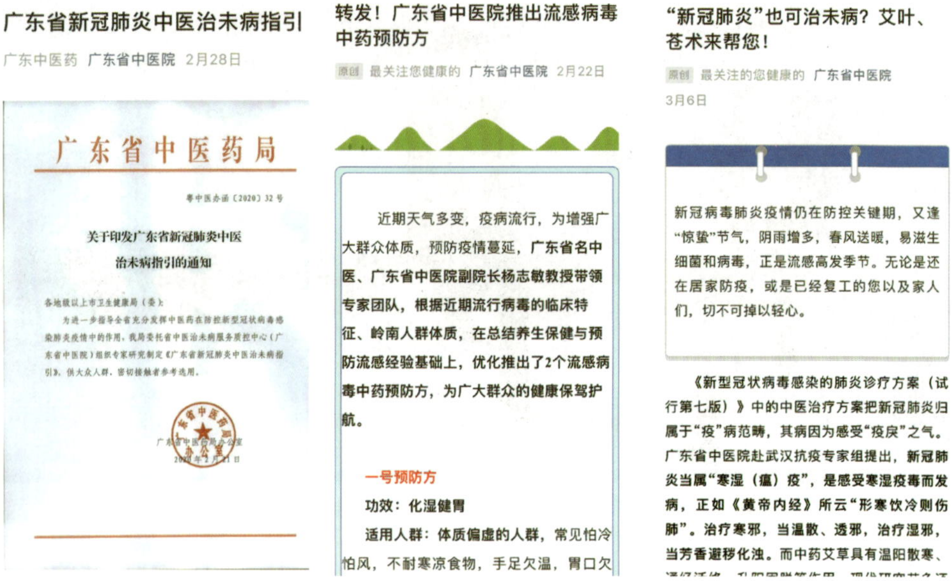

广东省新冠肺炎中医治未病指引

广东中医药 广东省中医院 2月28日

广东省中医药局

粤中医办函〔2020〕32号

关于印发广东省新冠肺炎中医治未病指引的通知

各地级以上市卫生健康局（委）：

为进一步指导全省充分发挥中医药在防控新型冠状病毒感染肺炎疫情中的作用，我局委托省中医治未病服务质控中心（广东省中医院）组织专家研究制定《广东省新冠肺炎中医治未病指引》，供大众人群、密切接触者参考选用。

广东省中医药局办公室

2020年2月21日

转发！广东省中医院推出流感病毒中药预防方

原创 最关注您健康的 广东省中医院 2月22日

近期天气多变，疫病流行，为增强广大群众体质，预防疫情蔓延，**广东省名中医、广东省中医院副院长杨志敏教授带领专家团队，根据近期流行病毒的临床特征、岭南人群体质，在总结养生保健与预防流感经验基础上，优化推出了2个流感病毒中药预防方，为广大群众的健康保驾护航。**

一号预防方

功效：化湿健胃

适用人群：体质偏虚的人群，常见怕冷怕风，不耐寒凉食物，手足欠温，胃口欠

“新冠肺炎”也可治未病？艾叶、苍术来帮您！

原创 最关注您健康的 广东省中医院 3月6日

新冠病毒肺炎疫情仍在防控关键期，又逢“惊蛰”节气，阴雨增多，春风送暖，易滋生细菌和病毒，正是流感高发季节。无论是还在居家防疫，或是已经复工的您以及家人们，切不可掉以轻心。

《新型冠状病毒感染的肺炎诊疗方案（试行第七版）》中的中医治疗方案把新冠肺炎归属于“疫”病范畴，其病因为感受“疫戾”之气。广东省中医院赴武汉抗疫专家组提出，**新冠肺炎当属“寒湿（瘟）疫”，是感受寒湿疫毒而发病，正如《黄帝内经》所云“形寒饮冷则伤肺”。治疗寒邪，当温散、透邪，治疗湿邪，当芳香避秽化浊。而中药艾草具有温阳散寒、**

● 广东省中医院微信宣传矩阵

从10月底、11月，冷空气袭击武汉，气候迅速转为湿冷。气候反差，是导致疾病潜伏的因素之一。分析古代疫情的文献记录，气候是导致疫情发生的主要因素。2019这一年谓之五运六气，中期气叫少阳上火，本来是冷的时候，下面有火在摇动，春天应该阳气生发的时候来了太阳寒水，所以导致了寒热升降不在正常范围，这是一个因素。那么，在古人认识中，在这样的环境下，为什么有些人得病，有些人不得病呢？所谓“正气内存，邪不可干”，中医认为人本气充盈的时候，邪气是不容易侵入人体的，但假如人的本气亏虚，外邪气就会乘虚而入。人与人之间近距离的接触可以成为传播的途径，在中医看来，戾气从口鼻而入。从这可以看出，古代对治疗疫病的认识和现代传染病防控途径应该是非常吻合的。

古代人给我们一个总的概括认识是，男女老少无论大小，只要正气不足就容易染病，所以教导现代人们如何做好防控很重要。在湖北染病的人群基本有两种特征，一种是火热底，一种是大便不通、饮食不规律。饮食不规律，或是大便不通，口干口苦、火气很重的患者，疾病就容易转重转危。有些患者体质偏虚，一受寒邪就容易拉肚子，容易没胃口。只要中医帮助这些患者扶正祛邪，疾病就容易快速得到控制。

广东省中医院治未病团队在整个中医方案中，努力做到辨证施治，在条件允许的情况下尽量一人一方。对于疑似的人群，可以通过已经掌握的规律进行判断，提供协定的处方予以防治。对于一些已经发生了的疾病，要防止由轻症转成重症，也就是“既病防变”。

随着越来越多的患者恢复、出院，杨志敏也给予了他们更具体的建议。杨志敏认为，正气内存的体现是身体的阴阳自和的机体稳态。治愈患者经过患病过程，肺系统处于低功能状态水平，也就是中医常说的气阴两虚、肺脾气虚的状态。另外，按照中医的整体观，除了肺系统本身的低功能之外，机体整体也处在正气耗损、机体稳态刚刚恢复而不稳固的状态。因此，中医养生认为治愈患者出院后应当分别从上述两个角度，从治未病“瘥后防复”去进行康复保健，切入点依然是恢复巩固机体稳态、恢复整体及肺系统正气、降低疫病易感性。因此，可以用中药与汤膳茶饮以调补机体正气，用肺康复技术如用力呼气、有氧运动、松弛训练等以促进肺功能康复，以中医传统保健功法、中医药特色疗法技术、生活方式、情绪调摄等同时促进整体与肺系统的稳态恢复与维持。同时按照新冠肺炎的相关防控指引，做好个人防护，做到“虚邪贼风，避之有时”。

8

无声的集结：科技战“疫”

当发热门诊、隔离病区医务人员彻夜奋战时，一支特殊的冲锋队无声而迅速地集结，将科技创新的旗帜牢牢插在抗击新冠肺炎的第一线。

科研攻关与疫情赛跑。

时间回到灯火璀璨、万户团圆的除夕夜，广东省中医院汇聚了一支传染病、热病、呼吸、重症、临床研究方法学、医学伦理学等相关领域的专家队伍，彻夜在电脑屏幕前聚精会神地查阅文献、制定研究方案。即使无法集中在一起研究讨论，但海量信息在无声传输，一条条宝贵建议、一篇篇权威文献在无数的电话、短信、邮件中一一传递。专家队伍基于多年的传染病研究基础和工作经验，连夜奋战研究出了针对此次疫情特点严谨的研究方案和密切结合临床的观察量表，为正式实施临床观察抢占了先机。

脱下汗水浸湿的隔离衣，拿起卷角的研究方案，反复思考斟酌，反复观察患者的病情——带领国家中医医疗队驰援武汉的张忠德在繁忙的抗疫临床一线，亲自提供诊疗数据，结合临床为制定具有可行性、可操作性的研究方案提出了宝贵的建议和意见。

大年初一，曙光初照，分别来自大德路总院呼吸病科（PCCM）、大德路总院急诊科、中医药防治传染病重点研究室的许银姬、唐光华、刘云涛三位主任，来不及向家人拜年，便汇集在广州市第八人民医院隔离病区。这是一次具有特殊意义的“拜年”，他们对确诊新冠肺炎患者进行了临床调研，全面采集中医症候信息，以期总结归纳中医发病规律和症候特征。他们连续收集数十例新冠肺炎患者的中医四诊信息，完成第一批症候调查表的信息采集，第一时间拿到临床资料，为病情分析和治疗提供了宝贵数据。

自疫情发生以来，广东省中医院就成立了应对新冠肺炎应急攻关小组，并划拨100万元专项经费用于新冠肺炎的专项研究。医院成立了临床研究方法学和数据管理团队对武汉医疗队进行科研支持，通过开发基于手机填写的电子CRF（病例报告表）、前后方配合等手段，克服了急性传染病原始临床数据的收集难题。

1月22日，中医药科研参与抗击疫情的工作思路得到钟南山院士及其团队的认同和支持，并第一时间加入广东省联合攻关项目。1月23日，陈达灿、翟理祥组织医务处、科研处共同确定突出中医药特色优势、科技创新为临床抗击疫情服务的指导思想和工作原则。张忠德作为国家中医药专家组副组长，最早深入病房，摸清症候规律和核心病机，全程参与制定了国家卫生健康委、国家中医药局第三版到第七版的诊疗方案。为应对疫情，国务院、中国工程院成立中医药科技专班，张忠德为临床救治组副组

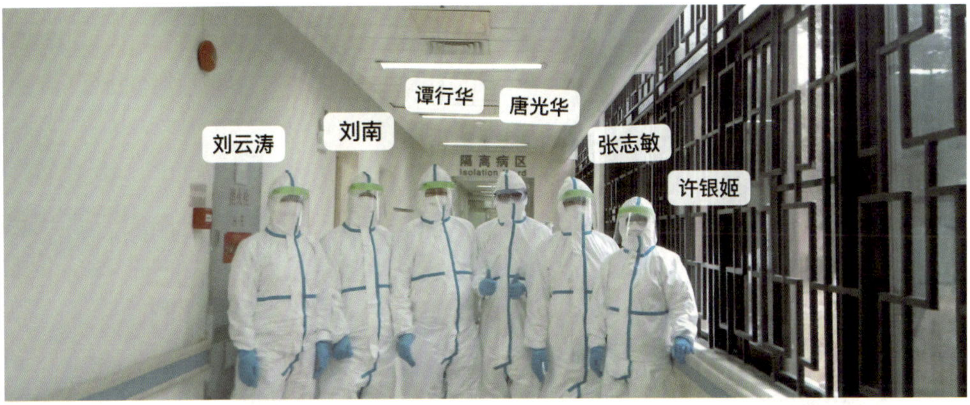

● 许银姬、唐光华、刘云涛在广州市第八人民医院隔离病区外与院外专家合影留念

长，奚小土为专家组成员，参与国家中医药救治新冠肺炎的疗效评价。张忠德、邹旭制定的“扶正救肺汤”治疗重型新冠肺炎制剂获得4项科技部应急重大专项资助，还被纳入广东省应急专项，通过绿色通道启动广东省药监局医院制剂开发，同时被遴选为省政府科技抗疫代表性成果之一。

科研工作马不停蹄。

依托医院建设的以国家中医药管理局传染病重点研究室、中医急症研究重点实验室、急诊科、呼吸病科（PCCM）、中医药防治热病研究团队、中医药防治慢性咳喘病团队为主的科研队伍，在分管科研的副院长卢传坚的统筹协调和指导下，发挥力量，群策群力，紧锣密鼓，部署实施紧急科研工作方案，提出了古今文献情报分析、现场流行病学调查、临床治疗方案优化、中西医结合疗效评价、产品研发的科研思路和实施计划。

新冠肺炎的发病规律如何演变？不同中药复方和特色疗法治疗新冠肺炎的最佳适应证是什么？中医药、中西医结合治疗的疗效达到什么样的水平？怎样进一步提升临床疗效？这些问题都需要通过临床研究来回答。但一线的临床医生忙于治疗、抢救，往往腾不出时间精力来收集数据、分析规律。为了让中医药在抗击新冠肺炎的过程中发挥更大作用，同时减轻临床一线人员的工作负担，既有较强科研能力，有又临床工作经验的郭建文、郑丹文两位医生多次主动请缨，要到武汉去，到隔离病区去，为中

●新冠肺炎科研课题专家论证会

医抗疫提供科研力量。

郑丹文、郭建文先后抵达武汉后，分别在所在援助医院开展科研工作。他们每天早上都要穿上厚厚的隔离衣，戴上护目镜，和其他临床医生一起查房，详细记录患者四诊信息、用药情况和病情变化；查房结束后，他们复核患者资料，再将数据进行提取、核对，录入数据库中，并进行一致性检验以确保数据的准确性；晚上，他们和临床医生、后方科研团队一起讨论病情，分析数据，总结规律，为第二天的临床病情分析、治疗方案优化提供客观参考和支撑。

科技战“疫”战果丰硕。

广东省中医院加强顶层设计，与武汉医疗队紧密合作，开展疑似患者、重型治疗、心理干预、中医护理等9个临床研究，郑丹文、黄东晖获得国家中医药管理局特别资助，张忠德、丁邦晗获得中国中医科学院专项资助。

《新冠肺炎医案精选》《新冠肺炎中医护理案例精选》由人民卫生出版社出版，是来自一线医护鲜活实例的总结之作。值得肯定的是，广东省中医院作为牵头单位，在武汉雷神山医院各驰援医疗队中开展了我国唯一一个抗新冠肺炎中药新药——化湿败毒颗粒的三期临床研究（临床批件号2020L00009）。

相信在“硬核”科研的高效助力下，必将打赢这场疫情防控阻击战！

第七章 岐黄文化，广东中医

悬壶抗疫，看广东中医！17年前，广东省中医院成为广州地区最早遭遇“非典”的医院之一。医院探索出的中西医结合治疗“非典”方案受到世界卫生组织专家的肯定，称之为退热时间最短、住院天数最短的方案，并为国家制定的方案提供了依循。之后广东省中医院专家受邀赴香港援助“抗非”取得显著效果，开中医进入香港公立医院的先河。但在此次防治新冠肺炎中，仍有人对中医作用存在怀疑。科学总是在被质疑中发展与进步的，中医学也不例外。

实践证明，中医药治疗新冠肺炎效果很明确。在国家最新颁布的第七版诊疗方案中，中医药治疗的内容很丰富，既有通用方，也有针对不同病情、不同证型的方剂和中成药。岐黄文化，博大精深。

新冠肺炎隔离病区里的中药香日渐浓郁。

广东中医医疗队的张忠德、黄东晖等专家通过中西医结合治疗，运用中医药内服外用法，一边口服中药汤剂，一边静脉输注中药针剂，再配合穴位贴敷、穴位按摩等中医操作。一套“中医组合拳”下来，患者病情明显好转。

3月上旬，全国有5万余名新冠肺炎确诊患者出院了，其中大多数患者使用了中医药。专家团队研究证实，中西医结合与单纯使用中药或西药相比，能较快地改善发热、咳嗽、乏力等症状，缩短住院天数，提高核酸转阴率，有效抑制轻型和普通型向重型、重型向危重型的发展，提高治愈率，降低病亡率。3月29日，随着武汉雷神山医院C6病区关门大吉，广东省中医院援助湖北医疗队圆满完成了所有接管病区的新冠肺炎临床医疗救治任务。

医疗队坚持中西医结合，坚持重点发挥中医药特色优势，交出了一份漂亮答卷。在湖北省中西医结合医院隔离病区，张忠德带领国家援助湖北第二支中医医疗队广东团队接管4个病区139张床位，累计收治新冠肺炎患者249例，中医药治疗覆盖率100%；在武汉雷神山医院C6病区，邹旭带领由广东省中医院医疗队与深圳中医医疗队组成的团队接管床位48张，累计收治患者99人，中医药治疗覆盖率100%。

在疫情防控中，广东省中医院用实力证明了中医药的价值，而这实力的背后离不开医院多年来在中医药“沃土”的“精耕细作”。硬核战“疫”这一份漂亮的成绩单背后，更是广东省中医院多年来始终坚持“靠中医药特色优势发展医院”的办院方向，朝着“中医水平站在前沿，现代医学跟踪得上，管理能力匹配到位，为患者提供最佳的诊疗方案，探索构建人类最完美的医学”的愿景、“将中西医结合优势发挥到最优”的目标不懈努力的印证。

1

中医特色，特色中医

中医药不断守正创新，融合了中华几千年的经验和智慧。“中医特色，特色中医”，为了做到并做好这八个字，广东省中医院一直在努力。

被誉为“南粤杏林第一家”的广东省中医院（广州中医药大学第二附属医院、广州中医药大学第二临床医学院、广东省中医药科学院）始建于1933年，是我国近代史上最早的中医医院之一。

名誉院长吕玉波“掌舵”广东省中医院多年。在他看来，办好一间医院难，办好一间中医医院更是难上加难。而“硬骨头”之一，是如何处理好“中与西”的关系。理想的中医医院应该是什么样子？西医是中医的“死对头”，还是同一战壕的“战友”？广东省中医院用数十年的探索给出了答案：“中医水平站在前沿，现代医学跟踪得上，管理能力匹配到位，为患者提供最佳的诊疗方案，探索构建人类最完美的医学。”这几句话看似平淡，却饱含了广东省中医院人探索的艰辛。

中医医院承载着发挥中医药特色和优势的历史责任，要怎么做才能将之突显出来呢？

广东省中医院提出“六个挖掘”：挖掘和整理历代经典文献和前人的研究成果；挖掘和继承全国名老中医的学术思想和临证经验；挖掘和继承本院名医学术思想和临

床经验；挖掘和继承不同流派的学术思想；挖掘和整理中医特色疗法和适宜技术；挖掘和整理安全、有效的民间单方、验方。“六个挖掘”，是为了围绕不同病种展开充分研究，研究的领域包括疾病规律、病因病机、治疗思想、治则治法、用药方法、调理养护等方方面面。之后，将这些知识、经验应用于临床。最终的目标是要提高中医药的临床疗效。“把中医药的临床疗效发挥得淋漓尽致”，这是名誉院长吕玉波常提的一个梦想。

围绕着临床问题挖掘整理祖国医学宝库中的精华，通过文献系统性评价、回顾性研究、比较研究、专家共识等方法，把中医的个体实践为主整合形成群体实践为主，充分运用中医药的精华，形成解决临床问题的最佳中医思路和方法。

中医特色疗法是中医外治法中最能体现传统医学体系的一部分，也是进一步提高中医药临床疗效的重要途径，许多令人拍案叫绝的“一招鲜”，往往来自这些特色疗法。在大量的医疗实践中，针药并用、外治内调等中医治疗方式，在维护健康、与疾病做斗争的过程中屡建奇功。

2009年，广东省中医院在中国中医药科技开发交流中心、中央电视台《中华医药》的支持下，举办了首届“杏林寻宝——全国中医药特色技术演示会”，广邀有一技之长、掌握特色疗法的名家能人到现场展示交流。此后，“杏林寻宝”每年举办一次，至今已走过11年的征程，成为医院挖掘中医特色疗法的重要渠道，抢救散落在民间濒临失传的中医绝活的有效途径。

在挖掘继承的基础上，广东省中医院组建传统疗法中心，承接这些特色疗法，并对这些特色疗法进行规范化、标准化的整理提高，并开展相关研究，再加以推广，逐步将医院打造成为中医特色疗法的活的博物馆，适宜技术的“集散地”。

多年来，“杏林寻宝”吸引了越来越多来自全国各地的中医药专家踊跃献宝。截至2019年，活动已累计梳理382项全国中医药特色技术，实地走访199项，共有118项上台展示，形成相关专著62部，成为全国挖掘中医药特色疗法的品牌。伴随着疾病的治疗，医院有一大批护士掌握了这些中医特色适宜技术，在临床上运用得如火如荼，疗效显著，深受患者喜爱。

为了探索中医药在预防保健领域的优势，广东省中医院成立了全国第一家“治未病中心”“中医慢病管理中心”，逐步形成了“未病”“欲病”“慢病”3个层次的中医“治未病”服务体系。医院也是广东省非物质文化遗产项目传承基地，“岭南传统天灸疗法”“岭南陈氏针法”系省级非遗项目，疗效获百姓点赞。

为了进一步探索中医药在治疗急危重疾病领域的临床疗效，广东省中医院在国医大师如邓铁涛、路志正、朱良春、张琪以及名医李可等著名中医药学家的支持下，建立了中医经典病房，并将其与急诊、ICU联动形成“铁三角”，主攻各种急危重症和疑难杂症。实践证明，中医药并非“慢郎中”，而是在各种急危重复杂疾病处理方面有着独具的优势和作用。中医经典病房自2010年至今运用纯中医药治疗各种肺部感染超700例；除此之外，在呼衰、心衰等方面，纯中医治疗都具备着不可替代的作用。

2017年11月，国家发改委、国家中医药管理局在广州联合举办了中医药传承工程启动暨培训班，向全国推广广东省中医院的经验做法，并计划投入100亿元，以广东省中医院中医经典病房为蓝本，在全国100家重点中医医院，打造100个中医经典病房，为全国更多老百姓提供中医经典服务。

如今的广东省中医院，全年门诊量超过700万人次，但在20世纪80年代，领导班子每年春节前却要给周边的西医院拜年，感谢他们愿意接收转院的患者。当时，由于医院不具备手术和救治复杂疑难疾病的能力，只能将患者转入附近的西医院。久而久之，患者不再选择来中医院就诊。

面对这一困境，广东省中医院决心探索一条将中医药精华与现代医学前沿有机融合的道路。

一开始，医院由于引进现代医学技术与设备遭受上级领导和业内同行的质疑，认为这是“西化”。时任党委书记、院长的吕玉波面对非议，掷地有声地回应：“中医发展，要集中人类文明的全部成果。中医用CT、MR（磁共振），其实就是‘望闻问切’四诊的延伸。吸收引进现代技术，不等于‘西化’。如果中医连现代科技都接受不了，就无法站得更高、发展得更好。”在吕玉波看来，中西医结合是高水平的融合，在更高的技术平台上发挥中医药的特色与优势。

如今随着不断深入了解，不断体验到广东省中医院的技术水平以及疗效的提升，人们对于先进设备不适用于中医医院的观念早已转变。其实，衡量一家中医医院有没有西化，关键在于它是不是秉承了中医的理念，是不是主要靠中医药和中医疗法来保证临床疗效。

广东省中医院院长陈达灿认为："中医和西医视角不同，体系不同，方法不同，但面对的是同一个关注点——人类健康。我们所做的就是让中西医优势汇聚、有机融合，构建一种超越纯粹中医和纯粹西医、最有益于患者、临床疗效最优的完美医学。"

一个没有胸怀、没有眼界的医学，注定是一个没有前途的医学。因此，中医药的发展不能自我封闭，而是要吸收人类文明的优秀成果，为患者提供最佳的诊疗方案。也正因为始终坚定不移地走中西医结合的道路，在自然灾害或"非典"、甲流、H1N1疫情袭来时，广东省中医院都取得了突出的成绩，立下赫赫战功。

当来势汹汹的新冠肺炎突袭湖北，广东省中医院再次向党和人民交出了一份漂亮的成绩单。这背后，是广东省中医院多年来对"靠中医药特色优势发展医院"的办院方向，以及"将中西医结合优势发挥到最优"目标的坚持与实践。

2

岐黄薪火代代传

广东省中医院之所以能在此次抗击新冠肺炎疫情中，向党和人民交出一份漂亮的答卷，离不开医院文化建设塑造的有灵魂的人才队伍。

人才队伍建设向来是广东省中医院发展的一项重要战略。21世纪初，中医的传承出现"青黄不接"的现象，"学院化"弊病严重。吕玉波将目光转向了中医传统的培养模式——师带徒。广东省中医院领导班子认为，院校教育毕竟是一种通识性教育，中医很多东西要在实践里"悟"。没有名师的点拨，中医人才的成长周期会延长很多，而且有些关键节点很难悟到。很多老中医的经验，往往难以言传，只能意会。学生跟师过程中，跟老师产生了默契，能比较好地去领会掌握老师的隐性知识。

一开始，广东省中医院打算在医院里组织师带徒，但两个问题渐渐浮现：第一，尽管广东省中医院有几十年历史，毕竟名师、老中医的数量还是有限的；第二，无论广州中医药大学的几个附属医院，还是别的医院，在岭南环境下成长起来的名医都属岭南医派，思路、治疗方法、原则往往很相似，不利于学术“百花齐放”“百家争鸣”。

思来想去，吕玉波等人有了一个大胆的想法：把全国的名中医请来广东省中医院带徒！这样一来，一方面可以壮大医院的名医老师队伍，另一方面，全国各地不同的学术流派，就有可能在广东省中医院落地生根、开花结果。不同流派的碰撞，对提高中医药的临床疗效将非常有意义！这一想法得到了邓铁涛的大力支持。

在吕玉波等人的努力下，邓铁涛、任继学、焦树德、路志正、干祖望、颜德馨、朱良春、陆广莘、张琪、唐由之、吉良晨、周仲瑛、石仰山、罗金官、张学文等15位八九十岁的“国宝级”中医大家，放下门户之见，不顾年迈，千里来粤带徒。

过去有句老话叫“中医六十岁成才”，广东省中医院打破了这一说法，培养出一大批全国优秀的中青年专家。

不仅在中医方面，医院还要求年轻医生必须掌握现代医学的知识与技能。“两手都要抓，两手都要硬”，医院致力于培养复合型人才。

为了使医院具备抢救急危重症患者的能力，医院要求每一位医务人员都要学会呼吸机的使用，精通现代医学的抢救手段。

为了培养人才，院领导克服重重困难，想办法请著名的西医专家来医院授课，甚至亲自联系西医进修点，送医务人员外出学习，为的就是给年轻人创造成长的机会，让他们熟练掌握现代医学的诊疗能力。

一开始，也有不同的声音出现：“把人都送到西医院学习，岂不是让他们放弃中医，学习西医了？”事实证明，这种方法不仅培养出了一批复合型人才，反而让这些外出学习回来的医生对中医更有信心了。

许多复合型人才回忆当年的求学经历，无不慨叹过程艰辛，但却收获匪浅，中西

● 2000年起，广东省中医院开始实施人才培养工程，一大批全国名中医薪传岭南，成为业界佳话。国医大师邓铁涛题词：“后继有人，腾飞有日！”

医两套不同治病的方法，他们都掌握了，在救治患者时，可以制定出更多、更优的诊疗方案。

广东省中医院践行人本管理，强调“对人最大的关心，就是对其成长成才的关心”，为员工成长成才创造条件，为员工施展才华搭建舞台，并采取一系列有针对性的措施致力于各层次人才的培养，如“朝阳人才”“拔尖人才”“师带徒”“脱产跟师”等，激发优秀人才脱颖而出。

在这次抗击新冠肺炎疫情的战斗中，广东省中医院之所以能够单独开辟病区管理患者，能够娴熟地运用呼吸机等现代医学的手段救治重症患者，得益于有一支具备良好综合能力的人才队伍，得益于精通中西医诊疗的医生队伍，得益于掌握众多中医特色适宜技术的护理队伍。

这次“大考”，广东省中医院交出了一份满意的答卷，充分发挥了中西医协同治疗1+1>2的效果。

尾声

致敬！这是英雄传承的集体

白衣执甲“逆行”无畏，苁蓉当归英雄今回！

2020年3月20日，黄东晖等41名队员先行平安返穗；张忠德、邹旭等47名医务人员仍坚守在武汉雷神山医院。4月3日，首批返穗的41名队员结束了两周的休整，与阔别已久的家人团聚。

3月31日，邹旭等44名医务人员顺利抵粤；4月5日，在武汉“疫”线连续征战72天的张忠德圆满完成医疗救治任务后，与郭建文、王军飞一起平安回家！至此，广东省中医院援助湖北医疗队88名队员全员平安返粤。

4月20日上午，广东省中医院举行了简单而又郑重的欢迎仪式。近3个月的浓浓牵挂之情融入最热烈的拥抱之中，激动的泪水、开怀的欢笑、热烈的掌声是同事们最深情的告白。

结束休整，回到了阔别86天的大本营，张忠德一下车就被前来迎接的院长、书记张开双臂紧紧拥抱。“回到这个熟悉的地方，感觉真好！感谢给予医务人员力量的所有人！”张忠德感叹道，“前线是艰苦的，但我觉得我们广东医疗队在湖北也是最幸福的。无论有什么困难，无论多晚打电话回来，哪怕是半夜一两点，省领导、医院大后方都倾尽全力帮忙解决、支持前线，感恩！”

广东省卫生健康委副主任、广东省中医药局局长徐庆锋，广州中医药大学党委书记张建华，广州中医药大学党委副书记、校长王省良，广东省中医院名誉院长吕玉波、院长陈达灿、党委书记翟理祥等院领导，以及医疗队队员们所在科室的科主任、护士长，各党支部书记、职能干部以及医务人员代表共同见证了这直抵内心的感人时刻，同时为医疗队员一一送上了广州中医药大学党委致医疗队慰问信、广东省中医院党委致医疗队感谢信。

“医疗队坚持党建引领，把党旗插在最艰苦的地方，全队88人，现有党员80人，第一批带头进红区的都是党员！”

张忠德代表医疗队员现场发言，医疗队重点发挥中医药特色优势，精准打出一套中西医“组合拳”，制定个性化治疗方案，把1+1>2的优势发挥到最大，有效提高新冠肺炎患者，特别是重症、危重症患者的治愈率，降低病亡率，圆满完成医疗救治任务，实现了医疗队“打胜仗、零感染”的目标。

2020年4月20日广东省中医院援助湖北医疗队回院欢迎仪式合影

自2020年1月24日起，广东省中医院先后组建了9批援助湖北医疗队共88名队员驰援湖北。他们分别作为第二批、第四批国家援助湖北中医医疗队队员，前往湖北省中西医结合医院、武汉雷神山医院、武汉市汉口医院、武汉东西湖方舱医院、荆州市监利县中医院、荆州市中心医院支援。通过中西医结合，充分发挥中医药特色优势，救治新冠肺炎患者，取得显著成效，得到患者的肯定。

广东省中医院医疗队认真落实中央指导组医疗救治组“做好中西医结合工作，提升重症患者救治效果”的要求，副院长张忠德、重症医学科大科主任邹旭作为国家卫生健康委重症救治专家组成员，分别参与了武汉市蔡甸区妇幼保健院、蔡甸区人民医院、武汉济和医院、长江航运总医院、武汉市第六医院、武汉市汉口医院开展的重症病例中西医结合巡诊工作，推动重症病例的中西医结合救治。

医疗队成绩优异，战绩斐然！

他们是杏林翘楚，更是我们的英雄！

邹旭，国家援助湖北第四支中医医疗队广东团队队长，武汉雷神山医院C6病区主任，广东省中医院重症医学科大科主任，带领队员通过针药结合，在隔离病区“圈粉”无数，在看到患者治愈出院时，他流下眼泪，觉得再苦再累都值得。

黄东晖，广东省中医院援助湖北医疗队临时党支部书记兼队长，广东省中医院珠海医院呼吸科主任，以自己感染“非典”并痊愈的经历鼓舞患者，用精湛的医术挽救无数性命垂危的患者。

颜芳，广东省中医院内五科主任，回首支援湖北抗疫，他说，中医药的显著临床疗效，让曾经并不相信中医的患者成为中医药代言人。

温万鑫，用一技之长将原本冰冷的隔离病区走廊改造成中医文化艺术长廊，成为各地支援湖北医疗队心目中的“神笔中医人”。

窦明鑫，被一线隔离病区患者称为“明星”的暖心男孩，为“疫”消得人憔悴。

潘丽丽、刘宇、刘真真、肖英超4位中医护理女将，凭借着扎实的中医功底，熟练的操作技术，疗效显著的中医口碑，不仅名扬荆州“疫”线，还成为返粤医疗队休整期最忙碌的人……

石永勇带领的中国（广东）第九批援加纳医疗队正经受着非洲疫情的考验；林

琳、郭力恒、唐光华3位主任4月11日至5月13日进驻广州市第八人民医院协同救治输入型病例；副院长李俊带领的中国赴马来西亚抗疫医疗专家组于4月18日驰援马来西亚，并于5月3日平安返回；8月27、28日，王意、梁荣良、郑德想、杨永强、胡剑作为内地核酸检测支援队广东组队员奔赴香港，协助香港特区政府抗击疫情，9月16日结束任务返回广东。

杏林翘楚，返穗集结，不忘初心再出发！

仁心仁术，救死扶伤。患者至上，真诚关爱。日夜坚守，从不离岗。

在没有硝烟的和平年代，你们是人民最放心的，敢于托付生命的健康卫士。健康所系，重担在肩，你们，值得最高的赞美！

一颗仁心传薪火，一双妙手护健康，医者匠心永不倦怠，守正创新精益求精。你们广拜名师融百家之长，你们广育青苗春满杏林，你们让传统医学熠熠生辉，让医学人才梯队不断层，让医学有了更多可能，让大众健康有了更多保障，你们是医学路上的劳模和匠人！

精湛的医术，温暖的笑容，关心的话语，是治愈患者的最佳良药。为了让患者重获健康，你们有时候一站就是十几个小时；为了坚守岗位，你们被汗水沾湿了衣服，模糊了视野。你们不负韶华、不负梦想，在最美的时光践行医学誓言，急患者之所急，想患者之所想，以院为家，以患为亲。在家人、亲朋不理解的时候，你们是患者最能依靠的人。常食冷汤剩饭却心甘情愿，频遇急危重症却毫不退缩。只管为守护健康前行，你们是最可爱善良的追梦人。

你们无畏无惧，挺起精神脊梁。“哪有什么岁月静好，不过是有人替你负重前行”，你们就是负重的前行者！你们坚守岗位，冲在一线，从各地驰援，在病房里与病毒短兵相接，在防控一线挥汗如雨，令人感动，催人奋进。在你们的词典里没有“退缩”“逃避”，只有“不畏艰险向前冲”“挺起铁肩担重任”。重大考验在前，你们不曾退缩，不曾逃避，你们负重前行，挺起了中华民族的精神脊梁。你们兢兢业业，扛起万钧重担。春节本应是阖家团圆的时刻，但不管是17年前的那次“非典”，还是今年的这次新型冠状病毒肺炎，为了打赢疫情防控阻击战，你们选择坚守岗位，不怕辛苦，不惜汗水，做好每一个动作，站好每一班岗，守好每一道防线，坚定了全国人民战胜病毒的信心和决心。你们兢兢业业普及科学防控常识，传递向上向善力量，攻克疫情防控难关，在危急时刻挺身而出，于艰难险阻中铿锵行进，在众志成城中冲锋在前，用实际行动诠释了何为敬业奉献，用铮铮铁肩扛起了万钧重担。

你们大爱无疆，筑起坚固防线。在疫情面前，你们舍小家，为大家，用坚定选择诠释了大爱无疆，用实际行动构建起命运共同体，为全国人民筑起一道坚固防线。一封封请战书，一个个红手印，令人动容，感人至深。即使困难重重，即使挑战诸多，即使艰险无比，你们始终选择挺在前、冲在前、干在前，用实际行动救死扶伤，诠释了“大爱无疆”的内涵，彰显了白衣天使的情怀。劲往一处使，就没有战胜不了的困难，就没有过不去的坎。危难关头挺身而出，急难险重冲锋在前。打赢疫情防控阻击战，因为有你们的坚守，我们信心满满；因为有你们的付出，我们底气十足；因为有你们的攻坚，我们斗志昂扬！向最美“逆行”的白衣天使致敬，也是向勇敢、奉献、奋进的中国人民致敬，更是向团结、自强、勤劳的中华民族致敬。

致敬！白衣天使！致敬！广东省中医院英雄传承的集体！

附录一

抗疫歌曲

我相信

（姚林辉、刘罡演唱）

1=D 4/4
♩=86 深情、坚定地

陈道斌 词
姚林辉 曲

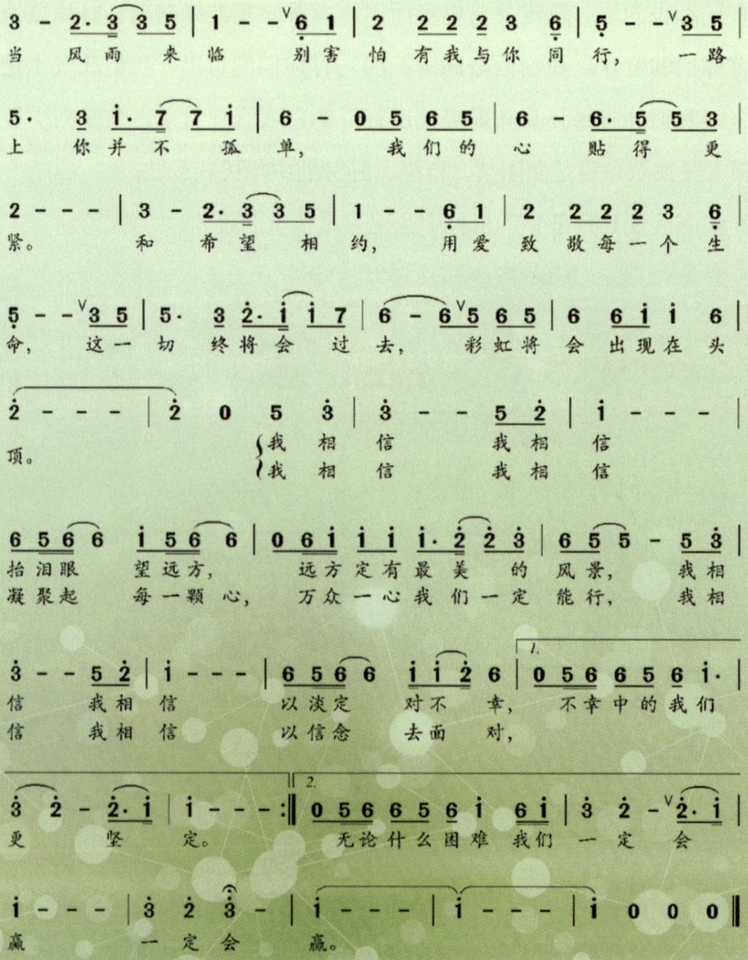

抗疫MV《我相信》创作背景：

广东省中医院党委以著名词作家陈道斌作词，青年歌唱家姚林辉作曲，姚林辉和青年歌唱家、国家一级演员刘罡演唱的抗疫主题歌曲《我相信》为背景，以医院抗击疫情人物和场景为素材制作了MV（音乐视频），记录历史时刻和感动瞬间，彰显广东省中医院人用制度自信筑起抗疫铁壁，用文化自信驱散疫情阴霾，用中医自信遏制病毒肆虐。广东省书法家协会副主席陈春盛为《我相信》MV题写片头。

心里的太阳

——致敬奋战在抗疫一线的战士们

廖 新 荣词
吴扬 林小苹曲

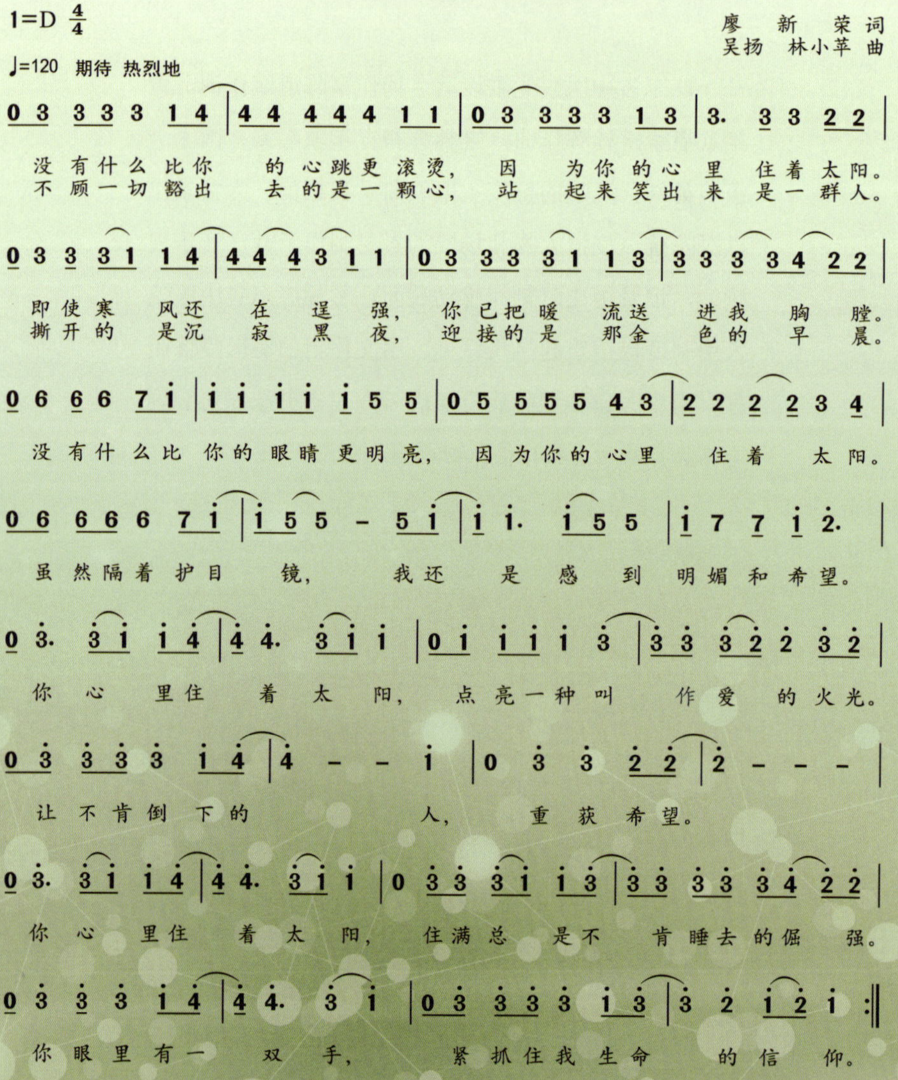

抗疫歌曲《心中的太阳》创作背景：

《心中的太阳》为广东省中医院患者家属廖新荣赠送给奋战在抗疫一线白衣天使的抗疫歌曲。此曲为廖新荣作词，吴扬、林小苹作曲。歌曲以热烈的感情赞颂了“心里住着太阳”的白衣天使的大爱与无畏。

附录二

广东省中医院派出各地援助抗击新冠肺炎疫情医务人员名录

一、广东省中医院援助湖北医疗队队员名录

序号	姓名	性别	科室	职务 / 职称	政治面貌	医院派出批次	援助单位	备注
1	张忠德	男	医院办公室	副院长 / 主任中医师、教授	中共党员	第一批	湖北省中西医结合医院、武汉雷神山医院、武汉市汉口医院	国务院联防联控中医科技专班临床救治组副组长，国家中医药管理局应对新型冠状病毒感染的肺炎疫情防控工作专家组副组长，国家援助湖北第二支中医医疗队队长，广东省援助湖北应对新型冠状病毒感染的肺炎疫情医疗队临时党委副书记，援助湖北应对新型冠状病毒感染的肺炎疫情国家中医医疗队广东团队临时党总支书记、队长
2	邹　旭	男	重症医学科	大科主任 / 主任中医师、教授	中共党员	第三批	武汉市汉口医院、武汉雷神山医院	国家援助湖北第四支中医医疗队广东团队队长，广东省中医院援助武汉雷神山医院医疗队临时党支部书记
3	黄东晖	男	珠海医院呼吸科	科主任 / 主任中医师	中共党员	第二批	湖北省中西医结合医院	国家援助湖北第二支中医医疗队广东省中医院团队临时党支部书记、队长
4	田碧文	男	医务处（医院感染管理办公室）	副处长（主任）/ 副主任技师	中共党员	第二批	湖北省中西医结合医院	队员，医疗队院感防控负责人，医疗队临时党支部组织委员
5	颜　芳	男	芳村医院内五科	科主任 / 副主任中医师	中共党员	第三批	武汉市汉口医院	队员

（续表）

序号	姓名	性别	科室	职务 / 职称	政治面貌	医院派出批次	援助单位	备注
6	蔡　彦	男	大德路总院呼吸病科（PCCM）	副主任中医师	中共党员	第二批	湖北省中西医结合医院	队员
7	周袁申	男	大德路总院重症医学科	副主任医师	中共党员	第二批	湖北省中西医结合医院	队员
8	谢东平	男	芳村医院重症医学科	副主任中医师	中共党员	第二批	湖北省中西医结合医院	队员
9	张　俭	男	大学城医院重症医学科	副主任中医师	群众	第二批	湖北省中西医结合医院	队员
10	潘宗奇	男	芳村医院内二科	副主任中医师	中共党员	第五批	武汉市汉口医院	队员
11	郑丹文	男	大德路总院急诊科	主治医师	中共党员	第三批	武汉市汉口医院	队员
12	陶兰亭	男	二沙岛医院急诊科	主治医师	中共预备党员	第五批	武汉市汉口医院、武汉雷神山医院	队员
13	陈鹿鸣	男	大学城医院综合一科	主治医师	群众	第五批	武汉市汉口医院、武汉雷神山医院	队员
14	秦新东	男	大德路总院肾内科	主治医师	中共党员	第六批	武汉雷神山医院	队员
15	尹　鑫	男	大德路总院重症医学科	主治医师	中共党员	第六批	武汉雷神山医院	队员
16	钟子劭	男	二沙岛医院脾胃病科	主治医师	中共党员	第六批	湖北省中西医结合医院	队员
17	黄凯锋	男	芳村医院呼吸病科（PCCM）	主治医师	中共党员	第二批	湖北省中西医结合医院	队员
18	周耿标	男	芳村医院重症医学科	主治医师	中共党员	第六批	湖北省中西医结合医院	队员
19	蔡书宾	男	大学城医院综合三科	主治医师	中共党员	第六批	武汉雷神山医院	队员
20	陈亚辉	男	大德路总院心血管科	住院医师	中共党员	第六批	武汉雷神山医院	队员

（续表）

序号	姓名	性别	科室	职务 / 职称	政治面貌	医院派出批次	援助单位	备注
21	蔡俊翔	男	大德路总院呼吸病科（PCCM）	住院医师	中共党员	第二批	湖北省中西医结合医院	队员
22	温万鑫	男	大德路总院神经重症科	住院医师	中共党员	第六批	武汉雷神山医院	队员
23	陈二辉	男	大德路总院血液科	护士长 / 主管护师	中共党员	第二批	湖北省中西医结合医院、武汉雷神山医院	队员，医疗队临时党支部宣传委员、生活委员，武汉雷神山医院感染三科六病区护士长
24	凌传仁	男	二沙岛医院急诊科	护士长 / 主管护师	中共党员	第二批	湖北省中西医结合医院	队员，湖北省中西医结合医院隔离病区护士长
25	张明波	男	介入中心	护士长 / 主管护师	中共党员	第六批	湖北省中西医结合医院、武汉雷神山医院	队员
26	王军飞	男	芳村医院急诊科、宣传处	护理师	中共党员	第二批	湖北省中西医结合医院、武汉雷神山医院	队员，医疗队临时党支部宣传委员
27	陈名桂	男	大德路总院重症医学科	主管护师	中共党员	第二批	湖北省中西医结合医院、武汉雷神山医院	队员
28	陈维生	男	大德路总院急诊科	主管护师	中共预备党员	第二批	湖北省中西医结合医院	队员
29	彭苏池	男	大德路总院急诊科	主管护师	中共党员	第二批	湖北省中西医结合医院	队员
30	刘婉芬	女	大德路总院神经重症科	主管护师	中共党员	第六批	武汉雷神山医院	队员
31	胡燕娇	女	大德路总院外一科（肝胆外科）、胰腺中心	主管护师	中共党员	第六批	武汉雷神山医院	队员
32	王　新	男	芳村医院急诊科	主管护师	中共预备党员	第六批	武汉雷神山医院	队员

（续表）

序号	姓名	性别	科室	职务 / 职称	政治面貌	医院派出批次	援助单位	备注
33	胡佳俊	男	大学城医院急诊科	主管护师	中共党员	第六批	武汉雷神山医院	队员
34	陈汉利	男	大学城医院麻醉科	主管护师	中共预备党员	第六批	湖北省中西医结合医院、武汉雷神山医院	队员
35	陈海振	男	大德路总院重症医学科	护理师	中共党员	第二批	湖北省中西医结合医院、武汉雷神山医院	队员，医疗队临时党支部组织委员
36	邱寅龙	男	大德路总院重症医学科	护理师	中共党员	第二批	湖北省中西医结合医院、武汉雷神山医院	队员
37	窦明鑫	男	芳村医院呼吸病科（PCCM）	护理师	中共预备党员	第二批	湖北省中西医结合医院	队员
38	谢志佳	男	芳村医院呼吸病科（PCCM）	护士	中共预备党员	第二批	湖北省中西医结合医院	队员
39	黄超明	男	大学城医院透析科	护理师	中共预备党员	第二批	湖北省中西医结合医院	队员
40	胡常伟	男	大学城医院心血管二科	护理师	中共党员	第二批	湖北省中西医结合医院	队员
41	苏达盛	男	大学城医院重症医学科	护理师	中共党员	第二批	湖北省中西医结合医院	队员
42	徐少硕	男	大学城医院急诊科	护理师	中共党员	第二批	湖北省中西医结合医院	队员
43	宋梦西	女	大德路总院呼吸病科（PCCM）、心胸外科	护理师	中共党员	第六批	武汉雷神山医院	队员
44	郑万丰	男	大德路总院脾胃病科	护理师	中共预备党员	第六批	武汉雷神山医院	队员
45	邬志雄	男	大德路总院心血管科	护理师	中共党员	第六批	武汉雷神山医院	队员

（续表）

序号	姓名	性别	科室	职务／职称	政治面貌	医院派出批次	援助单位	备注
46	张海怡	男	大德路总院重症医学科	护士	中共预备党员	第六批	武汉雷神山医院	队员
47	赖中秋	女	大德路总院重症医学科	护理师	中共党员	第六批	武汉雷神山医院	队员
48	张　晶	女	大德路总院急诊科	护理师	中共预备党员	第六批	武汉雷神山医院	队员
49	何明坤	男	大德路总院急诊科	护理师	中共党员	第六批	湖北省中西医结合医院、武汉雷神山医院	队员
50	房海辉	男	大德路总院急诊科	护理师	中共预备党员	第六批	武汉雷神山医院	队员
51	胡天东	男	大德路总院急诊科	护理师	中共党员	第六批	武汉雷神山医院	队员
52	廖嘉辉	男	大德路总院急诊科	护理师	中共党员	第六批	武汉雷神山医院	队员
53	彭顺旺	男	大德路总院神经重症科	护理师	中共党员	第六批	武汉雷神山医院	队员
54	张文举	男	二沙岛医院麻醉科	护理师	中共党员	第六批	武汉雷神山医院	队员
55	吴泰福	男	芳村医院内分泌科、脾胃病科	护理师	中共党员	第六批	武汉雷神山医院	队员
56	刘昶良	男	芳村医院心血管科	护理师	中共预备党员	第六批	武汉雷神山医院	队员
57	叶　波	男	芳村医院重症医学科	护理师	中共党员	第六批	武汉雷神山医院	队员
58	黎德雄	男	芳村医院急诊科	护理师	中共党员	第六批	武汉雷神山医院	队员
59	李观康	男	大学城医院重症医学科	护理师	中共党员	第六批	武汉雷神山医院	队员
60	林敬冬	男	大学城医院急诊科	护理师	中共预备党员	第六批	武汉雷神山医院	队员

（续表）

序号	姓名	性别	科室	职务 / 职称	政治面貌	医院派出批次	援助单位	备注
61	洪妙君	女	大学城医院麻醉科	护士	中共预备党员	第六批	武汉雷神山医院	队员
62	梁立传	男	大学城医院骨伤科	护理师	中共预备党员	第六批	武汉雷神山医院	队员
63	钱学先	男	大德路总院呼吸病科（PCCM）	护士	中共预备党员	第二批	湖北省中西医结合医院	队员
64	曾思涛	男	大德路总院神经重症科	护士	中共预备党员	第二批	湖北省中西医结合医院	队员
65	李明铨	男	大德路总院麻醉科	护士	中共预备党员	第二批	武汉雷神山医院	队员
66	蔡壬辛	男	大学城医院检验科	主管技师	中共党员	第二批	湖北省中西医结合医院	队员
67	李国华	男	大德路总院检验科	技师	中共党员	第二批	湖北省中西医结合医院	队员
68	张戈	男	科研处	研究实习员	中共党员	第六批	武汉雷神山医院	队员
69	张剑锋	男	珠海医院脾胃病科	主治中医师	中共党员	第三批	武汉东西湖方舱医院	队员
70	谭勇文	男	珠海医院呼吸科	主治中医师	群众	第四批	荆州监利县中医院、荆州市监利县人民医院	队员
71	张兴展	男	珠海医院重症医学科	主治医师	农工党员	第七批	荆州市中心医院	队员
72	苏文平	男	珠海医院重症医学科	主管护师	中共预备党员	第四批	荆州监利县中医院、荆州市监利县人民医院	队员
73	张俊杰	男	珠海医院呼吸科	护理师	中共党员	第三批	武汉东西湖方舱医院	队员
74	黎镇沪	男	珠海医院重症医学科	护理师	群众	第四批	荆州监利县中医院、荆州市监利县人民医院	队员

（续表）

序号	姓名	性别	科室	职务／职称	政治面貌	医院派出批次	援助单位	备注
75	黄春华	男	珠海医院门诊部	护理师	中共党员	第七批	荆州市中心医院	队员
76	聂丽霞	女	珠海医院重症医学科	护理师	群众	第七批	荆州市中心医院	队员
77	林汉林	男	珠海医院急诊科	护士	中共预备党员	第三批	武汉东西湖方舱医院	队员
78	沈孝伟	男	珠海医院心血管内科	护士	共青团员	第七批	荆州市中心医院	队员
79	丁邦晗	男	急诊科	大科主任／主任中医师、教授	民盟盟员	第八批	湖北省中西医结合医院、武汉雷神山医院	队员
80	李际强	男	大学城医院综合三科	科主任／主任中医师	中共党员	第八批	湖北省中西医结合医院、武汉雷神山医院	队员
81	郭建文	男	重大项目管理办公室	科主任／主任中医师	中共党员	第八批	湖北省中西医结合医院、武汉雷神山医院	队员
82	王进忠	男	芳村医院急诊科	副主任中医师	中共党员	第八批	武汉市汉口医院、武汉雷神山医院	队员
83	曾　靖	男	大学城医院急诊科	副主任中医师	中共党员	第八批	武汉市汉口医院、武汉雷神山医院	队员
84	孙良生	男	芳村医院内五科	主治医师	中共党员	第八批	武汉市汉口医院、武汉雷神山医院	队员
85	刘　宇	女	芳村医院内五科	护士长／主管护师	中共党员	第九批	荆州市中心医院	队员
86	潘丽丽	女	大学城医院皮肤科、风湿病科	护士长／主管护师	中共党员	第九批	荆州市中心医院	队员
87	刘真真	女	大学城医院综合一科	主管护师	中共党员	第九批	荆州市中心医院	队员
88	肖英超	女	大学城医院外四科	护理师	中共党员	第九批	荆州市中心医院	队员

二、广东省中医院援助马来西亚抗击新冠肺炎疫情医疗专家名录

序号	姓名	性别	科室	职务/职称	政治面貌	医院派出时间	援助地点	备注
1	李　俊	男	医院办公室	副院长/主任中医师	中共党员	2020年4月18日	马来西亚	中国赴马来西亚抗疫医疗专家组组长

三、广东省中医院援助香港抗击新冠肺炎疫情医务人员名录

序号	姓名	性别	科室	职务/职称	政治面貌	医院派出时间	援助地点	备注
1	王　意	男	大德路总院检验科	主管技师	中共党员	2020年8月27日	香港	内地核酸检测支援队广东组队员
2	梁荣良	男	二沙岛医院检验科	科研秘书/技师	中共党员	2020年8月27日	香港	内地核酸检测支援队广东组队员
3	郑德想	男	大学城医院检验科	技师	中共党员	2020年8月27日	香港	内地核酸检测支援队广东组队员
4	杨永强	男	珠海医院检验科	主治岗PCR组长/主管技师	中共党员	2020年8月28日	香港	内地核酸检测支援队广东组队员
5	胡　剑	男	珠海医院检验科	技师	共青团员	2020年8月28日	香港	内地核酸检测支援队广东组队员

附录三
广东省中医院抗击新冠肺炎疫情相关荣誉

• 2020年2月24日，张剑锋被中共东西湖方舱医院临时委员会、武汉东西湖方舱医院授予“先进标兵”称号。

• 2020年3月4日，广东省中医院援助湖北医疗队所在的国家援鄂抗疫中医医疗队（广东）被国家卫生健康委、人力资源社会保障部、国家中医药管理局评为“全国卫生健康系统新冠肺炎疫情防控工作先进集体”。

• 2020年3月4日，张忠德、黄东晖被国家卫生健康委、人力资源社会保障部、国家中医药管理局评为“全国卫生健康系统新冠肺炎疫情防控工作先进个人”。

• 2020年4月24日，周袁申、凌传仁被共青团广东省委员会授予2020年“广东向上向善好青年（爱岗敬业类）”称号。

• 2020年4月26日，王军飞、张晶、洪妙君被共青团广东省委员会授予“广东省优秀共青团干部（战‘疫’一线医务人员专项）”称号，曾思涛、窦明鑫、胡天东、梁立传、廖嘉辉、刘昶良、钱学先、谢志佳、沈孝伟、林汉林被授予“广东省优秀共青团员（战‘疫’一线医务人员专项）”称号。

• 2020年5月4日，张剑锋被共青团珠海市委员会、中共珠海市委网络安全和信息化委员会办公室、珠海市精神文明建设委员会办公室、珠海市青年联合会评为“珠海好青年（同心战‘疫’好青年）”。

• 2020年5月6日，陈二辉、张明波、凌传仁、邬志雄、陈维生、陈名桂、苏达盛、陈汉利、窦明鑫、王军飞被广东省中医药学会授予“广东省中医系统优秀护士”称号。

• 2020年5月10日，凌传仁被中华护理学会授予“杰出护理工作者”称号。

• 2020年5月19日，陈二辉被共青团广东省委员会、广东省青年联合会授予“广东青年五四奖章”个人奖。

• 2020年5月29日，张忠德被广东省委宣传部、广东省科学技术厅、广东省科学技术协会表彰为2020年广东“最美科技工作者”。

• 2020年6月12日，郭建文被世界中医药学会联合会授予“抗击疫情荣誉个人”称号。

• 2020年8月14日，张忠德、丁邦晗、田碧文、李际强、邹旭、林美珍、林琳、郑丹文、郭建文、黄东晖、蔡彦作为“抗疫个人”被中华中医药学会通报表扬。

• 2020年8月16日，李俊荣获广东省医师协会第二届“广东医师奖”。

• 2020年8月19日，张忠德荣获中国医师协会第十二届“中国医师奖”。

• 2020年9月，张忠德被人民日报健康客户端、人民日报社健康时报授予“第四届国之名医盛典‘抗疫·致敬’单元向您致敬！”纪念牌。

• 2020年9月，广州中医药大学第二附属医院（第二临床医学院、广东省中医院、广东省中医药科学院）党委被中共中央、国务院、中央军委授予“全国抗击新冠肺炎疫情先进集体”称号。

• 2020年9月，广东支援雷神山医院医疗队被中共中央宣传部授予“时代楷模”称号。

• 2020年9月，张忠德被中共中央、国务院、中央军委授予“全国抗击新冠肺炎疫情先进个人”称号。

• 2020年9月8日，张忠德被中共中央授予“全国优秀共产党员”称号。

• 2020年10月21日，广州中医药大学第二附属医院（广东省中医院）援助湖北医疗队临时党支部被中共广东省委授予“广东省先进基层党组织”称号。

• 2020年10月21日，广州中医药大学第二附属医院（广东省中医院）援助湖北医疗队临时党支部被中共广东省委、广东省人民政府授予“广东省抗击新冠肺炎疫情先进集体”称号。

• 2020年10月21日，邹旭、李俊、林琳、田碧文、陈二辉、张兴展被中共广东省委、广东省人民政府授予“广东省抗击新冠肺炎疫情先进个人”称号。

• 2020年10月21日，王意、梁荣良、郑德想、杨永强、胡剑所在的内地核酸检测支援队广东组被中共广东省委、广东省人民政府授予“广东省抗击新冠肺炎疫情先进集体”称号。

• 2020年10月24日，邹旭在人民网·人民健康、中国研究型医院学会共同主办的2020年“人民好医生”推荐宣传活动中荣获“医学人物—特别贡献者”称号。

• 2020年11月8日，丁邦晗被中国民主同盟授予“抗击新冠肺炎疫情先进个人”称号。

注：以上获得荣誉情况截至2020年11月8日，按时间顺序排列。

附录四

向广东省中医院捐赠抗疫物资、捐款的单位及个人名单

表1　向广东省中医院捐赠抗疫物资的单位/集体（按时间先后）

序号	捐赠单位/集体
1	广东众生药业股份有限公司
2	美年大健康产业（集团）有限公司
3	江苏硕世生物科技股份有限公司
4	众上集团
5	扬子江药业集团
6	江西博雅生物制药集团股份有限公司
7	广东省国强公益基金会
8	洽洽食品股份有限公司
9	广州蓝鹰航空服务有限公司
10	“一群人一件事”爱心团队
11	圣元（广州）环境工程有限公司
12	广州白云山中一药业
13	内蒙古伊利公益基金会（中国红十字基金会转）
14	蒙牛乳业（集团）股份有限公司（中华慈善总会转）
15	英孚广州校友会
16	美善堂生物科技（深圳）有限公司
17	广东凉茶志愿者服务队
18	广东省妇女联合会
19	广州中味餐饮服务有限公司
20	广州白云山和记黄埔中药有限公司
21	广州白云山星群药业
22	帮助者爱心团队
23	广州金力医疗器械有限公司
24	广州利玮微创医疗器械有限公司
25	广州新大春眼镜有限公司
26	深圳市玉玄道传统文化发展有限公司
27	广东燕塘乳业股份有限公司
28	广东康福星科技有限公司
29	广州市候鸟慈善基金会
30	广州市泽华有限公司
31	美国中医药针灸学会
32	英德市龙润农业发展有限公司
33	北京微爱公益基金会
34	香江社会救助基金会
35	惠州市九惠制药股份有限公司
36	广州驭时医药科技有限公司
37	广州优飞信息技术有限公司
38	广州博斯牛贸易有限公司
39	江苏华越集团等在肯尼亚华人
40	阿联酋广东商会
41	市旅国际旅行社（深圳）有限公司（享游俄罗斯）
42	深圳市檀玥科技有限公司
43	华润广东医药有限公司

序号	捐赠单位 / 集体
44	广州鲜八度生态农业发展公司
45	广州香宅子香业有限公司
46	波科国际医疗贸易（上海）有限公司
47	康立光学科技（广州）有限公司
48	广东惠生活日货有限公司（广东省青少年发展基金会转）
49	广州福袋生活信息科技有限公司
50	广州首佳医疗设备有限公司
51	广东海大集团股份有限公司（广东省慈善总会转）
52	广东省深圳市福顺公益基金会
53	广州发元生物护芳阁养发机构
54	广州嘉恩传祺营养健康咨询有限公司
55	广州市女企业家协会
56	广州泽力医药科技有限公司
57	广州市惠鲜品牌运营中心各企业
58	滴滴青桔单车
59	捷成消费品（中国）有限公司
60	广东省侨心慈善基金会
61	执信中学美西校友会
62	广州市娇联化妆品有限公司
63	绿雪生物工程（深圳）有限公司
64	陈大咖公众号全体粉丝
65	固生堂
66	广东优格医疗器械发展有限公司
67	广州经民纬医疗器械有限公司
68	广州青岭医疗器械有限公司

序号	捐赠单位 / 集体
69	广州鑫本纬康生物科技有限公司
70	MamBate CA Inc（曼伯特加州有限公司）
71	亚信集团
72	金沙江创业投资
73	问境科技（广州）有限公司
74	Sibon LLC (USA) （仕邦美国）
75	广州市心友汇国际旅行社有限公司（广州市红十字会转）
76	聚协昌（北京）药业有限公司
77	广州达蒙安防科技有限公司
78	岭南中药饮片有限公司
79	广东省青年联合会医药界别委员会
80	广东科技出版社有限公司、广东省南京理工大学校友会
81	广州市青年医务志愿者协会
82	广东正皓茶叶有限公司
83	东阳元一传媒股份有限公司
84	广州安柯贸易有限公司
85	广州杜仲哥互联网科技有限公司
86	广州海味干果行业协会
87	广东百悦百泰养老投资有限公司
88	广州荔得奥贸易有限公司
89	广州爱励科技有限公司、广州清源医药科技有限公司
90	广东省华南师范大学附属中学校友会
91	太极集团重庆涪陵制药厂
92	圆桌公益（广州圆桌文化传播有限公司）
93	广州舒客科技有限公司

序号	捐赠单位 / 集体
94	广州白云山光华制药股份有限公司
95	广药集团广州白云山汉方现代药业
96	卫材（辽宁）制药有限公司
97	广东省第二人民医院
98	广州汽车集团股份有限公司（广州市慈善会转）
99	广东省中医院二沙岛医院妇科青年文明号
100	盛恩之家志愿队
101	广州市仪美医用家具科技股份有限公司
102	中国民主促进会广州市委员会
103	中国银行广州荔湾支行、中国银行广东省分行
104	乐达辉医疗科技（广州）有限公司
105	民盟广东省委员会
106	林慧滨、永道税务师事务所有限公司
107	广州逆熵电子科技有限公司
108	广州华一医疗科技有限公司
109	深圳市安多福消毒高科技股份有限公司
110	广东省青少年发展基金会
111	深圳粤美特慈善基金会、粤美特医疗
112	东阿阿胶制药股份有限公司
113	广东礼宾医疗科技股份有限公司
114	广州欧美同学会、华夏海归同学会
115	BNI 天河丰裕分会、天河裕丰分会、佛山盈盛分会（会友联合）
116	广州小鹏汽车科技有限公司
117	四川唯高科技有限责任公司
118	深圳市安拓浦科技有限公司

序号	捐赠单位 / 集体
119	江苏恒瑞医药股份有限公司
120	广东省中小企业发展促进会
121	北京天赐清沐科技有限公司
122	广州市鑫伯齿科
123	汕头市洁丽雅口腔健康有限公司
124	惠州消防救辅志愿服务队
125	广州市慈善会
126	瑞幸咖啡（中国）有限公司
127	澳门中医生公会
128	广州市满康医疗器械有限公司
129	锦盛健康产业有限公司（猎德街道团工委转）
130	广东省中医药科学院全体员工
131	2016届广州中医药大学中药学专业班级
132	广东九州通讬峡医疗器械有限公司
133	广东通用医药有限公司
134	美国中医药针灸学会、华夏大纽约中文学校
135	广州仕邦人力资源有限公司
136	广州鑫润医药科技有限公司
137	广东省发展中医药事业基金会
138	广州海音环保科技有限公司
139	中国农业银行股份有限公司广州北秀支行
140	百站粉丝后援联盟
141	广州市威士达医疗器械有限公司
142	潮人海外联谊会
143	广东潮博智库
144	广州医药集团有限公司
145	众安康后勤集团有限公司广州第一分公司

序号	捐赠单位 / 集体
146	广州越秀产业投资基金管理股份有限公司
147	华南师范大学附属太和实验学校
148	华南师范大学附属天河实验学校
149	清华大学公共管理学院
150	中国民族医药学会国际交流与合作分会
151	广东省健康中国研究会
152	广州金酮医疗科技有限公司
153	广东省青少年发展基金会
154	加拿大杜文民中医诊所
155	广州文脉堂国医馆
156	贝达药业股份有限公司
157	广东佛山三水金镭包装材料有限公司
158	真功夫餐饮管理有限公司
159	广东省民宿行业协会
160	广州市穗宝家具有限公司
161	杭州朗索医用消毒剂有限公司
162	上海凯宝药业股份有限公司
163	珠海摩利生物科技有限公司（广东省红十字会转）
164	上海布鲁可科技有限公司
165	复星医药
166	美国南加州大学（USC）海外募捐工作组
167	台湾爱尔丽国际医疗集团
168	白天鹅宾馆有限公司
169	广州海之光通信技术股份有限公司
170	广州市番禺区顺天橡胶制品厂
171	莱凯医疗器械（北京）有限公司

序号	捐赠单位 / 集体
172	广州华泰农博园生态农业科技发展有限公司
173	成都市蓁德健康管理有限公司
174	稳健医疗用品股份有限公司
175	民革广东省直属第三总支部
176	广州全景医学影像诊断中心
177	中华广东新住民交流协会、中共广东省委台湾工作办公室
178	辉瑞制药有限公司（广州市慈善会转）
179	广州聚腾生物科技有限公司
180	广州泰道安医疗科技有限公司（广东省医院协会转）
181	广州铠琪有限公司
182	阿斯利康广州党支部与广州工会
183	广州健泽药业有限公司、赤水芝绿金钗石斛生态园开发有限公司、一片金（广州）科技有限公司
184	深圳英美达医疗技术有限公司
185	深圳伊尚纳米科技有限公司
186	上海得志信息技术有限公司
187	杭州氢源素生物科技有限公司
188	维波楼学堂
189	广州市穗鑫医疗器械有限公司
190	国药控股有限公司
191	广东新宝堂生物科技有限公司
192	广东省海上丝绸之路商会
193	广州采芝林药业有限公司
194	广州市百丽鞋业有限公司
195	江阴天江药业有限公司

序号	捐赠单位 / 集体
196	广东省医药保健品进出口有限公司
197	佛手团队
198	CHINA HARBOUR ENGINEERING COMPANY LTD（中国港湾工程有限责任公司）、中国（广东）第九批援加纳医疗队
199	石家庄以岭药业
200	广州统一企业有限公司、江苏恩华药业股份有限公司
201	广州真源生物科技有限责任公司
202	新百丽鞋业（深圳）有限公司
203	广东梵蜜琳生物科技有限公司
204	广东北大光华校友会、广东省长江公益基金会
205	卫材（中国）药业有限公司
206	成都康弘药业集团股份有限公司（中国红十字基金会转）
207	广州岐光生物科技有限公司
208	深圳丽颖生物科技有限公司
209	广州市新兴家喻饮食有限公司
210	广州市晖晟医疗器械有限公司
211	广东外语外贸大学物流校友会、深圳校友会
212	广东康益健康管理有限公司
213	美好活法（广州）教育科技有限公司
214	广东清心堂健康产业有限公司
215	河南豫九药业有限公司
216	慈济慈善事业基金会
217	广东省福润缘公益基金会
218	广东公益恤孤助学促进会
219	广州凯替生物技术有限公司

序号	捐赠单位 / 集体
220	中国建设银行股份有限公司广州荔湾支行
221	广州立白企业集团有限公司
222	辽宁秘参堂药业有限公司
223	黑龙江哈药公益基金会
224	执信中学94届校友会、中山大学94级国际会计专业校友会、Adi老友群和澳门大学学生会校友会
225	执信中学94届校友（广东省青少年发展基金会转）
226	广州市执信中学校友会
227	捷迈（上海）医疗国际贸易有限公司
228	上海药明康德新药开发有限公司
229	西班牙华侨华人协会（广东省侨心慈善基金会转）
230	执信中学澳洲校友会（广州市慈善会转）
231	广东省华南师大附中教育基金会
232	广德昌科技有限公司
233	老挝人民民主共和国万象市政府、老挝中华总商会、老中友好协会（广东省青少年发展基金会转）
234	佛山市正弘置业有限公司
235	马来西亚亚庇潮州工会（潮州慈善总会转）
236	中山大学CHEMBA16公益基金
237	大连创生水科技发展有限公司（武汉市慈善总会转）
238	捷克南摩拉维亚州
239	强生中国（中国红十字基金会转）
240	重庆品胜科技有限公司
241	广州律协女律师工作委

序号	捐赠单位 / 集体
242	广州市联健消毒剂有限公司
243	纽约南开校友会
244	广州馨品冠贸易有限公司
245	广州市绿保利他食品有限责任公司
246	广东十长生化妆品制造有限公司
247	广州市朴诚乳业有限公司
248	澳大利亚中国友好协会北澳分会
249	广州中医药大学
250	平安集团驻广东地区统管党委
251	广州专爱网络科技有限公司（CakeOnly专爱法式蛋糕）
252	广州市番禺区化龙镇敬老院
253	碧桂园集团
254	国家发展改革委国际合作中心、四川新绿色药业科技发展有限公司
255	深圳市承翰公益慈善基金会

表2　向广东省中医院捐赠抗疫物资的个人（按时间先后）

序号	捐赠人
1	陆继芬
2	王　好
3	林建丰
4	蒋小燕
5	吴思思
6	薛舒馨
7	林尤聪
8	李　菁
9	谈　博
10	杨艳凌
11	胥　艳
12	陈慧玮
13	唐晓琳
14	张学建
15	李　强
16	谢少洁
17	董洪亮
18	彭小云
19	王　瑾
20	李建炜
21	曾俊滔
22	吴俐蒂
23	佛弟子
24	蔡书宾
25	冯大宁
26	曾敏婷
27	林涌鹏
28	徐　英
29	张悦琦
30	张文波
31	王　莹
32	文翔宇
33	牛潇亿
34	李际强
35	林琨洋、林琨伟兄弟
36	陈道斌、姚林辉、刘罡
37	谭　府
38	何志满
39	林灼娟
40	廖新荣、吴扬、林小苹
41	叶志成、邝卫宇、梁毅碧
42	房建帆
43	王子霖
44	王语晨
45	李一鑫

序号	捐赠人
46	邓紫璐
47	梁晨蔚
48	刘皓昀
49	吴雨伦
50	王之乔
51	王慧敏、杨洪艳夫妇
52	赵艳明
53	龚建平等爱心人士
54	朱首伦、李思怡
55	童自烈、蔺光仪
56	何敏玲
57	杨启夫
58	车宏轩
59	姚　强
60	安　心
61	黄一明

序号	捐赠人
62	吴燕薇
63	刘承东
64	卓友珍
65	黄丹菁
66	邵锡庭
67	夏阳等爱心人士
68	马珊珊
69	杜善飞
70	黄敏婷
71	汪　鑫
72	侯海晶
73	张敏灵
74	陈前军
75	徐小姐
76	田　一
77	罗瑞琪

序号	捐赠人
78	罗淑仪
79	刘巾嫱
80	何世晃
81	古益文
82	潘伟芬
83	林应荣
84	范　泉
85	蒋先芝
86	李小锋
87	刘习高
88	王钰涪
89	郑惠娜
90	张敏州
91	关易波
92	苏炜英

表3 向广东省中医院捐款的单位（按时间先后）

序号	捐款单位/集体
1	广东茅台酒友群
2	广州鑫融汇医疗器械有限公司
3	广州威佳科技有限公司
4	卫材（中国）药业有限公司
5	民盟佛山市委员会
6	民盟佛山市委员会企业家工委会
7	香江社会救助基金会
8	释道鑫-汕头市潮阳区石泉岩爱心行动在当下（广东省慈善总会转）
9	广东省尚东公益基金会（广东省慈善总会转）
10	广东惠禾科技发展有限公司（广东省慈善总会转）
11	广东顺德广顺饲料有限公司
12	深圳天利地产集团有限公司
13	清远勤天熹乐谷温泉度假区（清远市慈善总会转）
14	广东省潮人海外联谊会（广东省慈善总会转）
15	广东省家具协会（广东省慈善总会转）
16	日本爱和谊日生同和保险公司广州代表处（广州市慈善会转）
17	广东省民盟广东省中医院支部
18	广东省中医院GCP中心办公室（《SOP汇编》编委会）
19	广东省宋庆龄基金会
20	广东粤财信托有限公司（广东省青少年发展基金会转）
21	广东省谢汉才慈善基金会
22	广州赛莱拉干细胞科技股份有限公司

表4 向广东省中医院捐款的个人（按时间先后）

序号	捐赠人
1	唐　艳
2	黎翠媚
3	何秋芽
4	卢　萍
5	李粤文
6	潘伟芬
7	吴林炎
8	周贤日
9	郑素华
10	陆敏仪
11	乌仁托亚
12	黄启田
13	张晓芳
14	何美霞
15	陈海桃
16	李海滨
17	李雪花
18	尚潇潇
19	陈权亮
20	陈星星
21	黄秋瑜
22	黄少坚
23	马　丽
24	周　洲
25	黄少龙阖家
26	赵霭庭阖家
27	雷金燕
28	蔡雅怡
29	唐颐辉
30	赖艺灵
31	郑琼玲
32	江彩红
33	黄雪婷
34	方　红
35	欧爱华
36	李锦开
37	黄思红
38	瞿汇泉
39	林　毅
40	陈爱武
41	曾华美
42	吴翠婵
43	杨桂兰
44	仵迎双（广东省广州中医药大学教育发展基金会转）